○ 赵利平 著

岭南美术出版社

中国·广州

图书在版编目（CIP）数据

艺林丛影 / 赵利平著. -- 广州：岭南美术出版社，
2025. 1. -- ISBN 978-7-5362-8166-0

I. I206.7-53

中国国家版本馆CIP数据核字第2025WA5358号

书名题字：林　墉
出 版 人：刘子如
策　　划：刘向上
责任编辑：李　颖　傅淑雯
责任技编：谢　芸
装帧设计：张伟樾

艺林丛影
YILIN CONGYING

出版、总发行：岭南美术出版社（网址：www.lnysw.net）
（广州市天河区海安路19号14楼 邮编：510627）

经　　销	全国新华书店
印　　刷	佛山市金华彩印刷有限公司
版　　次	2025年1月第1版
印　　次	2025年1月第1次印刷
开　　本	787 mm×1092 mm　1/16
印　　张	25
字　　数	350千字
印　　数	1—2000册

ISBN 978-7-5362-8166-0

定　　价：168.00元

作者简介
赵利平

  赵利平,著名收藏家和文艺评论家,广东省文艺评论家协会原副主席,广东省文化学会原副会长,曾任多个收藏团体及文化艺术机构的顾问。多年来在《人民日报》《南方日报》《羊城晚报》《广州日报》等发表众多关于艺术与收藏的评论文章,并先后在《南方日报》《羊城晚报》《广州日报》开设艺术与收藏专版、专栏,出版《集藏斋话——艺术收藏与鉴赏》《艺术家那些事》《大粤菜》《中华美食食谱》及《做出好味道食谱》等著作。2012—2017年,受邀作为嘉宾主持《羊城晚报·名家话收藏》栏目,文章结集成《名家话收藏》系列丛书出版。

序一

黄天骥

前几天,偶然在广州酒家与赵利平学兄诸位闲叙。刚坐下,赵兄忽然拿出一本又厚又重的书给我。我略翻几页,看到一幅幅精美的美术作品,以为是赵兄送给我欣赏,还来不及细品。谁知赵兄说,这是他最近创作的《艺林丛影》样书,将要出版,命我为该书写序。我吓了一跳。因为我是美术与书法的门外汉,赵兄岂不是问道于盲吗?再一想,我在高等院校长期从事中国古代文学教学和科研工作,而文学和文艺,在审美观念是相通的。趁着这个机会,认真品赏书画名家的作品,也是难得的学习机会。谁知把《艺林丛影》拿回家细看,才发现这本书,不仅是书画作品的辑录,而且是很具有学术价值的论著。

有些人以为:把文章或论著,写成高头讲章,引经据典,冗长累赘,才算是学术性论文,这是对"学术"的误解。其实,如果学者能搜集丰富的资料,准确地、系统地表达出正确的审美观念,融会贯通,又能运用生动流畅的文笔表达,篇幅或大或小,达到雅俗共赏的论著,可能具有更高的学术价值。请看传说是司空图写的《二十四诗品》,王维写的《山水诀》,李笠翁写的《闲情偶寄》,文章并不长,《二十四诗品》甚至写得很有诗意,您能说它们没有学术价值吗?《艺林丛影》一书,还刊登了大量精美的、经过赵利平兄认真选择的书画作品,让人看得目眩神摇。在书中，赵兄对每位艺术家的性格和创作经历，写得翔实生动。更重要的是，书中的评论，贯穿着并表达出他自己的审美理想。这一切的做法，本身就具有重要的学术价值。

《艺林丛影》搜集了近50位艺术家的艺术作品，首先，赵兄对每位艺术家做了简略的生平介绍。跟着，详尽地记述每位艺术家的人品，进而论述其书品、画品。从赵兄的著作里，可以看到，在约50位的艺术家中，都有着共同的或相似的地方。这就是，他们都是从小就爱好书画艺术，有机会受过良好的教育，转益多师，从而自成一格。总之，在对多位书画家的评论中，赵利平学兄总是指出，书画家之所以能够做出卓越的成就，大多从小就对书画有着浓厚的兴趣，从小便刻苦地从事书画基本功的锻炼。否则，难以取得令人瞩目的成就。

让我感动的是，赵兄写到一位老画家，年逾九旬，竟能坚持每天拉单杠，做引体向上的动作，以求增强臂力，有助于在画中表达强劲的笔力。有的画家，患了重病，住院后，身体比前虚弱。他稍康复，竟把宣纸横铺在地板上，躺下身去，满身流汗，依然能创作出巨大的画幅。有的画家，走过万水千山，"搜尽奇峰打草稿"，甚至到了北疆，领悟了粗犷浩瀚的风光，融会贯通，回粤时，所画的花卉，连枝叶的气质，都有所变化。有的书法家，经历过生活上种种非人的苦难，却不屈不挠，在纸上挥笔狂草，仿佛把自己凄苦的命运与坚强的性格结合在一起，最终成为独具一格的草书名家。有的书法家，竟能左右开弓，特别擅长左手逆书，实在让人震撼。若不是经过刻苦的训练，安能神乎其技！而这些成功的艺术家，都有一个共同点，除了天赋以外，还具有坚持不懈，把艺术作为生命的人品。即以书法家而言，无不经过篆、隶、楷、草、行的刻苦锻炼，才学有所成。反观当下某些人，稍有名气，竟敢胡乱书写了几个只具有初中生水平的字，便以高价出售，不禁让人哑然失笑。如果让他们看到《艺林丛影》中所论述的真正的艺术家，各有刻苦的锻炼过程，那些不识好歹者，或许会收敛一些吧！

作为艺术家，画之品，是最为重要的。而画品，又和画家的人品，有着直接的关系。正如石涛所说："夫一画含万物于中。画受墨，墨受笔，笔受腕，腕受心。如天之造生，地之造成,此其所以受也。"艺术家之腕,受之于心,所谓"心",就是作者的思想感情融聚的人品,而且,人品直接作用于画品。在我看来,画品与诗品,实际上是共通的。我看到一位艺术家,在画面上,只画了一只蜗牛。当我看到他寥寥数笔,这只爬在纸上的蜗牛,便画得栩栩如生。正如赵兄所说:这幅画"既概括而又传神,墨彩浓淡错落,笔触皴写兼顾,生动地表现出蜗牛螺旋形壳的厚重与匍匐前进身躯的柔韧"。看了这幅精品,我感受到艺术家要表现的,是比牛还"牛"的蜗牛。它自负,敢担当重任;它低调,永不会休止。它一步一印,匍匐而又坚毅不屈地前进。这寥寥数笔的一幅画,不正是一首诗吗?不正是画家表现出他的诗心吗?这蜗牛,不正是在现实生活中,具有典型意义的人格写照吗?赵兄在《艺林丛影》里,评论的每一幅字,每一幅画,都或多或少让读者看到艺术家的诗心,又从诗心看到艺术家的人品。赵兄写他们或视艺术为生命,力求精还;或谦逊可亲,培育后进;或谈笑风生,让求教者如沐春风。他们具有高尚的人品,这就是石涛所说的"腕受心"。加以在艺术上的创造,便直接造就了他们在创作上能够做出精进的贡献。

《艺林丛影》所辑录的艺术家,有老有少,从老到少,基本都是粤籍或长期在粤工作的书画名家;并且,也都是直到当今,依然奋力生活和工作在第一线的艺术家。可以说,赵兄所编辑和论述的《艺林丛影》,实际上是一部"岭南画派"的"当代史"。

这本厚重的著作,不仅展示了诸位书画名家的艺术风貌,又能让读者看到他们在当下,在继承高剑父、高奇峰、陈树人引领的"岭南画派"的基础上,又有了新的进展。高奇峰等认为,现代的国画,应在传统的基础上求变求新,提出折中中西、融合古今、形神兼备、雅俗共赏的审美理想和艺术方法。纵观《艺林丛影》中的许多艺术杰作,也都秉承"岭南画派"的精粹,结合现代精神,或于技法上坚持在传统的基础上革新,或注意当前现实生活趋向,重视中外交融。在这意义上,赵兄的著作,等于向公众全面展示当今"岭南画派"发展的要略或全貌,这对弘扬中华文化的优良传统,自然有着重要的意义。

我曾经有幸拜读过赵兄的著作《大粤菜》,行文流畅优美,让我叹为观止。后来才知道,这位饮食行业中的巨擘,原来是著名的文艺评论家，怪不得其文字表达的功力，非同一般！现在，仔细拜读了《艺林丛影》，更知道他在艺术上有独特的鉴赏力，这又非一般只会在文字圈里打滚，或只在书房里兀兀穷年的评论者所能企及。其实，文学创作和视觉艺术、听觉艺术，甚至味觉艺术，在本质上是相通的。钟嵘不是在文学上还提出过"滋味"之说吗？赵兄对文学和艺术的评论，以及在文字和语言上表现的功力，正好和他对视觉艺术、味觉艺术上的熟识，以及具有很高的鉴赏水平有关。

我也知道，赵兄正从事着饮食行业的主管工作。在他的管理下，一切井井有条，稳步前进。在当前的情况下，他所管理的单位，竟能一枝独秀，迅速兴旺发展，这实在绝非易事。作为企事业单位的管理者，如果没有指挥若定的才能，没有既能纵览全局，又能观察入微的本事，是根本不可能驾驭这繁难复杂的工作的。能够做到这一点，就必须兼具逻辑思维与形象思维。

赵兄长期从事行政工作，从小就懂得欣赏和收藏艺术珍品，他本身就是文学家和艺术家。这就使他能够发挥对美的审视力和想象力，融合到他所管理和经营的事业中去，使他在所管理的单位，取得了重大的发展。在他的领导和指点下，每一道菜式，都是具有艺术性的珍品。如今，赵兄又以他的才智，把一本既能展示艺术家珍品的字画丛影，供读者尽情欣赏，又能从审美的角度阐述当代"岭南画派"特色，让它成为具有学术价值的论著，这又是他把逻辑思维和形象思维融于一体的明证。

"四美具，二难并。"王勃在《滕王阁序》中说过的话，可以用于《艺林丛影》。它的出版，是弘扬我国优良文化传统的一宗盛事。在这里，顺致敬意。90 老叟，信口雌黄，门外浅谈，仅供读者参考。

2024 年 7 月 8 日于中山大学

黄天骥（中山大学中文系教授、博士生导师，全国古籍整理出版规划领导小组成员，全国高等院校古籍整理研究工作委员会委员，中国古代戏曲学会会长，中央文史研究馆中华诗词研究院顾问）

序二 创作植根于生活

李劲堃

回顾19世纪末，大仲马、巴尔扎克等文学大家的创作，无不源自丰富多样的生活体验与社会洞察。他们由此获得了对万事万物的深刻理解，也逐渐形成了独特的艺术表达。

赵利平先生深耕粤菜行业多年，对岭南社会、文化有着自己独到的观察和见解。他早年间曾从事记者工作，因此对于社会瞬间发生的细节，有着极其敏锐的捕捉力，业内素有盛誉。

近年来，他对艺术的热忱愈见浓烈，所积累的艺术素养与见解也越发丰厚，于是笔耕不辍，记录下岭南美术界、美术家的生动故事，更对新中国成立以来的岭南美术进行了深入的调研并做出品评与探讨，对传统文化艺术也持续地研究、借鉴并丰富其自身艺术评论的维度与内涵，撰写了系列的文论与出版物，《艺林丛影》一书便是其代表性的反映。

赵利平先生以一种介乎于专业而又非美术界人士的"旁观者"视角，首先对岭南美术生态圈进行了整体把握，亦可谓一种社会人类学式的"在地性研究与观察"。通过这种相对中立的观众视角，更充分地理解美术家在专业探索、社会属性和自我发展之间的相互作用。在某种程度上，他的文字也更能代表社会对艺术与艺术家本身，尤其是具有一定艺术鉴赏力的观众群体对岭南艺术的真实看法。

更难得的是，他与诸多岭南美术家建立起了深厚的友谊，在日常交往中获得更为真切直观的感受，又时常能见微知著，甚至捕捉到艺术家和理论家都未曾发觉的秉性与特质。因此，他不仅有对美术家专业技法、造型特征，以及技法表现力的精准描绘，同时也有对艺术家专业之外的生活细节的观察表述。由此，赵先生的这部艺术评论实则绘就了一幅岭南艺术的"百景图"，尽精微间见广大。在知觉与直觉、理性与感性间，巧妙融合，分寸得宜，时生妙趣，每有高见。

经一系列写作探索后，赵利平先生近期所写的文字越发生动精彩，读之如嚼橄榄，久久回味……且观察的视角与深度也不断地拓展。在承担繁重的社会服务工作的同时，赵先生仍始终洞察艺事，葆有一份真挚与热忱，如信徒般坚守着内心评说的标准，惜字若珍，实属难能可贵。也正因此，他的文字已然超越了简单的艺术评论或文学创作的层次，成为一种凝聚着个人修养、情怀与判断的深沉表达，也是对当下社会中的艺术生态的生动写照。

是为序。

李劲堃（广东省文学艺术界联合会主席，中国美术家协会原副主席，广东省美术家协会原主席，广东画院原院长，广州美术学院原校长）

目录

陈金章 … 1
画画如面壁，静而慢慢而寿 … 2

骆晓山 … 7
闲云野鹤，笔下烟云 … 8

陈永正 … 13
"与德为邻"陈永正 … 14
端午病眼，永正新书 … 18

林　墉 … 23
画山画水更画心 … 24
林墉先生的家 … 30

郭莽园 … 35
雅净奇拙，如影随形 … 36

许固令 … 41
潇洒浪漫的"苦行僧" … 42

苏　华 … 49
矢志追求，顺势而为 … 50

张绍城 … 55
步履不停地探索，青春不老的心灵 … 56

陈秋明 … 61
操千曲而后晓声，观千剑而后识器 … 62
陈秋明书《洛神赋》长卷 … 66

陈永锵 … 69
"好自为之"陈永锵 … 70
牛年吹牛，蜗牛也是牛 … 76

守不住良辰朗月，却可以迎接每天的朝阳　　　78

方楚雄　　　83
"神童与平常心"　　　84
——浅谈方楚雄的国画艺术

周国城　　　91
"多面手"周国城　　　92

许钦松　　　99
说不尽的许钦松　　　100

李卓祺　　　107
秉承正道，"与书俱老"　　　108
立书先立品，书如其人　　　112

王朝敏　　　117
西安王朝敏，修艺之独白　　　118

林淑然　　　123
神仙眷侣　　　124
——林淑然的生活与艺术

李劲堃　　　131
人生艺术面面观　　　132
三问李劲堃　　　144

苏起龙　　　157
"诗心"入画，纯粹自在　　　158
山中有龙蛇，水中也有龙蛇　　　162

张　弘　　　167
一声佛号，便是彼岸　　　168

黄浩深 175
从"十香园"到"十香园艺术草堂" 176
撞水、撞粉法的探讨与作品形成的诉求 180

陈少珊 185
复古韵致与宁静之美 186

区广安 193
回归审美本源,回归诗意心灵 194
——区广安的传统艺术观

羊 草 199
写生与不写生 200
庭院写生,好玩 204

孙洪敏 207
"花儿"与"女孩"的真情世界 208

黄唯理 213
半梦半醒写山川 214
国画山水创作的当代性探索 218

何俊华 223
画出自己的一片蓝天 224

沈永泰 229
无心插柳、刀笔相伴的艺术人生 230

方 土 237
培沃土育"青苗",坐望云起云舒 238
你在他乡还好吗? 242

朱颂民 251
走318川藏线,绘精神中的西藏 252

黄国武 259
虚淡的世界很迷人 260

刘思东 267
知天命后再出发,重返童心与自由 268
雍容尔雅觅天趣,唯有牡丹真国色 274

郑阿湃 279
工写兼修,永不满足 280

蔡拥华 287
在国画山水创作上的矛盾与兼容 288

王绍强 295
见艺术 296

宋陆京 303
大拙不雕,大器晚成 304

林 蓝 311
真情流露的典雅,永不止步的蝶变 312

陈年发 319
路子有点野,但胜在无拘无束 320

姚涯屏 325
每张画都是自己人生的一部分 326

卜绍基 333
必须胸中有丘壑,才能笔下见山河 334

钟瑞军   **341**
期待着一"鹿"成名   342
"意、理、法、趣"陆（鹿）续说   346

杜　宁   **353**
自我沉淀应该是画家的一种态度   354

翟美卿   **361**
澄明可贵处，功夫在画外   362

邹俊豪   **367**
用艺术探索生命，以责任丈量人生   368
作品要感动自己才有可能感动别人   372

后记　"爱好"的直白   378

陈金章

一九二九年生，广东化州人。一九四七年进入广州市立艺术专科学校攻读中国画专业。在岭南画派大师高剑父、黎雄才、关山月等名师的指导下学习中国画。一九五三年毕业于华南文艺学院本科绘画系。一九五六年毕业于中南美术专科学校并留校任教。三十多年来任教于广州美术学院中国画系，历任中国画系副主任、教授、硕士研究生导师。中国美术家协会会员，曾任岭南画派纪念馆副馆长。一九八九年荣获『全国优秀教师』称号。二〇一五年荣获『第二届广东文艺终身成就奖』。享受国务院政府特殊津贴专家。

画画如面壁，静而慢慢而寿

艺林丛影

　　他虽然画得慢，但慢中求精、慢中蕴意。在笔墨规范中既表现出高超的技巧与个人的情趣，也表现出对艺术的虔诚与大自然的热爱。

　　如果告诉你们有位93岁高龄的老者每天还坚持吊单杠你会感到惊讶吗？如果告诉你这位老者就是国画泰斗陈金章教授你会更惊讶吗？确实如此，白发红颜的陈金章教授基本上每天清晨都会拄杖独行到广州美术学院运动场一侧去做吊单杠和摆腿等运动，坚持锻炼，然后再去吃早餐和回画室画画。

　　如此高龄的陈金章教授不仅坚持运动，还常年艺术创作不间断。他每年都会选择一些适合的地方去体验生活和采风写生，然后把自身对自然的感悟和对艺术的新思考创作成一幅幅巨构大作。这把年纪了，他画的竟还是以大画为主，每幅作品均耗心耗力，精心创作，往往一幅作品要花上一两个月的时间才能完成，每年都有四到五幅新内容、新构图或新表现手法的作品面世。93岁了还不断投身新创作与大创作，这恐怕在全国都是很少见的。陈金章教授说他每天吊单杠是为了保持双手不抖，抓笔不抖才能画好画。他以前是戴眼镜的，做了白内障手术后视力比以前还好，画画看得清，不用戴眼镜了。这是一种福气，他说，关山月老师以前也做了白内障手术，但因为眼底有黄斑，效果没那么好，所以后来就画梅花比较多；黎雄才老

陈金章　春山云起

陈金章

师晚年则因为手抖,所以山水画也少画了,写字较多。现在陈金章教授手不抖,眼睛好,可以画他所喜欢与擅长的山水大画,因此新创作仍源源不断。

　　陈金章教授的画画得非常慢,他说画画不能急躁,不能马马虎虎,画好一张画不容易,既然画了就要把画画好;不能急于求成,要考虑清楚才动笔,每一笔都考虑清楚,一笔错了就整张画都不称意了;人的一生那么漫长,对艺术的追求不能急,要有意境,有高度,要留得住。陈金章教授批评当下许多人浮躁,急于求成,对艺术的态度马虎,马虎了就难以继续提高自己。他说艺术家最怕有了名就马虎,马虎了还装腔作势,以为群众不懂,其实群众是很懂的;随着社会的发展和人民精神生活的丰富,群众的审美水平也在不断提高,画不认真是留不住、过不了关的。

　　陈金章教授性格直率,评价别人很真诚,毫不留情。虽然他画画慢、用笔慢,但为人却爽朗直接、守时守约、记忆力强,创作上富有构思力和判断力。他的生活也很有规律,除了早上坚持吊单杠,中午习惯休息一个小时左右,晚上十点前就睡了;平时一心只想创作,较少管闲事。他说,国家的事、社会的事知道就行,心思更多的是考虑画画,如果说要能为国家做点事的话就是多留一些好作品给后代和国家,为其他艺术家做个好榜样。2015年他荣获"第二届广东文艺终身成就奖",所以思想上更认为要名副其实才行。1989年他被评为"全国优秀教师",他带的六届研究生都成了教授,成为画坛的中坚力量,其中还有两人是广州美术学院的院长张治安和李劲堃,算是为国家培养了一批骨干,做了些好事。退休后他就集中精力搞创作,他认为安心创作才是适合自己的生活。

陈金章　春瀑

　　陈金章教授一直坚持写生与创作，虽然退休了，但依然很忙，每天都在画画，画了很多画，而且精品基本都保留在他的手上，他不舍得卖，说好作品要捐给国家；之前他已捐了100张写生给广州美术学院，可以作为学生的参考之作；另外他还准备捐一批作品给广州文化馆，在广州海珠湿地公园新建的广州文化馆有意向为陈金章教授建美术馆。他说这样很好，好作品放在哪里最值得？放在博物馆和美术馆等地方最值得，让人民群众看得到，有艺术的熏陶，这是作品的好去处，也是艺术家最开心、最放心的地方。

　　陈金章教授的绘画技艺已达到随心所欲的境界，但他从不恃才傲物，每一幅画都非常认真对待。比如《春瀑》那幅德天大瀑布，他画了两个多月，追求每笔都要准，不能乱，不仅要画出瀑布的气势，还要注意水在石头下形成的波浪走向，瀑布有瀑布的气魄，水流有水流的规律，还要考虑水与石头的关系，要把雾气都表现出来；而且墨入纸，笔见墨，有层次，有气息，整幅画自然协调、有条不紊而且干净雅观。他说不能像有的人用笔用墨含糊不清，就像唱卡拉OK音词不准就糊弄过去。比如画高州1300年的老荔枝树，他每一笔都思考，每一笔都不含糊，画出了枝干的厚重、树木的沧桑与景物的年代感。比如画云山，他一笔一笔往上飞，一组一组地铺排，

陈金章　阳朔风光（局部）

紧贴着山壁，山用笔工，云用笔意，动中有静，静中盈动，画出了缭绕而升腾的感觉。比如《阳朔风光》，他考虑这里的山气魄不够则应着重体现雅的气息，划船的人用中锋细笔，像蚂蚁一样大小，但动作清晰、形态准确，十分生动；群山则一组一组地画，线条细致而蕴含骨力，每个山头都不同，每一组山都不同，类同之处都要求有变化，高低错落，陡缓起伏，沉雄朴茂，秀逸多姿；画面有整体的思考，有局部的斟酌，每一笔都有意图，每一虚实都认真处理，每一构图都追求意境，几乎比工笔还工笔，又似乎比写意还写意，笔墨精细，意象万千，景物如诗。

观陈金章教授绘画，他虽然画得慢，但慢中求精、慢中蕴意。在笔墨规范中既表现出高超的技巧与个人的情趣，也表现出对艺术的虔诚与对大自然的热爱。其创作的心路历程几乎成了一种对信仰的执着，他画得慢、画得准、画得用心、画得真诚，就像一位专注的禅者在静修。他说，画画如面壁，心要安静才画得了好画，脑要清晰才有思想境界。就像修炼，修炼也是一种养生，静而慢，慢而寿。

写于 2021 年

骆晓山

一九三二年生,祖籍广州从化,幼年客居香港。香港"八方艺苑"院长,书法篆刻名家。

骆晓山先生幼承家学,早年凭借过人的天赋与才情,才华崭露,与当时的书法家、画家相交甚笃,与邓尔雅、简琴斋、邓芬、罗叔重、李凤公、赵少昂、杨善深、丁衍庸、容庚等订交亦厚,常常参与书画界雅聚,结识众多书画前辈且深受书画前辈器重,年少时已被一众前辈称为"骆神童"。他的作品韵味奇拙,刚中有柔,拙中藏巧,笔酣墨畅,举凡篆、隶、楷、行、草,笔之所至,意随形生。金文、甲骨文,更是了然于胸,信手拈来,被书法界同人称为"活字典"。二十世纪六七十年代,时常聚合书画名手,进行挥毫雅集,为香江书坛重将。

闲云野鹤，笔下烟云

艺林丛影

他落笔，果然成竹在胸，从容自若，而且灵动与苍拙融于一体，协调自然，奇崛酣畅，令人叹服。

一位岭南艺术收藏活字典式的人物，一位集书法、篆刻于一体的艺术家，一位书法上诸体皆能、正写反写、左手逆书均可信手而为的鬼才，他的作品在 20 世纪 50 年代全国第一届书法篆刻展览便已入选……。他，便是早年因才艺过人而被人称为"骆神童"的骆晓山，也因其随性真情、为人通透、多才多艺而有了"艺坛怪杰"的外号。他祖籍是广州从化，幼年客居香港，后移民美国与加拿大，老年回国，现隐居清远英德。他虽已年逾九十，耄耋之年，但依然笔耕不辍，治印修艺……

前段时间我曾借度假携家人赴郊野与骆老先生一聚，其间熏香品茗，相谈甚欢。闲谈中说到在下本姓渊源，老先生竟如数家珍，连我族几句祖训也能随口背出，并为犬儿题写了祖训中"我族无疏"一句，写得端庄大气而又不失灵秀。我的外甥也乘机求书，说要"势如破竹"，老先生笔意一转便呈削切轻快之意，果有破竹之势；后又为我们夫妻题写"无碍"两字，也是意随字蕴、浑厚静穆、禅意自然……逸笔一管，千变万化，满纸烟云。

骆老先生交游广阔，与人为善，超然物外，乐善好施。聊天中说到艺术家间的书艺游戏及黄永玉先生近年来喜欢逆书戏笔，说以前在香港时，

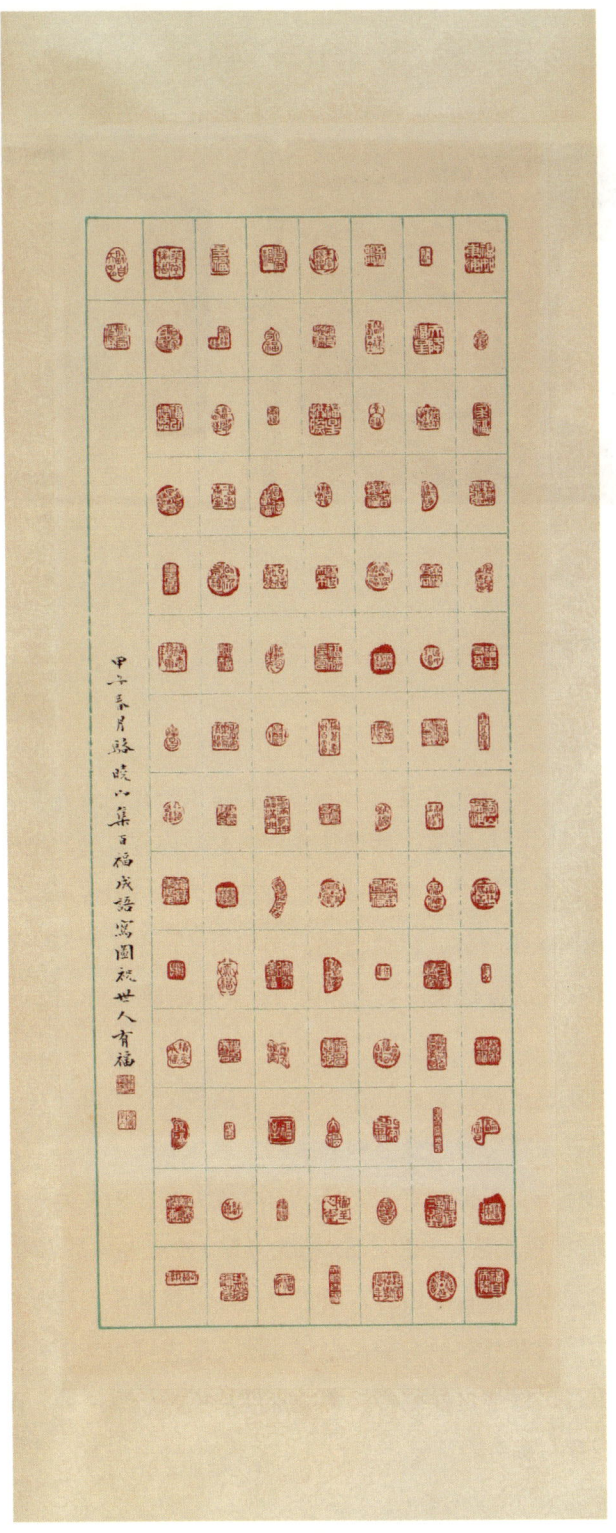

骆晓山篆刻作品

骆晓山印章

他曾挂任当时享誉一方的文化名院"八方艺苑"院长一职,当年与黄永玉先生也颇为熟悉并不时一起雅聚。然后让我任选文字内容,他也倒笔逆书为我示范,而且是以左手书之。我言出,他笔落,果然成竹在胸,从容自若,而且灵动与苍拙融于一体,协调自然,奇崛酣畅,令人叹服。聚后月余,又喜得骆老先生托朋友送来印章力作两方,只见稳健率真,气质高古,令人爱不释手。

骆老先生早岁聪慧,诚恳勤奋,在香港时与众多文化名流交往甚密,且有缘得到邓尔雅、司徒奇等一众名师大家的指点与熏陶,深得书艺大家罗叔重的黑老虎书体与金石篆刻真传。后又与收藏大家丘丙良为伴,涉足海内外,搜宝寻珍,阅物无数,艺道洞明,德艺双馨。按理说应是名享天下,云涌星随才是,但如今却是寂守山野,闲云野鹤,自得其乐。这既与他盛年后移居海外少与国内业界交往有关,也与其本人阅透世态,生性散淡,不重名利有关。不过,像他这样鹤寿松青、身健神爽、乐享清静、闲适清修也不失为一种智慧与福分。

写于 2021 年

骆晓山

骆晓山左手逆书作品

陈永正

一九四一年生,原籍广东茂名,世居广州。曾任中山大学中国古文献研究所研究员、中文系博士生导师,中国书法家协会副主席,广东省书法家协会主席。现为广东省文史研究馆馆员。

"与德为邻" 陈永正

艺林丛影

艺术风格往往能反映出一位艺术家的情感、气质、学养以至审美理念。永正先生可谓"书如其人",其书法作品以"古雅清刚"的艺术风格著称。

我与著名学者、书法家陈永正先生算是有点缘分,当年我初到广州就读的中学就是他曾经执教过的广州市第三十六中学。当然,我进入该校时永正先生已去中山大学任教多年了。

永正先生淡泊名利,夫子之风为世人所称道。因心有所向,我曾特意向先生求书一幅"与德为邻",寓意"近朱者赤",希望能多接近先生,熏陶些许学识滋养与正气之风。先生博学多才,治学严谨,为人宽厚且刚正不阿,垂范后人,故深感荣幸能认识先生多年,时不时登门拜会聆教,每次拜会总有一些思想的启发,令人感触良深。

艺术风格往往能反映出一位艺术家的情感、气质、学养以至审美理念。永正先生可谓"书如其人",其书法作品以"古雅清刚"的艺术风格著称。其作品巧拙兼施、动静契合、秀逸刚健,而无媚姿俗态,处处流露出典雅灵动的风采,而在平和自适的风貌中又流露出一股清正刚毅的气息,凸显了作者两袖清风、刚正不阿的气质。

在书法艺术上,永正先生可谓真、草、隶、篆各体皆能,其甲骨峭拔古韵,颇得篆法三味;其隶书则扬弃常见的石刻剥落状,多在秦汉简帛中化出,重

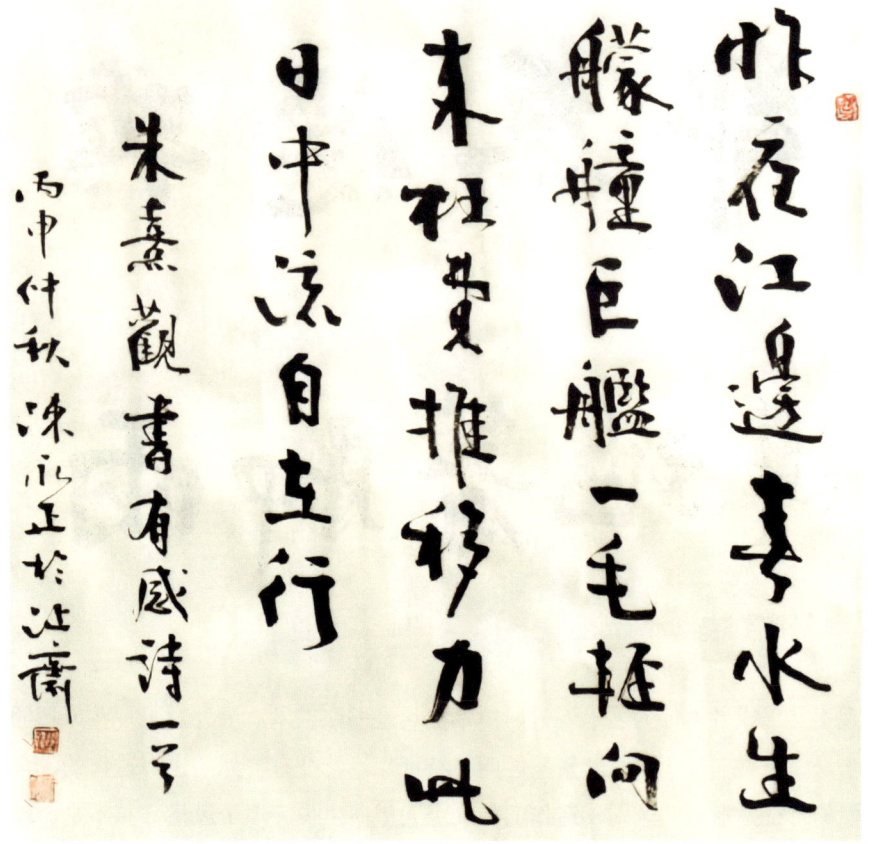

陈永正　朱熹观书有感诗一首

在自然；其章草则取汉简势而参北碑用笔，雅正中见遒劲；其小楷则追钟繇于转折处运方入圆，并以章草法收笔，寓灵动于清刚；而最具个性面貌的是他的行草小字，纯熟秀美，颇具骨力，乍看之下难辨哪家哪法，但又似乎融汇诸家身影。回顾其各种书体，方可知他是有意识地把篆、隶、楷、草熔于一炉，铸入行草，仿佛盐入水，浑然无迹，但味在其间。其作品总是信手拈来，若不经意，时而秀雅闲适，自由挥洒；时而尺幅千里，雄强伟岸；帖情与碑意盎然，秀丽与朴拙兼具，流露出浓郁的书卷气与金石味，若无渊博之积学，恐难以至此境界。

　　说到书法，永正先生说他向来看重两方面：一看是否基础好，二看是否出新意。对那些没有基础的书写"创举"，他从来不视为书法，因为每个门道都有每个门道的规矩，踢足球不按规矩会打架，格律诗不按韵律平仄会写成杂文。那些基础匮乏而自以为是的写法或者符号，或许可以被冠之以"表

陈永正　与德为邻

陈永正　两脚着地

现主义"或者"行为艺术"等，但不能说是书法艺术。另外对于一些所谓的书法"风格"，他说充其量只能叫"特征"，特征有自然的也有造作的，自然的特征是形象的区别，造作的特征令人望而生畏。至于风格，并不是一朝一夕就可以形成的，需要长期的积淀和深厚的涵养，结合个人的性情与锤炼，感悟出新，有时甚至是磨炼中不经意的神来之笔，得来有如神助，然后通过反复临池研习，才能逐步巩固。

永正先生不仅以书法艺术驰名，在古文字研究、古籍文献和诗词歌赋、文学理论等领域也均有过人的建树。他提倡书法家既要有博学的修养，又要有专攻的方向，有点有面，博学是广度，术业专攻是深度，互为促进，相得益彰。

凡是有幸登门拜访过永正先生的人应该都有印象，他家中最引人瞩目的一道"风景"便是一面面用书架垒成的"书墙"，楼下还有一室作为仓库，用以藏书。永正先生不仅熟读人文经典和学术著作，还喜欢读武侠和科幻作品。武侠方面，他对金庸、古龙、梁羽生等人的作品如数家珍。他曾说，《射雕英雄传》他从少年、中年到近期已经读了三遍，常读常新，对金庸的艺术造诣与叙事能力颇为推崇，对其文学修养与文字水平更是颇为赞誉。他说，从书中配诗与修辞等方面可看出金庸的文言文、格律诗等传统文化底蕴深厚。至于科幻方面，他至今都在不断购买许多国内外的科幻小说，看完后还转赠给有共同爱好的后辈和朋友。

十多年前，我曾应邀为永正先生编书法集，他并不大情愿折腾此事，因其向来不慕名利，不好交际。虽称他在当时已荣任中国书法家协会副主席和广东省书法家协会主席，在书法界赫赫有名，却没有系统出版过个人的书法集，甚至少有书法作品发表，全国媒体有关他的采访报道更是罕见。这也从另一个侧面印证了永正先生一直在书法上不刻意、不张扬的个性作风。他从来没把自己当成书法家，常说自己乃一教书匠，书法乃是学余遣兴而已。他强调写书法要有真性情、真感悟，不要为书法而书法，学养到了，作品的形式与格调自然就到了，一旦刻意经营往往就造作了。

前不久，又见了他一次。他说，随着年事日高，现在懒交懒游，总想安静地看看书或写点东西，对索求书法作品者基本是"六亲不认"的，因为他没有时间与精力应付。他认为书法只是"悦己"的私事，只有写得满意了或有所进步才想与同好或朋友分享，并没想过靠它成名成家、谋取利益。他还说，人到了眼下这个阶段，应是"散物"，而不是"聚物"的时候了。过去在任上时，他的书法作品要么"秀才人情纸半张"，赠给他人；要么把润笔费交到广东省书法家协会作为专项公益基金。卸任后他谢绝了许多活动和采访的邀约，一心扑在学术研究与教学上，直到前两年因"中山大学教育基金"资金不足才重新起笔，解决了基金会的资金缺口之后又迅速封笔。

永正先生从社会变迁、动荡不定的时代走过来，惯看人生百态，世事洞明，自身更是聪慧与勤奋并举，仁爱与傲骨齐备，其成就与影响自然无须多言，为人更是宅心仁厚、淡泊低调，多年来默默地持续助学扶贫，更是令人感佩。他人情练达却又不按常理出牌，有人为求他一幅字绞尽脑汁而不可得；有人遇到难处又羞于启齿时，他却主动相赠、相助。平时，他潜心修养，常常和三五好友定期小聚，评古论今，谈些奇谈异闻，交换彼此对诗词、《易经》等的看法，有时候还会争论一番，舒舒服服地消磨些许时光。

总而言之，永正先生是一个很有故事的人，那些故事时常在不经意的言行举止中浮现，非常值得留心者慢慢去认知与挖掘。印象中，他清瘦的身躯总是穿一袭素净唐装，须发俱白，两眸炯炯，俨然仙风道骨的模样。谦谦君子，才情如水，凭过人的学识和人格魅力传颂于艺坛内外，这就是我所熟悉的学者陈永正先生。

写于 2021 年

端午病眼，永正新书

艺林丛影

"闭目观书如水过，一时流尽少年春"。

  自从一年多前陈永正老师年届八旬亮出"封笔通告"后，我便自觉地对永正老师不敢再有太多请求。不过，今年春节去老师家拜年时，见老师家门口一副贺年对联写得有意思，便半开玩笑半索取地说，节后用完不要浪费，不如补个签名留给我收藏。老师却很认真地说那是大红纸写的，不适宜收藏。本来也就说说而已，没放在心上，谁知隔天却收到了师母通过微信发来一副红宣纸新写的对子图片，不仅落款签名，还题了上款，惊喜不已！由于过年期间一直忙，天气又很寒冷，故没约老师取对子，想不到老师却在节后天暖时，不需我上门便直接送到了其居所附近我们属下公司的前台，交代转交给我，实在既惊喜又感激！

  近日，我又上门叨扰，才明白老师为什么写"封笔通告"。之前老师一直自恃身体好、眼力强，七老八十仍每天饱阅诗书文献，研究学问，也还能书写蝇头小字；虽已著作等身，还计划近期出三册学术新著（一册之前已出版了，两册则安排今明两年付梓），每天笔耕不辍。但当他晚上收看电视科幻片时（永正老师除了喜欢研究古文献与诗词，还特别喜欢科幻小说与科幻资讯），觉得视线越来越模糊，还以为是眼镜老化或度数不够了，待到眼镜店配镜，店员检查后建议他要去医院治疗，原来是眼底出了问题，

陈永正

同人帐底出窈诗魂清似水泪涴秋痕迟迟书成不忍缄 绪云空渚潭漠漠柳花难入梦郤羡吴郎小阁疏篱诗古香

减字木兰花词奉题子玉先生手书柳如是诗册 甲午陈永正

陈永正　减字木兰花词奉题子玉先生手书柳如是诗册

陈永正　茶隐庆生

脉络膜萎缩。这对热爱文字创作的永正老师来说可是非常大的打击！之后，看东西也越来越模糊，心情极差，甚至惹上了高血压。

不过，永正老师还是永正老师，他看不了书就背书，看一句背一句，看一行背一行，还把以前读过、写过、记得的文章和诗词也不时背一背，并赋了一首新诗《端午病眼》，其中有两句是"闭目观书如水过，一时流尽少年春"，心境是难受的，诗友们还说写得好，这意境前人没写过。永正老师说前人没写过是因为前人没闭着眼睛看书的经历，而他不仅背书，还读帖、背字帖，背黄庭坚的、米芾的、王铎的，还有草书，边背边默临，竟也写出一番新感觉。金石藏家、小古堂创始人李金亮大赞永正老师"书法大进"，说他摆脱了普通书家书写情结与自身书写习惯的桎梏。一般书家每一个字都想写好，每一笔都想写到位，却往往失去了气韵与灵性。永正老师说他以前写字时间不多，常是应付各种索求与命题，然后按时交卷；而近一年来，则多是写自己想写的，随便拿起笔，破笔也好，茅龙笔也好，鸡毛笔也好，跟着感觉走，率性而为，力求雄强博大；气象随之也与以往不同，以前常常要注意写得有没有什么问题，现在则"管它的，我就这样了"。

说到这里，永正老师回忆起他已仙逝的好友区潜云。区先生曾说："没有败笔的书家是庸才。"区潜云是一位医生，更是一位颇受关注与争议的书法家，他的草书风起云涌，狂野超脱，个性鲜明。区潜云自视甚高，看不起别人的草书，但十分尊重文化，也很看重性情。他说岭南有"两区"，一是区大为，区大为擅写隶楷，能脱离传统束缚，自立面目；一是他区潜云。以前永正老师也写草书，区潜云看后对永正老师说："你不能写草书，你不是写草书的人，草书有我区潜云在。"永正老师也认同，自此极少写草书。

在此，永正老师又举例一位草书达人，即中国书法家协会副主席言恭达先生，当年一起在京开会时言恭达拿其草书手卷给永正老师看，永正老师说他的书法"太好了，好到看不出有毛病"，言下之意是没有毛病也是一种毛病。永正老师说言先生为人处世细致条理，办事能力强，也应为"不是写草书的人"。因为太细致就处处循成规，墨守成规其实就"草"不起来，写草书遵章法则可，而不是处处守成规，笔笔有出处，关键在于神采与面目。

回过头说说永正老师眼睛出现问题对他带来的影响，永正老师说，其实他已走出了阴影，也带来了书法上新的变化。根据心理学，遇到不幸事件的人基本有几个反应，首先是"愤怒"，质问老天为什么会是他遇上；其次是寻求解决的办法，求医问药，找人帮助等；再次若是解决不了就会出现"颓丧"，萎靡不振，心神不宁之类；最后心理意志强的便会进入"接受"阶段，积极适应，调整状态。永正老师说他也大致如此。他太太说他一辈子已干了别人几辈子的事，也该满足了，还有什么不接受的？因此他"颓丧"的时间并不长。

那天，永正老师又给了我惊喜，他听说我要去拜访他，便在我到达前举茅龙笔用宿墨写了"两脚着地"几个字赠予我，他说此句为"佛谒"，自己也甚为满意。确实，新的作品更率性自然，朴拙大气，也禅意蕴藉，个性盎然。我曾与书家陈秋明老师聊天，他评说永正老师书法用笔坚挺，转接处不乐于圆转，而是挺肩寓方；入笔处不常见尖笔，而是多有顿挫。虽乍看不甚讨喜，但遒劲雄强，独具气魄，一般人说不出所以然则总以"学者字"带过了之。

当天，永正老师还让我欣赏了他一卷长近八米、宽近半米的新作，用自制的鸡毛笔为之，只见满纸烟云，纵横捭阖，大气淋漓，挥写之中常有神来之笔，难得之字，令人啧啧称奇。欣赏之余，永正老师又提及我能接触很多文化艺术界的老先生很是难得，他当年也是有幸接触了许多清末民初走过来的老先生，先生们的学养与风骨对他影响很大，这是一种阅历，也是一种襟怀与修养，是一种幸运。

诚然，我很感恩一路走来得到诸多名家大师的熏陶与教诲，得到众多文化名人与好友的帮助与指导，得到很多值得尊敬爱戴的前辈与领导的关心与支持。无言感激！唯有努力！

写于 2022 年

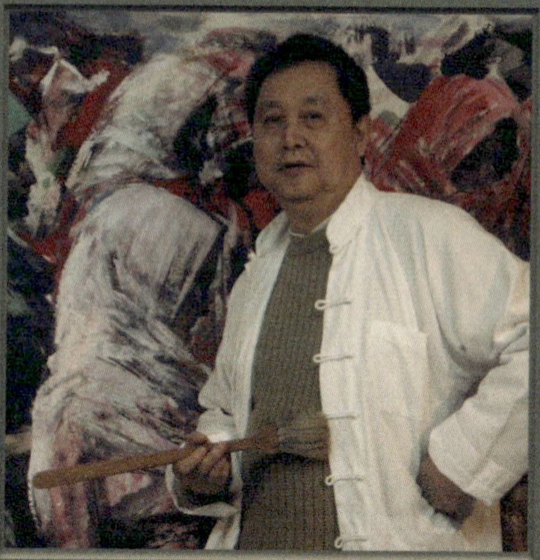

林墉

一九四二年生,广东潮州人,一九六六年毕业于广州美术学院中国画系。历任中国美术家协会副主席、广东省文学艺术界联合会副主席、广东省美术家协会主席、广东画院副院长、广州美术学院院外教授、全国人大主席团成员等。现为中国美术家协会顾问、广东省文学艺术界联合会顾问、广东省美术家协会名誉主席、中国国家画院院务委员,享受国务院政府特殊津贴专家、国家一级美术师。擅人物,又及花鸟、山水,兼擅文论及插图,风格潇洒、清新、明丽。

画山画水更画心

艺林丛影

山水是一个古老的题材，但山水却永葆青春。每个人心仪的山水都不相同，说明天地好宽、好大；同一位画家画同一座山，今年与明年画得又不一样，说明人的心境也无比宽广。

2017年春夏之交，广东美术馆举行的"林墉：似山还似非山"画展让人印象良深，挥之不去。展览期间观众络绎不绝，各种讨论、各种赞誉在网络上不断传播，有些美术机构还专门组织学生和画家到现场欣赏和讨论画作……一场个展影响如此深远，实属少见，也说明展览的形式、作品的质量以及作者的分量非同寻常，个中况味，十分耐人寻思。

画展的主角是曾经以人物画驰誉中外画坛的著名画家林墉。花甲之年，他曾遭遇一场重病，前后两次脑部开刀，记忆一度几乎丧失……但是，这十几年来，他凭借惊人的毅力，又一丝一缕、一笔一画把绘画技艺找了回来，其作品艺术风采依旧，谐趣如昨，依然充满真性情和哲思妙想，饱含着画家对人生与艺术非一般的感悟与理解……这一切，看似不经意，但背后有着多少揪心挠首，有着多少艰辛难熬，需要多么过人的坚韧、勇气和豁达的大智慧，也许只有他自己知道。常人尚且难以做到的事情，这位年奔八十的老先生却做到了；许多健康自在的名家达不到的艺术境界，这位深居简出的老艺术家却达到了。

林墉 新娘

林墉

  这一次，他本来可以凭借已经驾轻就熟的人物画继续征服观赏者，但他却偏偏选择了纵横捭阖、情感迸发的大山大水。其山水作品看似率意而为，实则笔笔精心；笔墨看似抽象，一境一物却又无不真切。块面、线条、墨韵、节奏、意蕴……一切表面上看似随心所欲，却又无不法度森严；看似轻描淡写，却又无不笔墨酣畅。这些作品既是传统的，又是现代的；既是符合艺术规律的，又是张扬个性的。可以说，它们代表了广东水墨的新节点、新高峰，传递出时代的强音与作者的自信。林墉先生是广东美术史、当代中国美术史上不可或缺的一位画者，也是彰显当下广东文化自信的重要艺术家之一。

  当被问到这次大展为什么选择以山水为主要题材时，林墉说他以前画人物，下了一些功夫，也得到了一定的认可。到50岁后，感觉不能再停留在自己熟悉的"舒适区"了，便开始跳出来画山水。其实他很早就有打算，想在身体健康时赶快画人物，迟些再开始画山水。不是因为山水容易画，而是

艺林丛影

林墉　山水

他看了许多诸如黄宾虹等老前辈的山水画，越看越觉得年轻时驾驭不了山水。山高水远，人眼不能看穿、不能看透，无形可循，大山大水要浓缩在尺幅之间，难度很大。而相形之下，人物画的相貌、姿态、神情，掌握和表现起来更容易。因此，他总觉得要等年纪大了、艺术上更成熟了才能涉足山水画领域。

山水是一个古老的题材，但山水却永葆青春。每个人心仪的山水都不相同，说明天地好宽、好大；同一位画家画同一座山，今年与明年画的又不一样，说明人的心境也无比宽广。因此，在林墉看来，画山水是一种人与山水的对话，画的是心中的山山水水。以他现在的身体条件，很难再出门跋山涉水，但只要心中有山水，心里想表达，就可以跟随着炽热的心灵去着墨。他的心现在仍继续热烈地跳动着，每天都有新的想法、新的激情，只要心仍有追求，画就不会老。他还说，敢于挑战自己才是真个性。于是，他就这样一直画了下来。

这次展出的山水画，他已经画了好多年。每幅作品都是5张八尺拼成的大幅山水，画的时候他得爬凳子与卧地板。他画得慢，创作时也没有什么具体想法，现在画得最过瘾的是水墨山水。有时候灵感来了，下笔纵情挥洒，有时十天半个月也没有方向。每隔一段时间看，这些作品的波动性很大。他感叹说，著名老画家"衰年变法"的故事，一向为人所津津乐道，但实际上每个人都有自己的痛处，没有人知道艺术家背后挨了多少苦，磨了多少时间，才磨出那么一点能叫好的作品。

无论山水还是人物画，有一点是不变的——林墉的艺术是唯美的。他固执地认为，生活本身并非天然地存在"美"这个概念，所谓幸福与美好，归根结底是人心底的一种愿望和向往。"美"是零散、残缺的！所以，作为画家的他要天天寻找，日夜揣摩，描绘自己心窝子里那点对美的追求。

林墉的艺术是真诚的。他认为，过分依赖技巧，确实有显得匠气的可能，但他觉得能成为一名"大匠"也不错！艺术要有成熟的技巧，才能准确表达心中的美。如果表达不到位，那么作品也是缺乏说服力和感染力的。没有在技巧上下苦功的艺术都是"空口讲大话"，是不诚实的无知与狂妄，而那些以画丑为乐的"艺术"更是可怕，完全没有受到良心的谴责。林墉说，作为艺术家，不创造美和表现美，那么活着干吗？没有"美"，没有"术"，又如何称得上是"美术家"？所以，他真诚地创作，不断地思考。至于作品好坏，姑且留待他人去评说。

林墉的艺术是寻求共鸣的。他并不自视清高，他终身以艺术为生命，因

林墉　无题

此他很在乎是否画得美、在乎作品是否有人赞美。他每两三年办一次展览，就是希望听听别人的评论。每每有人愿意在他的画前驻足多看一会儿，他都会激动许久。他的艺术需要被理解，需要共鸣，观众在赏画时感受到愉悦，或发出感叹，都是对一个艺术家最质朴的褒奖和鼓舞。与此同时，林墉也在不断地从其他艺术家与前辈处寻找共鸣。他不停地在艺术的道路上往前迈进，又不断地回头看，看经典作品，也看同行的实践，有时会和人争得面红耳赤。记得他还曾说过，看画不要停留在表面，还要看画面的底下蕴含什么，画树、画山，都是画心，画艺术家心里最热烈与动情的东西。除了看画，他还爱看书，爱写字，写心中的所思所爱，写人世间的世故与真相。

林墉

  林墉说,他愿意付出一辈子的努力,把心中的"美",像蚕丝一样慢慢生成与倾吐,织成一张张完整的画面。他自认最大的优点就是"跟得上老百姓",一辈子跟老百姓在一起,一起流泪、一起欢笑。他还说,他所描绘的"美"也许并不深刻,并不伟大,现在也谈不上返璞归真,因为归真并不容易。但只要他坚强地活着,坚持不懈地点滴积累,相信集腋成裘,将一点一滴的美好汇聚成人生之"大美"。即使有一天人不存在了,"大美"仍未积成,那么能为人间创造一些美,也就问心无愧了。

写于 2018 年

林墉先生的家

艺林丛影

"我不论住在哪里，只要住得稍久，对那房子便发生感情，非不得已我还舍不得搬……"

两盆枝丫上挂满红豆的树栽和一树硕果累累的"五福同堂"及盛放着的"满天星"盆植，是这段时间去林墉老师家进门举目可见的一抹春色。林老师隐于城央闹市的这套房子，如果没有时不时地更换一些鲜花、绿植之类带来些许变化，则兴许会感觉走进了没有时间流转的静止空间。因为几十年来这里的一切都没有变化，每每踏进他的家，只见红木罗汉床、藤椅、书架、日光管与许多堆陈于各种空间的工艺美术品，一直都是那个老样子。

他的女儿林蓝老师告诉我，其实这已是没多久前刚刚翻天覆地装修了一次的。为了这次装修他们做了大量的说服工作，并筹备了三个月，施工了三个月，除了内里的腐漏做了修复和水电安全等需要进行更换外，其他都完全按照林老先生的要求"恢复原状"。事前整体乃至每个局部都拍了照，家私饰品，椅具摆设，色泽尺寸……一切一切，修旧如旧，仿如文物修复。即使那些藤椅与坐垫，看上去以为是原来留下的，其实已是重新定制编织，只是款式甚至颜色都与原来一模一样而已。据说装修期间老爷子还不愿搬出家门，吃住仍在此家中，日日监工，担心这个家会变了样。无奈施工灰尘太多，导致林老先生得了肺炎送到医院治疗。借着林老先生住院期间，

林墉的家

林墉

快马加鞭装修……终于大功告成。好在老爷子身体恢复健康，精神状态还不错呢！

苏华老师介绍，这套房子是广州市最早的商品房。那时二沙岛还是一片荒芜的芦苇荡，珠江河上仍有不少客渡与货轮穿梭往来，嘭嘭哒哒的噪声杂着机油气味，以致当时的东山区政府选择了先开发五羊新城而放弃开发二沙岛，否则可能林墉老师现在的家就在二沙岛了。不过，与当下不远处的二沙岛和一路之隔的珠江新城相比，号称"新城"的五羊新城已几乎是新旧两个世界的建筑物了，也许不久将会面临旧城改造的可能。

林墉老师这个家所在的区域虽然生活配套齐全，但这组建筑物住宅部分是从三楼开始的，没有电梯。从一楼到三楼要走过一段又长又陡急的台阶，着实令人上下楼容易气喘吁吁。对于马上80岁高龄的林墉老师来说更是一段外出的"畏途"，倘若没人用力搀扶恐怕是出不了家门的。

也许有人会问，林墉老师怎么就不换套房子呢？又不是买不起。其实十多年前苏华老师就征得林墉老师同意在珠江新城买了两套房子，一套是为林蓝准备的。当时苏华老师问林墉老师是否一起去看房，林老师不去。问他买房子有什么要求，林墉老师说要"坐北向南，楼层不要太高"。等选好了房子苏华老师又邀林老师去看房子，他又不去，说苏华老师喜欢就可以了。等到把房子买下来了，问林老师打算什么时候搬过去住，林墉老师却说："你去住吧，我就住这里。""我去住？这是什么话？"苏华老

林墉的家

师说。于是,尽管新房子有小区、有绿化,还是江景一线,但也只能不了了之,房子空置了十多年,每年交物业管理费都要好几万元。

梁实秋先生在《雅舍》中说:"我不论住在哪里,只要住得稍久,对那房子便发生感情,非不得已我还舍不得搬……"我想林墉老师也应是这般情感的。据说当年画家齐白石也如是,因为他名气大了,经常有外国友人去找他,总理认为他住的房子太寒酸,怕影响不好,为他找了比较大的房子,他没有办法只能搬过去。但是从狭窄的旧房子搬到新家没几天,他就说住不惯,嚷着要"回家"了,心目中只有原来居住的地方才是"家"。也许是文人雅士比较多愁善感,对一切旧物件、旧地方都容易产生感情;也许是生活环境习惯了,不想改变,不想重新适应……反正林墉老师就是这脾性,或许会觉得不可理喻,但又觉得有点可爱。

看来,有时间还是要多去林墉老师的家,和两位老师多唠叨唠叨,有故事,多好。

写于2021年

林塘

林塘的家

作者赵利平在林塘家中欢聚

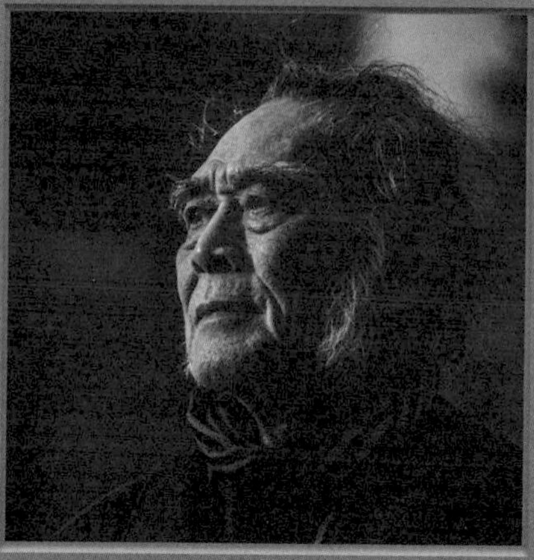

郭莽园

一九四二年生，广东汕头人。画家、书法家、篆刻家。西泠印社社员、广东省人民政府文史研究馆馆员、广州画院艺术顾问、广东华人书法院名誉院长、中国手指画研究会顾问、水墨村村民。

雅净奇拙，如影随形

艺林丛影

> 他考虑的是如何不蹈袭前人轨辙，不重复自己，所以他的作品总是大胆奇险，新意迭出，自成面貌。

2023年7月，湖南湘潭齐白石纪念馆推出了"梦想芙蓉"当代书画名家邀请展，岭南画家郭莽园受邀以"我自南来"为题的系列作品参与展出，其间引发了社会各界的热切关注和诸多好评。

郭莽园老爷子是一个有趣的人。年逾八旬，老当益壮，神采飞扬。身为画家、书法家、篆刻家还有美食家，说起话来瓮声瓮气；画起画来慢条斯理；吃起东西来诸多讲究，精挑细选。他性格豁达，酒量过人。时而讷言，大智若愚；时而健谈，妙语连珠；时而谦恭，散淡自然；时而自负，狂狷孤傲；时而大方，人事豁达；时而吝啬，一毛不拔；时而谦逊有嘉，时而"倚老卖老"。熟悉他的人因会心而觉得好玩，不熟悉他的人则觉得捉摸不定。

正是这样一位异于众人的老者，自称"野生"，不入流派，意指艺术上非科班出身也非体制机构内的编制人物。自称"刻鹄雕虫，一耕夫来自民间"，其实应是自我谦逊。艺术在乎的是技艺水平与思想内涵，没有国界，没有官方与否之别。郭老先生的艺术源于师承，也源于丰富的人生阅历。他少年时便得到粤东名宿陈半醒先生的启蒙，开始临碑写字，创作诗词，积累了丰厚的文化学养；他又得到潮汕油画第一人赵一鲁先生的点拨，

郭莽园

郭莽园 和平

郭莽园　意象敦煌系列之六

训练油画技法，增进了异域艺术素养；他还向被誉为"传统技法百科全书"的汕头画院梁留生老师学艺，艺术上融会贯通，自出机杼。此外，他交游广阔，风雅人生，许多思想修养深厚的艺术名家和文化望族均与其别有渊源，互为影响。他还从事过民间工艺，做过装饰设计，嗜好美食，热爱生活，各种门类学识、各种感悟触发均源源不断地为他的艺术创作注入了养分。

不得不承认，郭莽园在岭南画坛上确实是一个"异数"，他少有地将南北宗艺术熔于一炉，将东西方艺术互为渗透，让民间工艺与传统艺术共生共存，呈现出极强的个人风格和艺术特点。著名学者、艺术评论家梁江

郭莽园　击球图

说："在当今中国画坛，郭莽园是一个另类的存在，而于广东美术界，则是一个意外的惊喜……因自在成长得以留存自由舒展的天分。潮汕人文渊薮和民间土壤的潜移默化，成为郭莽园的学养内涵……郭莽园实在不可多得，少了他，广东画坛一定逊色不少。"

郭莽园笔下花鸟、山水、人物无所不涉，花鸟动物常常是几笔线条，几团色墨，寥寥数笔，趣致生动，意味之外，神韵别具。山水景物则或野逸苍茫，简约高旷；或壁立千仞，孤舟一叶；或山脉绵延，鹭鸶形随，画外有画，画中有诗。人物形象则多是点景抒意，或乘月踽行，或拄杖叩门；或骑乘闲逸，或劳作牧野，往往略施勾勒，色墨点抹，直抒性灵，意犹未尽……

郭莽园的画，落笔不俗，构思奇险；野逸疏放，风骨狷狂；雄浑古拙，自由恣意；气象高华，气格恢宏。其作品线条墨韵交织，笔力意蕴郁勃，常常色墨其间，色中有墨，墨中带色；虽涂抹泼写，却出奇地点到为止，干净古拙；虽不着意于形，却出奇地如影随形，生机勃发；画如其人，尽显文人意趣。

尽管许多人对郭莽园的画赞誉有加，但郭莽园却自言自己不是热门画家，能懂其画者并不多，受众面窄，只是喜欢的就会很喜欢，不喜欢的说也无用。何况他的画是画给自己看的，是听从内心的召唤，画自己的心绪与思想，并不考虑讨好他人，更不考虑市场。他考虑的是如何不蹈袭前人轨辙，不重复自己，所以他的作品总是大胆奇险，新意迭出，自成面貌。

写于 2023 年

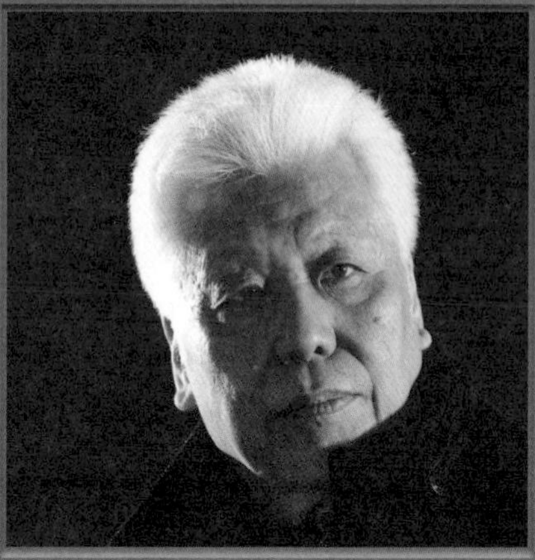

许固令

一九四三年生，广东汕尾人。一九八〇年后先后定居中国香港、台北和澳大利亚悉尼等地。曾于二十多年内游历三十多个国家和地区，举办个人画展二十多回，出版个人画集二十多册。擅脸谱画，亦爱书法。因女儿取名「晓白」，故以「白父」为号，画室称「白轩」。现为广东省人民政府文史研究馆香港特聘馆员、广东省中国画学会顾问、广州画院名誉画师。

潇洒浪漫的"苦行僧"

一个艺术家的心态很重要,艺术家是需要有殉道者的献身精神的,同时也是需要有社会责任感和历史担当的,精益求精、不断进取,才能在艺术殿堂闯出一片自己的天地。

2019年是著名画家许固令(白父)从艺60周年,也是他离开家乡60周年,中共汕尾市委宣传部为他主办了艺术作品展,作为庆祝中华人民共和国成立70周年系列活动之一。这也是许固令在家乡的第一次个展,更是汕尾市近年来规模最大的美术展览。展出的作品都是巨作,有丈二整纸,有八尺整纸,有丈八、丈六、丈二对开,作品尺幅之大,令人咋舌;还有系列作品的艺术衍生品,其擅长的脸谱、荷花、风景等图式在那片他倍感亲切的土地上一齐绽放……

许固令还在筹划一场更大型的个展,那是四年后将在他80周岁时举行的80张大脸谱画展,以纪念自己独树一帜的艺术符号。虽然单一题材的个展有难度,但他会以不同的风貌、不同的色调去演绎。他将在广州开展,然后移师汕尾展出。

创作这么多年来,许固令结集出版了20多册非常富有仪式感和装饰性的画集,这与其画作的当代性和时代感有关,也与其作品"曲高和寡"的个性面貌有关。虽然他的作品之中,脸谱、荷花兼顾,风景、花卉齐备,

许固令　脸谱

但最具影响力与学术性的还是他的脸谱画题材创作,这种饱含民族传统的载体在他写意与抽象的演绎中,风格独特,个性盎然,与众不同。在这方面,他坚持了几十年,厚积薄发,从画几个人到一个人,从一个人到半个人,从半个人到一张脸,又从一张脸幻化成无数脸谱,不断提炼、不断变化,喜怒哀乐,千人万面,直至人生百态、五光十色,尽在笔下。

许固令为什么对脸谱画情有独钟?一方面得益于其丰富的人生阅历,他游历广泛,曾在20多年间走过几十个国家与地区,有着大量可资参考的素材,深受中西文化交融的影响。另一方面,更关键的是,他生长于"戏剧之家"与"戏曲之乡"——广东汕尾,自幼便在家乡热衷于戏曲演出的氛围中备受熏陶,父母又是学者兼戏剧文化研究者,哥哥许翼心更是著名的戏剧理论家,先天的优势与便利的条件,使得许固令自幼就对戏剧人文之美甚是着迷。细数起来,他观摩了50多个剧种、500多场演出。舞台

许固令　意象脸谱画之一

的概括、灯光的映衬、服饰的绚丽，还有表情、动作、唱腔……无数戏剧艺术的元素充盈于脑际。后来踏上书画艺术的道路后，他更是受关良、韩羽与林风眠等古装戏曲人物题材的影响，从舞台入手，以剧中人物脸谱描绘"人生如戏、戏如人生"的社会体验和美学理念。

许固令说，现代中国画的发展历程，有两条既相互区别又有所交集的道路：一条是以齐白石、黄宾虹、张大千等人为代表，侧重于在传统基础上"内部革新"的路线；另一条是以徐悲鸿、刘海粟、林风眠等人为代表，倡导与践行"中西融通"的创新路线。无疑，他更适合后面一条创作路线。当下，他以中西文化融合、以东方文化为主的角度求新求变，特别是当年在香港，他曾经有过一段得到林风眠先生指导的历程，因而走上了后一条道路也是水到渠成。

谈到作品在艺术市场上的表现，许固令也态度坦然。他说脸谱画偏学术性，以面对专业收藏家和收藏机构为主，他并不讳言，画花卉与山水一定程度上是为了满足市场的多元化需求。但他对待市场的态度是随性的，并不刻意迁就，他说市场上受欢迎并不代表画家的个人成就，不代表作品的水平与学术层次，只是从一个侧面体现了画家在坊间的影响力。脸谱画是阳春白雪，偏冷门，却有利于塑造个性符号，可以做到极致，难以被人超越，这说明了一个艺术家"善于选择"的重要性和特殊性。

也曾有人质疑许固令的荷花作品类似黄永玉，许固令说，那是因为人们对黄永玉的荷花先入为主，两者实质并不相同：黄永玉的荷花有更多的勾勒与装饰；而他更多用的是大写意，是更奔放、更强烈的手法。因为是同类题材，大家又都突出色彩，所以难免给人相似之感。此外，包括黄永玉和许固令在内的许多画家，都曾从著名华人画家丁雄泉笔下艳丽的色彩及大胆的构图中获得启发。许固令在创作上吸收了林风眠、丁雄泉的艺术营养，从狂狷到绚丽；黄永玉也从丁雄泉的作品中受益，画幅色彩斑斓。相较之下，许固令受其影响的程度更深，集中体现在作品的色彩构成与意识流上，显得灵性勃发。

许固令游历过那么多国家和地区，思想比较开放，没有流派的拘束，没有教条的框框，一个画家关键是要有独立的思考能力。所有的艺术都是综合影响的结果，博采众长式的学习过程是必然的，也是灵活的，不是简单的拿来主义，人家的长处可以吸收过来再进行创造，画作中有前辈和名家的影子也是常事。最关键的是，能不能把借鉴前人之处，真正融化为自身的符号。

创作上许固令是个感性多于理性的人，他本身就不循规蹈矩，热爱自由和创新，潇洒浪漫，其作品不断呈现新面貌。他创作的每个阶段，都有不同的艺术特色，同一系列的每一画作也不会面目雷同。因为在他看来，作品一旦自我重复，就会丧失新鲜感，从而缺乏艺术生命力与独特个性。

许固令说，真正的艺术家需要阅历、需要修养，不仅仅是技术上的锻炼。好的作品要表现出人性的美好，体现出一种积极的生活态度，要艺术化地表达普通人心中美与善的情感，例如爱国情、亲情，还有人与人之间的友好等。所以，他的笔下总是一派欣欣向荣、无拘无束的景象，至于伤感的、仇恨的，那不是他关注的所在。

展望将来，许固令常说一句话："在世不做好，后世记不住。"艺术家的代表作，留给国家是最好的出路，但这要求其作品必须达到相当高的层次，兼具深刻的意义与高超的技艺，并获得专业人员、学术机构与大众多方面的认可。他也常常感叹，其实从事艺术是一门"高危"职业，艺术家都是苦行僧，每个时代、每个地区都有成千上万的艺术从业者，大浪淘沙，每个人都得时刻准备失败，迎接不可预知的困难，成功的可能性十分渺茫，机会、运气不可预期。所以，一个艺术家的心态很重要，艺术家是需要有殉道者的献身精神的，同时也是需要有社会责任感和历史担当的，精益求精、不断进取，才能在艺术殿堂闯出一片自己的天地。

写于2019年

许固令

许固令　粉墨是梦（四）

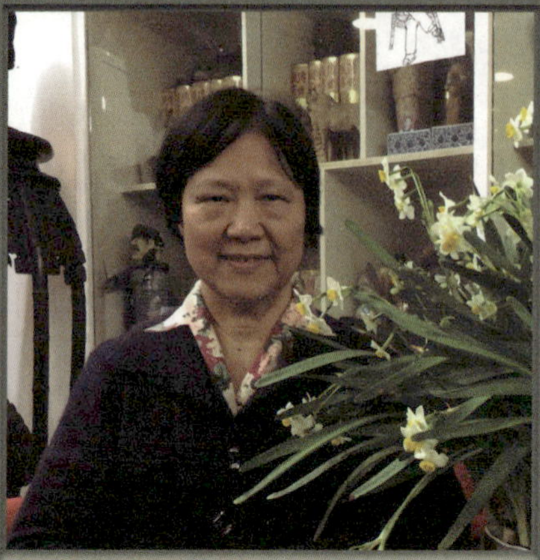

苏 华

广东新会人。一九六六年毕业于广州美术学院。擅长书法、中国画。现为广州画院画家，国家一级美术师，享受国务院特殊贡献津贴专家。历任广东省美术家协会副主席，广州市美术家协会副主席，第十、第十一届广州市人大常委会委员。曾在北京、南京、广州、青岛、长沙、深圳、珠海、汕头、香港、澳门等地举办个展和联展。出版有《苏华画集》《苏华书画》《苏华书法艺术》《广东书法名家作品选》《苏华写意花鸟》《林墉、苏华访问巴基斯坦画集》（合作）等。作品曾获广州红棉艺术奖、广东省中国画展银奖和巴基斯坦总统颁发的卓越勋章。

矢志追求，顺势而为

艺林丛影

　　她擅长以线的勾勒及墨的晕染塑造形象，以色韵墨彩渗化造境，画中景物时而笔简意赅，时而叙述纷繁，时而朦胧交融，时而历历在目。

　　"'成功的花，人们只惊羡它现时的明艳，然而当初她的芽儿，浸透了奋斗的泪泉，洒遍了牺牲的血雨。'冰心大姐的这个警句，好美丽，好诗意，好深刻，然而，真的把它落实在行动上，那可得具有坚强的意志，非铁了心不可！尤其是女人，要在事业上开出成功之花，更是要花上几倍于男人的心血，简直是苦苦爬行哇！"

　　上面这段文字是著名书画艺术家苏华老师曾经写过的一段话，情真意切，令人感触良深。这里边有她对个人成长历程的总结，又有她作为女人、作为一名热爱创造的艺术家，面对人生诸多角色、选择之间难以平衡的感慨。苏华一家从中华人民共和国成立之初艰苦奋斗的年代一路走来，最终一家三口都成了卓有成就的艺术名家，她除了在艺术道路上矢志追求，还要对家庭倾情付出……个中滋味，又岂是三言两语可以道尽的呢？

　　苏华对艺术的热爱萌发于幼年。对她来说，艺术是一种初心，是挥不去、剪不断、理还乱的情愫。她自幼就对书法有兴趣，6岁开始临柳公权的帖，临得好家长会有奖励，有零花钱，这种奖赏更培养了她的兴趣。进入广州美术学院附中后，她又开始练习书法。10多岁时，广州美术学院（下简称"美

苏华

苏华 薄露初零 鹤瘦松青

院"）的前身中南美术专科学校从武汉迁到广州，就坐落在她家附近。从此她便常常带着弟弟、妹妹去美院玩，感受艺术的气息。等到考上美院国画系，学校请来麦华三老师指导书法，她就特别用功，临了许多历代名家字帖。在她眼里，无论书法还是国画，艺术都是一种真情流露的表达方式。从1966年美院毕业到今天，只要绘画上遇到瓶颈，她就会转而去写书法，写到一定程度有所领悟了，再重拾丹青开始作画。

苏华对书法是有天赋的，每每谈到一首诗，讲起一句话，她脑海里便会浮现出这诗与话的书写构图、结构、排列与节奏，包括运笔的干湿浓淡，渴笔与润笔的映照，都有一画面感浮现，她说这是一种训练的成果，写得多了自然会有一种胸有成竹之感。

苏华的书法注重布局与行里篇章，浓墨与飞白，旷放与聚集，点画转换，起按撇捺，大开大合，豪迈奔放，颇有男子汉气度；又注重节奏韵律，长短疏密，粗细雄柔，轻重缓急，舒展自如，更不失女性内秀；其作品结合词句意境，在点画组合等笔墨构成中融入了诗情画意。形式与内容既丰富又融合，既独特又平衡，大气正气，呈现出鲜明的艺术个性，耐人寻味。

说到国画，苏华在美院读书时最初学的是山水，师从黎雄才、梁世雄等老师，一画就是十年。那个年代热门的是人物画，学山水的人不多，女生更少，而她之所以选择山水，是因为她觉得山水画饱含中国画的传统笔墨，那种笔墨淋漓、大气磅礴的画中意境让她一见倾心。十年中，她去得最多的是广州的白云山、越秀山，或者省内周边的山脉丘陵，大山大水只去过两次黄山，对山的认识是不够的。而她又不愿仅仅临摹古画，喜欢走进大自然，表现自己熟悉的、有感情的景物和生活。于是，她转而画起珠江三角洲的水乡，画竹林茅寮、河涌村庄、阡陌小桥、水塘田基……这些图式与表现方法于前人的画中少见，当代的画里也很难找到借鉴与比较。因此，她再一次转而试画花鸟。这一尝试，顿觉得心应手，由此她开始既写书法又画花鸟。她的作品在对线条墨韵和情感的大胆取舍中，更突出了主观意象，表现出个性化的笔情墨趣，充分展示其自身的气质与意愿，也获得了更为丰富多元的表达。

纵观苏华的国画作品，从山水画到大写意花鸟，可谓各有千秋，山水画扎实、绵密、完整，花鸟画简约、浓重、浪漫。其作品得益于书法的锤炼，以线为基础，以笔为中心，以韵为气质；中锋用笔是其最大的特色，线的张扬、墨的酣畅，泽厚华滋，质朴凝练，恣肆率真，笔墨交错之中不失婉约，潇洒飘逸之中不失厚实，在视觉上给人一种生机勃勃又富有气魄的个性质感。她擅长以线的勾勒及墨的晕染塑造形象，以色韵墨彩渗化造境，画中景物时而笔简意赅，时而叙述纷繁，时而朦胧交融，时而历历在目。其作品所呈现的既是艺术家眼中的现实又是心中的愿景，既契合自然又富有时代气息，蕴含着作者对人生变幻与生态更替的审美与思考，哲思妙想、诗书画印融于一体，人文气息十分浓郁。

苏华常说，认识别人容易，认识自己难。人的基因有天生的气质，是什么种子就开什么花、结什么果，因材施教、适才而育、顺势而为才能结出好的果实。艺术也一样，不可强行改造，只有因势利导，正确认识自己，发挥所长才能有所成就。正如工笔画大家何家英最初是画写意的，在创作上一度陷于低潮，无意间画了一张工笔画，竟然大受好评，这才找到真正适合自己的道路。

苏华前两年梳理了自己多年来的书法与国画作品并分别结集出版，从而对自己又有了一个新的认识。她重新买了一批较大的笔，她意识到，书法也好，绘画也罢，奔放、泼辣才更符合内心的诉求。苏华虽然觉得年纪大了，气力稍欠，但书画艺术用的是心力，这一点，恰恰是待人谦和，但内心强大、个性倔强的苏华从不缺乏的。

苏华认为艺术家成功的原因是才华加勤奋，没有才华再怎么勤奋也难以成才，磨刀磨背不磨锋一定成不了；当然，才华也要靠勤奋的砥砺才会闪耀锋芒。想当年，苏家家境贫寒，五个子女读美术学院时，就靠父亲在邮局微薄的工资养活一家七口，母亲患有哮喘病，仍然为了帮补家计沿街卖报纸。苏华毕业后刚和著名画家林墉结婚就被分配到阳江工作，夫妻两地分居，日子拮据。女儿林蓝刚出生3个月时，她得到一个难得的创作机会，咬咬牙背着孩子，一路颠簸，坐了7个多小时的长途汽车，一路晕车呕吐，从阳江坐到洪江。她白天画画，晚上带孩子，受了不知多少苦……直到后来，去了广州画院，她终于有完整的时间从容不迫地在艺术的天地里尽情

苏华　荔乡五月

苏华

　　遨游。回想起求艺路上的辛酸往事，她笑着说，自己无怨无悔，人生路上的磨砺是一个人受用不尽的宝贵财富。

　　今年已经78岁的苏华依然每天坚持锻炼身体，活得率性而简单，每天最高兴的时候就是一家人团聚，吃饭聊天。她的家庭几代人都是与艺术同行，谈话自然投契。苏华常说，她这一生幸运的事情之一，就是与艺术伴随终生。艺术既是爱好，又是事业，与生活相辅相成。"艺术的世界是自由的，可以随心适性，尽情表达，多好！"谈笑间一种豁达、爽朗之情溢于言表。正如她的作品，既是大度的，也是包容的，更是坚韧的有温度的，令人流连沉醉，品读不尽。

写于2018年

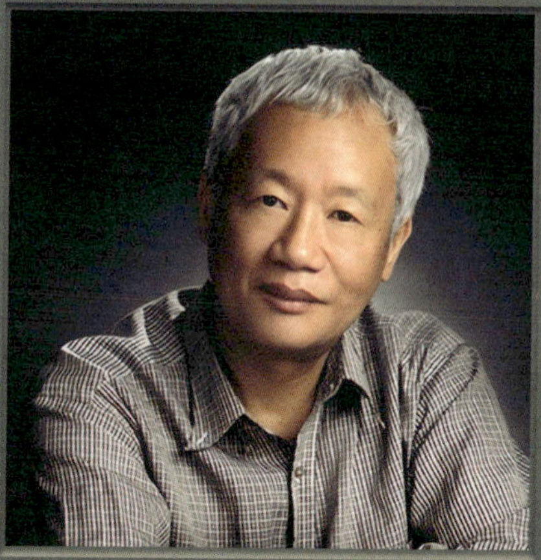

张绍城

现为广州画院名誉院长兼艺术指导、广东省美术家协会学术委员、国家一级美术师、广东中国画学会艺术指导、广东省高级专业技术资格评委、广州市人民政府文史研究馆馆员。一九九二年成为享受中华人民共和国国务院政府特殊津贴专家，二〇〇二年被广东省政协评为十位『广东省当代国画名家』之一。

步履不停地探索，青春不老的心灵

艺林丛影

> 有时创作上遇到阻滞时，不妨拐个弯，换个角度、换种方法去试试，不怕失败，永不满足，这样才能有一颗不老的艺术心灵。

某日深夜，我突然接到著名画家陈永锵先生的来电，熟悉而又苍哑的声音似乎带着些许激动，他建议我写写广州画院名誉院长兼艺术指导、著名画家张绍城。电话中，他这样称赞张绍城："年逾七十的人了，艺术之树常绿，仍然不断创新、不断突破。作品没有老气横秋，反而蕴藏着一颗年轻的心，有艺术理想的追求，有技术的品质，有审美的涵养……"原来，当日他刚参加了由广州画院主办的"先生之范——张绍城艺术品鉴会"，他看完张绍城先生的作品后深受触动，故而有此建言。

确如他所说，多年来，我所看到的张绍城先生的作品一直在不断探索与变化着：从传统的笔墨意蕴与设色赋彩，再到上矾水、铺色底、玩墨痕等尝试，题材从花鸟动植到人物水乡，再到山水系列……不管技法与题材如何，求新求变似乎已是他的常态，也不断得到人们的认可。在这次广州画院主办的个展上，我看到了张绍城先生的一系列新作。作品乍看还是传统水墨设色的框架，但细看其内里已有非同一般的变化，蕴含着一种气象万千、不可预期而又天然随性的肌理，一种渗化自然墨痕水印的质地，给人一种抽象中不乏细节，而又非常真实可信的印象。这源于一种根植于传统又不墨守成规的

张绍城　背粮上山二

探索，一种技法上溯古法与创新融于一体的尝试。

谈到这一系列新作，张绍城先生说，他是先在一张纸上涂泼水墨，然后覆纸、刮纸，在纸上拓出了各种有所预期或不可预期的墨迹肌理。肌理也是一种艺术语言，面对这种千变万化的肌理，他要考虑很久才落笔，几乎是一种冥想的状态。因为拓墨并未成画，他要思考构图，要加上景物。而加点什么，怎么加，如何妙用墨痕水印而又仿如天成，给人不刻意的感觉，如何提炼主题营造意蕴和抒发情感？这个过程仿如面对一盘象棋残局，极具难度又富挑战，要胸有成竹，又要随机应变，才能获得心目中所要达到的效果。

张绍城花了许多时间，大批量、系列化地进行尝试，其中体现的是一种开拓精神与自觉的追求意识。出生于广西北海的他6岁便开始绘画，15岁来到广州美术学院附中读书。在改革开放的大潮中，在富有创新精神的岭南画派的熏陶下，在关山月、黎雄才等老一辈艺术家的引领下，他从年轻时便具有了一种强烈的开拓创新意识与文化追求的自信。他画过连环画、宣传画、水彩画、油画，在中国画的探索上，也从画作的主题，到题材与技法等方面都进行广泛尝试，留下了许多脍炙人口的代表作，如经常被人们提及的油画《淞沪抗战——十九路军》和当年风靡广州的年画《我爱北京天安门》等，无不体现出他在艺术创作上的思想性与创造性。

张绍城说，艺术的创作与科学技术不同，没有可量化的标准，凭的是直觉，与音乐一样。绘画的基本功少不了，但画外的功夫同样不可或缺，其中

张绍城　夔门

实践是关键，坚持也是关键。他曾经对岭南画派的历史源流做过深入研究，发现岭南画派的风格是在社会发展和生活实践中形成的，是从中国近现代社会变革的需求中衍生出来的，是伴随着康有为、梁启超、孙中山、胡适、徐悲鸿等各界精英引入西方文化，改造中国传统文化的过程而产生的。岭南画派的哲学基础是中西结合，注重实践；岭南画派要有自己的文化自信，如何从理论到实践上将岭南画派的优良传统发扬光大，这正是张绍城这些年在艺术创作中反复思考的一个问题。

回顾张绍城近期的一系列山水画作品，他正是带着这样的思考去着手创作的。岭南画派曾经借鉴过日本南画，但从源头上讲，日本南画学的是中国的宋画。张绍城用了十年左右的时间去全面比对和研究中日画风，从梅兰竹菊开始到山水画，检视绘画以往是如何继承与创新的，由此思考将来的路子应该怎么走，理论上又如何确立与论证。张绍城根据自身多年来的创作实践，认为广东绘画应有广东的特点，应保持自身的个性和特色。强调传统没有错，但不能因循守旧，束缚了艺术的多样化与其他的可能性。

基于以上的思考，一方面，张绍城在山水画创作上开始溯源求解，开始在宋元山水创作上寻找形象符号与图式，捕捉最具中华民族特色的绘画元素。例如他的《山水小品》《春耕》《万水千山》《井冈山》《源头活水来》等作品中的山石、树木、花植、流泉、桥梁、屋舍等，许多都采取古画的技法加以描绘，又借鉴了西方现代绘画的抽象因素，灵活运用泼彩、拓印、勾勒

张绍城　背粮上山五

等方式，妙用肌理，略加改造。另一方面，毕竟山水画不是纯粹的抽象绘画，他必须考虑观众的接受程度，所以画面上保持比较优美的境界，笔下的山水不拘泥于形似，而贵在画出心境中的山山水水。艺术家们利用景物的营造与判断，抒发心中的感悟与情感，在画面的处理中形成审美的品质。审美之于绘画，正如节奏之于诗歌。同样的还有想象力，中国画在观感上让人觉得真实可信，并不是因为画中巨细毕现，而是因为作品调动了观者的感知力和想象力。审美和想象力，这些就是"画外的东西"，靠积累，靠实践，靠艺术家对生活的观察，靠行万里路与读万卷书。具体到每幅画，主次与藏露如何布局，制造什么样的氛围，是冬天的萧瑟还是春天的蓬勃，要表现的是心境的开朗还是思想的忧郁，这些都是艺术家自己的选择。

张绍城说，山水画的创新并不容易，特别是岭南画派，关山月、黎雄才等先贤已达到了一个令人景仰的高峰，要再前进一步非常艰难，后来者很难逾越。但有困难不等于就不去尝试，而是要有敢于冒险的态度，也要有发现的好奇心，要给自己树立破解难题的决心。有时候创作上遇到阻滞时，不妨拐个弯，换个角度、换种方法去试试，不怕失败，永不满足，这样才能有一颗不老的艺术心灵。

写于 2020 年

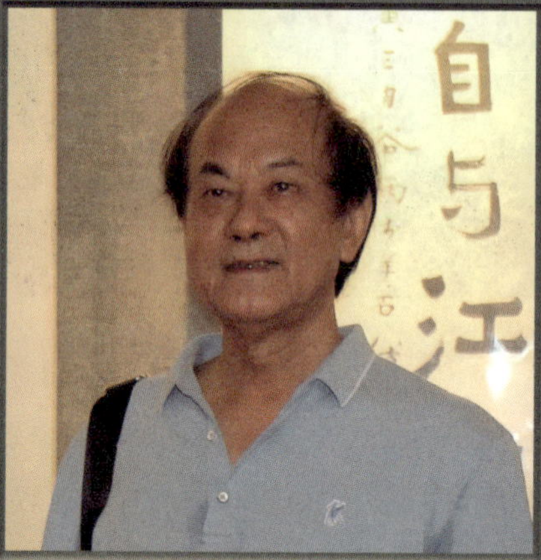
自与

陈秋明

曾任广州市海珠区文化馆、邓世昌纪念馆副馆长，广州市书法家协会副主席。现为广州市人民政府文史研究馆馆员、中国书法家协会会员、广州市书法家协会顾问、广州市书法家协会副会长、广州日报书画院顾问、广州文联诗书画院副院长、广州城市职业学院客座教授、尚雅书社社长。自幼爱好书法，擅行草，兼工楷、隶。多次在全国书法展中获奖。

操千曲而后晓声，观千剑而后识器

艺林丛影

"操千曲而后晓声，观千剑而后识器。"他在不断磨炼中，逐步形成了其笔下的刚柔并济、奇正与共、方圆干湿、对比协调、融会贯通的书法。

在北京人民大会堂，有一幅大气磅礴、意蕴悠长的书法作品长期张挂于广东厅和上海厅之间。该作品长达5米，宽有1米，内容是被誉为"岭南三大家"之一的清初著名诗人陈恭伊所作的诗《木棉花歌》。木棉花是广州的市花，被誉为"英雄花"，象征着磊落不凡、不惧风霜、蓬勃向上、敢为人先的广东精神。"愿为飞絮衣天下，不道边风朔雪寒"，表达了无私奉献的高洁风骨和英雄气概。作品以行草书创作，整体布局舒展，字体动静结合，线条丰富多变，笔墨饱满酣畅，观感秀雅流丽，行云流水，呈现出浓厚的岭南书法特色。这幅书法的作者，就是广东著名书法家陈秋明先生。

除此之外，陈秋明还曾多次应邀创作尺幅巨大的书法作品，例如他为广东省人民政府会议厅创作的毛泽东词《清平乐·会昌》书法作品，长5米，宽2米，同样气势宏大，酣畅淋漓，笔墨精到，气韵生动，深受好评。

能接到如此重要的创作邀请，从一个侧面说明了陈秋明先生的书艺水平与受认可的程度。陈秋明在书法上的造诣，特别是行草书的书写质量与线条张力，一向备受业内外的欣赏与赞誉。

陈秋明

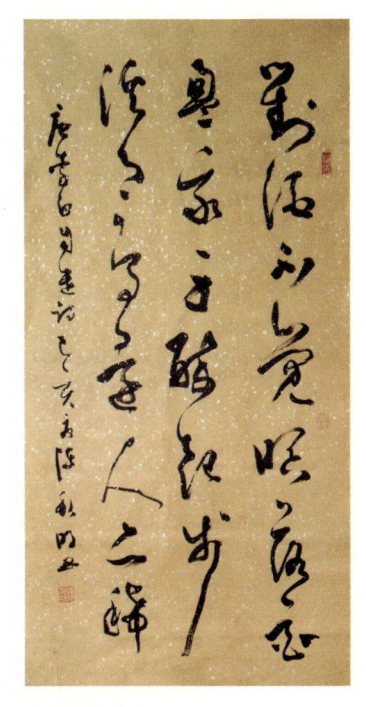

陈秋明书法作品

　　陈秋明是广东普宁人，1946年出生。他自幼爱好书法，擅行草，兼工楷、隶。在全国、省、市等书法展中多次获奖。出版有《从心写我》《岳阳楼记》《前后赤壁赋》等数十本字帖，作品被人民大会堂、广东省人民政府及国内多家博物馆等机构收藏。个人成就被收入《中国当代书法家辞典》。

　　书法是抽象表现的艺术，也是线条的艺术，对线条的锤炼体现了书家的基础、驾驭能力与艺术品质。千百年来，中国书法艺术史上那些徐疾驰行的笔墨轨迹，时而重若崩云，时而轻如蝉翼，时而如惊蛇乍起，时而似柳丝飘舞，出神入化，气象万千，都是无声之音乐，纸上之墨舞，不啻是东方艺术的灵魂之体现。对此，陈秋明意识到自己修为方向的正确，数十年心血沉浸，废纸万千，秃笔成丘。同时，他也深知书法艺术博大精深，巅峰绝壁，处处畏途，自己唯有怀着虔诚与敬畏之心，深入学理艺理，勤习不辍，研摹众贤，常怀自省，多方揣摩，持之以恒，才能有所领悟，有所精进。

　　受家族父辈的影响，陈秋明自幼喜欢书法，虽然少时家境贫寒，他却长年夜藏楼阁，以箱箧为书桌，油灯相伴，临写书作而废寝忘食，有时热到汗流浃背也浑然不觉。平日出门见到好的书法，他便默记于心，回来背写，展现出对书法艺术强烈的挚爱。读书后，他这方面的专长得到发挥，在学

陈秋明书法作品

校出墙报写作品，经常得到其他同学的赞誉，于是他对书法的兴致更高涨。

改革开放后，许多书法艺术学习班与相关活动大量涌现，陈秋明一直喜欢前辈书法大家麦华三的字，于是便报名参加了广东省书法家协会的学习班，跟随李天马的弟子骆墨樵老师。从此真正入门，走上正道。他根据个人的兴趣苦学"二王"，反复临写《兰亭序》《圣教序》，刻苦钻研，进步很快，也得到了许多同道的鼓励。在临习书法上，陈秋明劲头十足，从未懈怠，一册《圣教序》写了逾十年，熟悉到几乎可以倒着背出来，如今退休了每天仍在书房临习大半天。

陈秋明认为学习书法要下"笨功夫"，大体上分为从"约"到"博"，又再到"约"的阶段。即先集中精力做好一方面，比如先学一家一法到涉猎诸家诸法，然后又再回到精研于某一领域，循环往复，不断提升。所谓"精于一则尽善，偏用智则无成"，他的行草书便得益于先在"二王"与《圣教序》上所下的"笨功夫"，打下了扎实的基础，然后再遍习文徵明、赵孟頫、米芾、怀素等诸家乃至碑、楷、篆、隶等不同书体，广泛吸收养分。

"操千曲而后晓声，观千剑而后识器。"他在不断磨炼中，逐步形成了其笔下的刚柔并济、奇正与共、方圆干湿、对比协调、融会贯通的书法。陈秋明说，每个人多多少少都有一些不良的书写习惯，而临帖与掌握规律，就既能补充养分，又可改善书写方式。学习书法的人往往写到脱稿，或想追求个人风格时，下笔就常会走样，其实风格也要符合审美规范的。当然，写书法最后的目的，也是要写出个人的性格，一般来说，豪放者难写斯文字，儒雅者自然追求精致与灵动。但总的来说，书法面貌的形成离不开个人的本性、学养、阅历等方方面面。陈秋明个人则倾向于线条优美有序，结构自然协调，希望能符合大多数人认同的共性，从而容易产生共鸣。

"书如其人"，不同气质的书法，都是在积年累月的锤炼感悟中，不期然地形成的。一方水土养一方人，任何艺术的成长都有其不可脱离的文化土壤，比如北方人看惯大山大川与苍茫大地，南方人常见小桥流水与亭台楼阁，其笔下自然会不期然地体现出雄壮张扬或秀雅内敛等不同风格。所谓"北书雄健，南书温雅"便是这个道理。作为潮汕籍书法家，自幼在岭南成长的陈秋明，骨子里更倾向温雅秀气一路，更讲究线条的质量与韵律的节奏，就像广东音乐，流淌着岭南人随性和祈求安稳而又富有情趣与自然节奏的特性。

当然，对不同地域艺术形式的借鉴与吸取也是一种良好的养分，比如陈秋明的书法中就融入了碑书的笔意，从而提升了线条的笔力与结构的张力，在此基础上，又融入个人随和的性情，最终在书法上体现出一种行云流水而不柔弱的感觉，像一首风格别具而令人久听不厌的音乐。

近年来，随着陈秋明也开始开班授徒，他成立了一个学社叫"尚雅书社"，目的在于帮助一些书法爱好者走上正道，也希望书艺得以传承。陈秋明说，学习书法要做到"无师自通"是很难的，个中许多窍妙不说破难以知晓，单靠临帖又急于求成使许多人走上歧途。

"学书法要先继承再创新，打好基础很重要，走对路了就事半功倍。"他说，书法讲究个性但不能刻意于个性，个性是日积月累中逐步形成的；个性也有雅俗之分，俗气的个性不可取，个性应有规律的约束与艺术的高度；学书法悟性很关键，但有悟性还需打通，随着年事日高，他带学生也是希望能帮助有悟性者能打通艺术史提升的节点，同时能帮助学生规范书写之道，倡导正确的学习方法与良好的学习风气，为传统书法艺术的传承与发展贡献一点绵薄之力。

写于 2020 年

陈秋明书《洛神赋》长卷

艺林丛影

古有王献之，至今遗留"十三行"为历世所传颂之物；后有赵孟頫，遗世两卷佳作均为书者范本；至于后世其他或临习追摹，或书写创作者更是不计其数。

魏晋曹植的《洛神赋》以其想象丰富、文采飞扬、思想深邃与典雅传神而成为千古名篇，向为书家所乐于抒写。古有王献之，至今遗留"十三行"为历世所传颂之物；后有赵孟頫，遗世两卷佳作均为书者范本；至于后世其他或临习追摹，或书写创作者更是不计其数。

20世纪60年代初，广东书坛名宿麦华三先生曾临写"十三行"并撰识记以出版，为众多书法爱好者所追捧与传习，造福一方。近期，广东书家陈秋明正在指导学生临习赵孟頫版的《洛神赋》法帖，教学中有所感悟，有些心得，遂萌想自己也来创作一件《洛神赋》书作。于是，他花了许多时间与心力，查阅词典原文，对照比较前人几个版本，逐一校正一些文字，补充部分缺漏内容，然后结合自己的理解与书写风格，较为完整地以创作的手法书写了一遍。

陈秋明之前也写过《前后赤壁赋》《前后出师表》《岳阳楼记》等长卷并出版，但已是十多年前的事了。当时年富力强，现如今已逾古稀之年，没想到写起来依然流畅舒展，而且更为成熟老辣，真是与书俱老。陈秋明

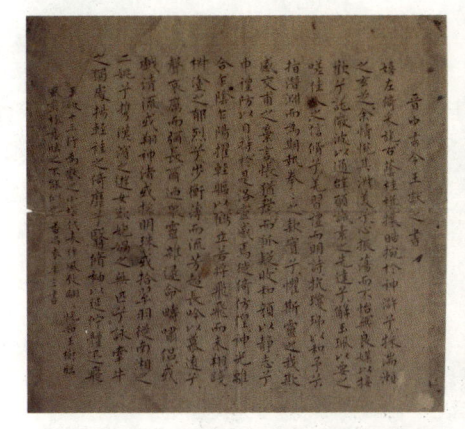

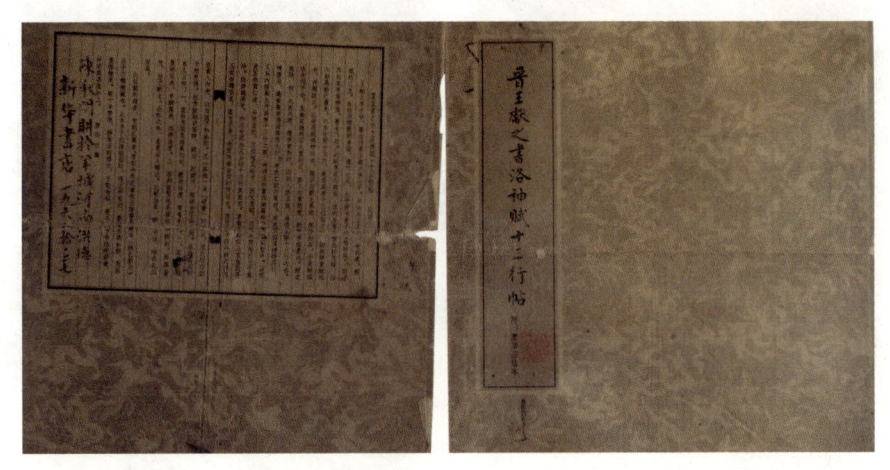

麦华三临写王献之"十三行"帖并撰写说明识记

的书风遒劲秀逸,笔致洒脱,与《洛神赋》雅逸隽永的文风相为呼应,不仅文风与书篇结合协调,耐人品味,而且作品高达70厘米,长达15米,整整用了11张四尺整纸的宣纸,堪称巨作,与古人赵孟頫等案上之作比较更为壮观。而且王献之为小楷,赵孟頫为行楷,陈秋明则为行草,书体上有所不同。

    前人杰作自是经典而难以逾越,但现代人在充分学习借鉴与吸收营养的基础上未必就不可自出新意,陈秋明的行草书体在此长卷中宽敞舒放,显得更为自由,更随心所欲,与《洛神赋》的浪漫主义文风非常吻合。书作行云流水、传神达意中令人更为深入地感受到了"翩若惊鸿,婉若游龙,荣曜秋菊,华茂春松……"意象,引人神思雅品,十分难得。

写于 2022 年

陈秋明

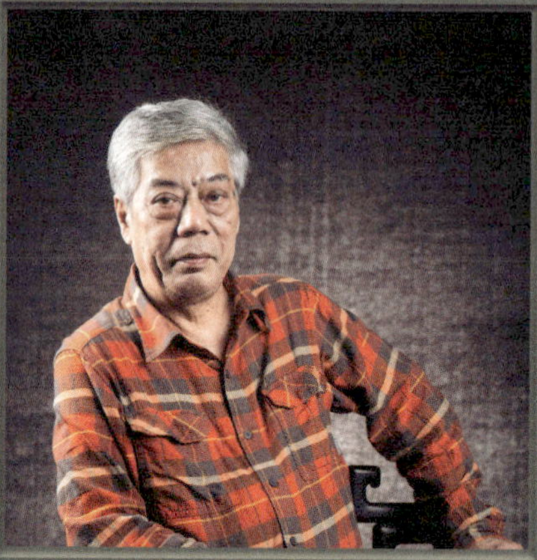

陈永锵

一九四八年生于广州,广东南海西樵人。一九八一年毕业于广州美术学院国画系研究生班,获文学硕士学位。曾任广州画院院长、广州市文化局副局长、广州市文学艺术界联合会常务副主席、岭南画派纪念馆馆长等。现为中国画学会副会长、广东省中国画学会会长、中国艺术研究院美术创作研究员、中国国家画院研究员、岭南画派纪念馆名誉馆长、广州美术学院客座教授、国家一级美术师、享受国务院政府特殊津贴专家。

「好自为之」陈永锵

艺林丛影

　　画画是他的主要生活方式，是他的生命形态。几十年来，他画出了名堂，画出了地位与尊严。

　　"陈永锵不怎么样，他也觉得自己不怎么样，但谁也拿不了他怎么样，因为陈永锵一直还是陈永锵。"当画家陈永锵忆起已故艺术名家林丰俗说过的这段话时，有点唏嘘。他说自己确实"不怎样"，一辈子就喜欢忘情地画画，只是说到林丰俗老师的仙逝，他不禁颇为感伤，随口引用了鲁迅的一句诗"忍看朋辈成新鬼"，而后又说起"故人如秋叶"，不免神色黯然。

　　陈永锵自幼酷爱绘画，7岁时，父亲为他买了一本《齐白石老公公的画》，他由衷地喜欢上了这位可爱可敬的老人齐白石。对那本画册，他至今记忆犹新，就连封面他都记得一清二楚。13岁那年他画了一幅小画《群鸡出笼》，送给他初中一年级的老师许炽。画面中，小鸡出笼，互抢蚯蚓，一片稚气童真，已可见少年陈永锵过人的艺术天赋。这幅作品被许家珍藏了超过半个世纪。14岁时，父亲带他拜见画家梁占峰老师，老师让他即席画了三条金鱼。梁老师评价："这孩子，灵！"从这时起，陈永锵的艺术之路才正式得到了恩师的指引。

　　陈永锵出生于岭南，又是平民家庭出身，很自然地把创作的视野投向老百姓的生活，擅长从日常见闻和真情实感中挖掘创作题材。他说要"与

陈永锵　岭南风骨

众生唱和",不孤芳自赏,用劳动者一般质朴的情感对待欣欣向荣、生生不息的大自然。他由衷地热爱自然,画花鸟、画树木、画土地。他发自肺腑地歌颂太阳、歌颂生命。他说一切的生命都有尊严,都不可侵犯。美国的一位评论家曾说:"与其说陈永锵是一位中国花鸟画家,毋宁说他是个热情的生命歌手。"

陈永锵笔下的景物总是悠然自得，沉雄豪迈。他并不刻意追求什么惊世骇俗的风格，或者所谓的时尚潮流。他的作品风格，本质上源于传统的笔墨母语与对自然的体察，源于其对生活的感知和强烈的艺术自信。他的作品雅俗共赏，讲究造型。他说造型是一种语言、一种力量，"形之不存，神之安寄"。虽然他的作品靠近写实已成定式，但并不是机械地描摹，选取的景物与表现的形态包含着深沉的思考和情感。木棉花的花瓣本是圆形，但在他笔下却是方中寓圆，因为这里面有着作者硬朗的个性与感觉的力量。他的花鸟画多是折枝取景，却旺盛茂密，连绵不绝，因为这里面有着作者的激情与旺盛的创作活力。生活经常触动或震撼了他，到了甘肃，见到陇上如海的向日葵，每朵花都有脸盆那么大，他脑际跳出的第一个字眼是"辉煌"；到了新疆，见到广袤与壮丽的自然风光，他的第一印象竟是"彪悍"……这些景象，这些感觉，在他的画里都得到了充分抒发与表现。他的作品朴茂而绚烂，大气而富有生命力，真实生动却又不落俗套，惹人注目而又耐人寻味，张扬着一种人文意识与生命感悟。

陈永锵说，艺术的自由在于艺术语言，在于表达沟通，一个画家如果无想法、无倾向，不如不画。作品一旦公开就与观赏者产生了社会关系，也即影响到了其他人，那么画家的创作就需要有艺术担当。他认为优秀的作品应当揭示深刻的人性，艺术家应是热爱生活的表率。人的一生来于偶然，去于必然，人生的意义是思想赋予的，因此艺术家不能囿于个体生命的偶然与暂时，而应是对整个人类命运共同体的繁衍生息肩负起应有的责任。艺术家应该勇于表达人们想表达而不会表达，或者无处表达的东西。他曾画蝴蝶以自喻。蝴蝶振动一双薄翼，低飞过河，奋力向前，一边是自豪，一边是内疚，没有落脚处，却始终心怀彼岸。

画画是他的主要生活方式，是他的生命形态。几十年来，他画出了名堂，画出了地位与尊严。他的墨迹丹青遍布大江南北，上至学府殿堂，下至民居里弄或者小食肆。他的粉丝为数众多，但他待人却率性自然。他视名利如烟云，素来轻装前行。大家叫他"大师"。他回答说："'大师'是对先贤的敬称，于我还不合适，我生命正灿烂，不要'折煞我也'"。他喜欢人叫他"锵哥"，年轻人叫声"锵哥"他会特别受用，感觉平易亲和又显年轻。锵哥喜欢喝酒，喜欢有人气，人多时他特别喜欢逗趣，兴之所至，手舞足蹈，扮名流、扮乞丐，惟妙惟肖，时常惹人哄堂大笑。

陈永锵生性随和，他说父亲教给了他善良，母亲教给了他坚强。他总爱引用"立志不随流俗转、留心学到古人难"这副古联教导他的学生。他认为缘分是一种自然交往，能体会朋友的"难"才是知己。人与人之间往往"误解"是常态，"理解"是幸运。也正是因为这样的性格，陈永锵一辈子朋友遍天下，对于有恩之人，他一直感恩在心，往事并不如烟。他为人豪爽仗义，对广州的艺术家同人经常尽力相助，连作家王宗英也称其为"义士"。而这一切在他看来，都是再自然不过的事情。

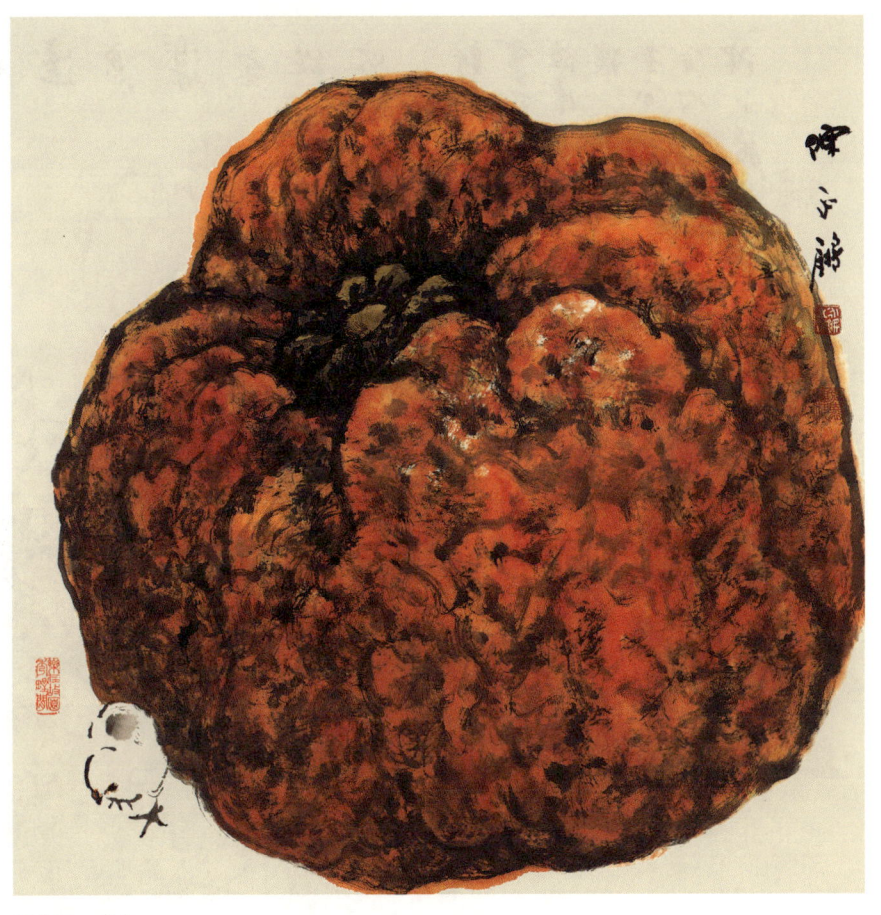

陈永锵　南瓜

陈永锵

　　陈永锵性格耿直率真，对于人或者事的态度，向来都不遮掩。有人曾戏称"陈永锵不是个东西"，而他回应："陈永锵本来就不是个'东西'，不是器具，是一个有血有肉、有情怀的人！"说完，他又感叹："笑骂由人，说起来容易，做起来难""两岸繁花不碍我，一川风雨且由他"。在他看来，所谓人生，不过就是一个人在不断地发现和审视自己中完善自己，最后成就自己的历程。唯有向自己的内心深处走，才不会重复别人的路。他笑言："不管是泉水还是海浪，在阳光下同样会闪光。我就'好自为之'吧！"

写于 2018 年

陈永锵　荷叶连天碧花开

荷叶连天碧 花开映日

陈永锵

牛年吹牛，蜗牛也是牛

艺林丛影

伟大的文艺作品总是充盈着深刻的人性与崇高的人格，画家陈永锵先生的艺术作品就往往彰显人格的思想性与生活的趣味性，不时地闪现出人性的魅力。

伟大的文艺作品总是充盈着深刻的人性与崇高的人格，画家陈永锵先生的艺术作品就往往彰显人格的思想性与生活的趣味性，不时地闪现出人性的魅力。

2021年元旦，牛年将至，应邀到锵哥（陈永锵）工作室"吹牛"。锵哥那天很牛，新年的第一幅作品就是一只比牛还牛的蜗牛。他说蜗牛也是牛，而且自负又有担当，更是永不息肩，"路漫漫其修远兮"。他曾开玩笑地告诫年轻女孩，拍拖要找只"蜗牛"，因为蜗牛样子很斯文，不骄傲，具有坚韧的意志，而且"居者有其屋"。据了解，蜗牛还具有惊人的生存能力，对冷、热、饥饿、干旱有很强的忍耐性，生长发育和繁殖旺盛。就像大自然，整体上生生不息，哪怕个体短暂，但生命永不缺席，种群恒远千古。

锵哥元旦的这幅作品虽寥寥数笔，但概括而又传神，墨彩浓淡错落，笔触皴写兼顾，生动地表现出蜗牛螺旋形壳的厚重与匍匐前进身躯的柔韧。一般的人只看到蜗牛有两只触角，其他画家也常常只画了一对触角，但锵哥笔下的蜗牛却是两对触角四顾张望，蜿蜒蠕动，昂首挺胸，形态趣致。事实上，

陈永锵

陈永锵　路漫漫其修长兮

　　蜗牛的触角是两对四只的，锵哥所表现的不仅准确生动，而且常将笔下的小动物拟人化，赋予其哲思妙想，寄托了自身的思想感情与人生思考。别人看到的螃蟹是横行霸道的，他看到的却是礼貌作揖，不正面冲撞；别人看到蚂蚁的弱小，他却看到了蚂蚁的自强不息……由此可见，作者观察力的细致准确与想象力的丰富多维，发现了许多别人看不到的东西，表达了豁然开朗或会心一笑的释怀之情。

　　锵哥的日常状态要么在画画，要么在思考，他说人生的过程就是思考的过程，也是体验的过程，而不应是概念化的。他的作品体现的就是他的体验、感悟与价值观。为此他特别钟爱苏轼的一首诗："人生到处知何似，应似飞鸿踏雪泥。泥上偶然留指爪，鸿飞那复计东西……"

　　锵哥还喜欢抽时间看看书，看到他喜欢或有触动的地方总是欣喜地记录下来，反复咀嚼诠释。锵哥也喜欢与朋友聊聊天，他说喜欢的朋友并不是想见就随时能见的，见到了就要开心地聊，聊得开心。喝酒也一样，开心就喝，喝得开心。生活就是要随缘放旷，做快乐的自己，过积极的人生，作品也应如是，积极乐观而富有思考。

写于 2021 年

守不住良辰朗月，却可以迎接每天的朝阳

艺林丛影

"我们守不住良辰朗月，却可以迎接每天的朝阳"。

广州疫情过后的一个休息天早上，来到锵哥的画室聊天。锵哥徐徐地道声欢迎，示意他人为我斟茶后兀自吸烟抿酒，眼光则依然停留在他画墙上那幅还未画完的红棉上。

我说，大清早的，锵哥您还是酒不离手呀？他说，那是浇散心中惆怅的"解药"。我说，锵哥您挥笔遣兴，悦目怡心，岁月静好，何来惆怅？他说，画家总是感情丰富，尤其是AB血型的他，总爱多愁善感。虽疫情期间足不出户，但电视上播的，身边人说的，那些热血沸腾的人群，那些"抗疫"揪心的事情总容易惹他激动、惹他伤感，但又帮不上忙，有心无力，自是沉闷。

不过，画画是开解自己最好的办法。2020年武汉抗疫后，锵哥的心中烙下了许多激动人心的场景。他画下了默哀时红得透亮、降而不垂的国旗，画下了戴着口罩眼神坚定的大医精诚，画下了绿荫如盖下的树根，刷了一抹呵护白漆所象征的意义……

而这次，他置身广州，却似乎不知怎么画，也似乎不想怎么画，他信口一首王维的诗："晚年唯好静，万事不关心，自顾无长策，空知返旧林……"但他真的不关心吗？不，他应心中洞明，艺术是真诚的，面对人类的灾难与困苦，艺术家更会倡导热爱生活，鼓起勇气，迈步人生。

陈永锵

陈永锵　水葫芦

艺林丛影

陈永锵　春在山林云水间

艺术可以安慰心灵，懂艺术的人更懂生活。瞧，锵哥笔下的红棉，画的是岭南的雄姿英发，画的是拔地擎天，画的是一种精神意念。其画面热烈而不张扬，沉雄而不沉闷；红则红得夺目而不艳俗，绿则绿得发黛而更富生命力。花瓣方中寓圆，圆中蕴方；花蕊概括成一个个"火"字形，红红火火，生生不息；树干苍朴古拙得像一座山脉，像一堆岩石，厚重而又苍劲，坚挺而又隐忍，洋溢着沉稳恒远的生命原动力。树枝可以摇曳，根基早已深植，树干难以撼动，在大自然里依然生机勃勃。

　　和锵哥继续闲聊，说着说着又说到了身边的人和事，说到我前段时间写过《林墉先生的家》一文。他问，林墉先生现在身体如何？状态可好？我说，林老师依然是那样睿智，那样风趣，只是反应似乎有点慢了，有时表情也略显木讷起来。听苏华老师说林老师现在比较嗜睡，有时人家约了来拜访，大白天的他却嗜睡不起。但作为我们这些林老师熟悉且喜欢的人，苏华老师还是希望我们多找林老师聊聊天，让他多活动活动脑筋。苏华老师还说林墉老师画画比以前少了，因以前脑袋做过大手术，有时写字忘字，甚至有时手不从心，点画位置都摆不准……

　　听到这里，锵哥沉默了一下，又举杯抿了口酒，并用手指抹抹眼角，让人放了一首《老了兄弟》的歌曲："时光悄悄地过去，留下的只有回忆……梦里想想我的兄弟，这辈子真不容易……老了兄弟，余生尽欢保重身体，那些过去的烦心事能忘就忘记……"歌声悠扬而感伤，锵哥沙哑的咽喉随着咳嗽了几声，又拿起毛笔往画墙走去……

　　后来，锵哥又问起我家的小孩，我说他读高中了，在学校里寄宿，课程作业都十分紧张，但有时也会偷偷地画几张小画，并找出孩子近期画的动漫图片给他看。他说不错，画得准，但建议小孩还是多画一些身边的东西，多画身边的美，因为对熟悉的东西会有感情。生活并不缺少美，缺少的是发现美的心，有了这份心才会热爱生活，热爱人生，热爱社会，热爱大自然……谈到我着重培养孩子的善良正直，并借"诗书礼乐"之意为孩子拟了个书斋名"礼乐轩"时，锵哥主动叫人铺纸为小孩题了书斋名和"礼群乐善"几字，以示认可与鼓励。

　　和锵哥聊天总是充满哲思，总是有所启迪，也总是容易触发感慨，突然想起锵哥曾经说："我们守不住良辰朗月，却可以迎接每天的朝阳。"

写于 2021 年

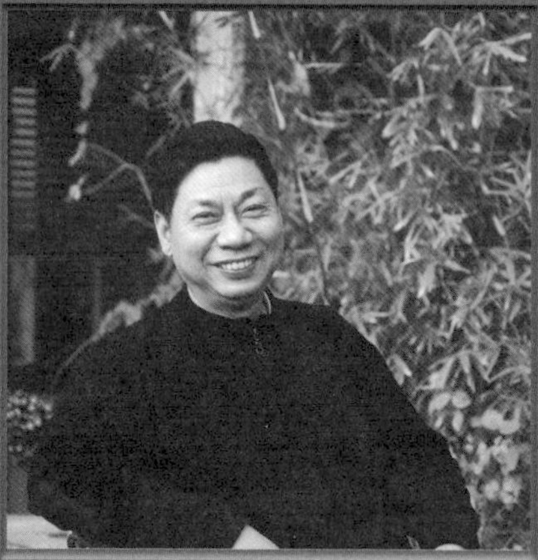

方楚雄

一九五〇年生于广东省汕头市。现为广州美术学院中国画学院教授、硕士研究生导师，武汉理工大学客座教授、博士生导师。中国美术家协会会员、中国画学会常务理事、中央文史研究馆书画院研究员、广东省人民政府文史研究馆馆员、广东省中国画学会副会长，享受国务院政府特殊津贴专家。作品入选第六至第十一届全国美术作品展并获奖。作品被人民大会堂、全国政协、中南海、国务院办公厅、天安门城楼、钓鱼台国宾馆、中国人民革命军事博物馆、中国美术馆等机构收藏。

"神童与平常心"
——浅谈方楚雄的国画艺术

艺术家的阅历、修养、感悟总会在作品中体现出来,想要在画坛成就一番作为,就需要多一些经历、多一些锤炼。

方楚雄 1950 年生于广东省汕头市,从小就热爱画画,四五岁时就喜欢用木炭在地上涂涂画画,再后来改用铅笔,便一直画个不停,表现出炽热的爱好与过人的天赋。方楚雄说他小时候被吸引的第一本画册叫《齐白石老公公的画》,是一本很薄的小册子,里面有小鸡、小鸭、松鼠等小动物,是给小朋友看的,很惹人喜爱,对年幼的他影响甚深。后来,在哥哥的朋友引荐下,他跟着画家王兰若老师学习。学画的过程他很开心,他想学什么,老师就示范什么,然后他拿回家中反复临摹,再找老师批改,正是这长期的锻炼成就了日后的多面手方楚雄。

20 世纪 50 年代末,方楚雄在汕头已经小有名气,于是汕头市文化局又向他推荐了刘昌潮老师。刘昌潮笔墨格调很高,梅、兰、竹、菊水墨淋漓,苍劲潇洒,方楚雄随刘昌潮老师学画几年后,笔墨功夫又提高了许多。年仅八九岁,方楚雄已有很多作品参展和入选国际儿童画展,在德国、日本、匈牙利等国家都曾展出过画作。1959 年他获选赴广州参加广东省第一届少先队代表大会,在省科学馆现场画画,获得极大反响,被《汕头日报》专版报道,从此"神童"之名广为流传。

方楚雄 今年炮仗花更红

方楚雄　鸡犬相闻

　　高中毕业后，方楚雄被分配到工厂当工人，经常被外调去画画。1969年，广州美术学院被并入广东人民艺术学院。学校去汕头招生，方楚雄本是获得推荐的人选，但几经周折，直到1975年，他总算赶上了这班车，顺利入学。幸运的是，他遇到了同班同学林淑然，后来成就了画坛一段美满佳话，也许是冥冥中注定的缘分。

　　方楚雄以前学的是海派技法，重视传统文人画的笔墨表现。在广州美术学院，方楚雄接受了以素描、色彩为主的西画基础训练。他跟随杨之光学习水墨人物画，又跟黎雄才学山水，跟陈金章学写生，跟王肇民学色彩，眼界不断开阔，基础不断夯实。从师徒传授式到学院派，方楚雄得到了全面系统而又扎实的训练，尤其是写实观念的陶冶、造型能力的提高，对他的成长影响非常深远。特别要提及的是林墉和林丰俗两位学长对方楚雄的影响。林墉为方楚雄写过几篇文章，肯定了他在艺术上的探索。林墉说："人生本来时时带着苦辣味，并也伤痕累累，善良的艺术家总不愿再撒上一把盐。"还说："方楚雄作画，能如他快者，莫如他精；能如他精者，莫如他博；能如他博者，莫如他谦；能如他谦者，莫如他灵，如是状态可酣战。"林丰俗乃谦谦君子，学识修养甚高，那个年代出版物奇缺，还在怀集的林丰俗看到李可染画语录，嘱咐夫人分多次抄录寄给方楚雄。每念及此事，方楚雄一直心怀感激。

　　1978年，方楚雄毕业后留校任教，因为当时国画系缺少花鸟画教师。他被学校派去北京、天津等地游学，一起同行的还有在读研究生的陈永锵。在几个月的游学中，他们拜访、请教了李苦禅、李可染、王雪涛、崔子范、田世光、孙其峰、阿老、许麟庐等名家。当时，他住在中央工艺美术学院学生宿舍。黄宵先生到工艺美术学院上课，他们也有幸聆听。在天津美术学院，孙其峰老师安排他们在他的工作室里学习，不仅教他们画画、书法篆刻，还传授了很多辩证的教学思想与艺术规律……

　　受到多位艺术恩师的指导，方楚雄在艺术技法与观念上，调和了海派与岭南画派的语汇，熔海派的书卷气与岭南的雅俗共赏于一炉，又吸取北派的雄浑大气，上追宋元明清，兼采中西学养，逐渐步入圆熟通融、自成一派的境界。有评论家曾用"兼工带写"来描述方楚雄介于水墨大写意与工笔设色之间的画法。他既具有深厚的写实造型能力，如《鸡犬相闻》等作品，将传统工笔画状物精微之妙发挥得淋漓尽致；笔法稳健之中，又常有优雅从容、气韵丰沛的传统水墨味道。正是这种兼收并蓄，使得方楚雄的绘画有了更为宽广的表现力和覆盖力，赢得了业内外的一致赞赏。

　　美术评论家李伟铭评价称，方楚雄的艺术强调源于生活，突出语言的写实再现功能，以平易近人的趣味满足普通大众的欣赏习惯，是这种风格的先驱者追求的审美理想。特别是他的动物题材绘画，在形、神刻画的准确性和生动性方面不仅高于前人水准，在取材的广泛性和丰富性方面也大大超出了前人涉猎的范围。去年他去东非肯尼亚马赛马拉大草原，目睹了野生动物大迁徙的壮观场面，回来即创作了长颈鹿、角马、斑马等新国画

方楚雄　斑马和长颈鹿

题材，堪为一例。

　　方楚雄还有一个特点，就是非常勤奋。五六岁时出麻疹发烧，父亲交代奶奶守着他在家卧床休息，但他趁大人一不留神，爬下床又画了起来。成年后同样是笔不离手，几年前的国庆假期，他和朋友到贵州采风，在古城酒楼吃饭，就在等位的时间，他已画完了一张水墨写生。

　　艺术家的阅历、修养、感悟总会在作品中体现出来，想要在画坛成就一番作为，就需要多一些经历、多一些锤炼。方楚雄去过敦煌、永乐宫、龙门石窟，留下了大量的临摹和写生作品。古代绘画造型色彩的精华，都在他后来的创作中留下了痕迹。因此方楚雄在教学中要求学生们读万卷书，行万里路，要留心体验生活，对着自然写生，在创作中流露出浓浓的生活气息。

　　方楚雄从教40多年来，可谓遍植桃李，许多学生都已成了当今艺坛的中坚力量。他教学生注重因材施教，善于发现人的气质特点和性情爱好，发挥个性加以引导，并不强求与自己一致。他的学生有多种风格，比如画写意的有许敦平、杜宁等；兼工带写的有许晓彬、卓愿等；画工笔的有罗玉鑫、翁毓衔等。但无论什么样的风格，他都强调画中要有艺术家对生活的感受与心灵的流露，以此彰显个人的风格。

方楚雄的艺术还影响到家族与身边的人，他的弟弟、妹妹与侄儿都走上了美术的道路，弟弟方楚乔是暨南大学艺术学院教授，妹妹方楚娟是中山大学教授，侄儿方向是国家画院专业画家，连他的老父亲80多岁也专心练习书法，整个方氏一家无不受到艺术魅力的浸染。

方楚雄坦言，艺术既要有传统底蕴也要有时代气息，还要有自己的个性面貌。总是依靠"一招鲜"，作品不容易耐人寻味，而违背其个性也不能长久。他还说，创新不能是无根之木，无源之水。艺术追求个性，但应该是自然而然、水到渠成的。他认为能与观众产生共鸣才是好画，作品靠炒作是没有生命力的，经典一定是当时被认可并经得起时间洗礼的好作品，这正是他孜孜以求的目标。

林墉曾经用"平常心"形容方楚雄的绘画世界。他的作品里没有居高临下的浮傲，没有哗众取宠的轻薄，也没有自以为是的张狂，有的只是一腔温情、一种潺潺不断的滋润。他想诉说的只是一种内心被美所陶醉之后的细言慢语。温柔，澄明，这是他画中的理想世界，也无疑是对自己立身处世的最好写照。

写于 2019 年

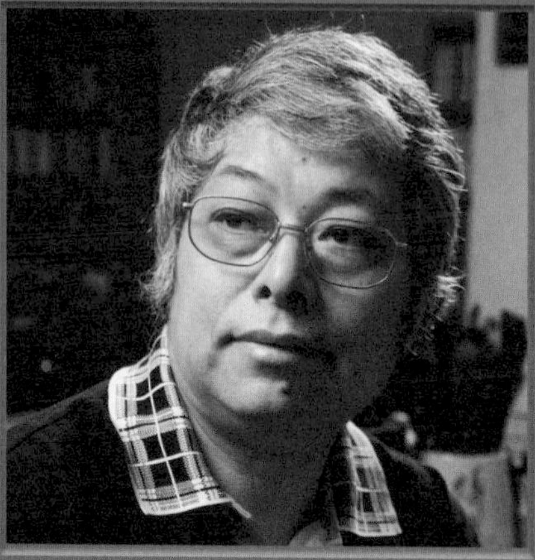

周国城

一九五〇年生于浙江省杭州市。曾任广东省书法家协会副主席、广州书画研究院院长、广州市美术家协会主席。现为中国书法家协会会员、中央文史研究馆书画院研究员、西泠印社社员理事、广州市美术家协会名誉主席、广州市文史研究馆馆员、广州大学美术学院硕士研究生导师、暨南大学艺术硕士研究生导师、国家一级美术师。喜书行草，兼擅花鸟。书法、绘画、篆刻等作品多次入选全国、省、市展览及入编专集。分别在我国的广州、深圳、香港、杭州和印度尼西亚等地举办个人展览。

"多面手"周国城

成长于浙江杭州而绽放于广东广州的周国城在书画艺术上是一位难得的多面手，他以人文精神为载体，以文化、思想为领航，身体力行，弘扬传统文化，并与时代接壤，与个性共生。

人生历程，从学习、就业到生活，常常有许多十字路口，一次重要的抉择甚至足以决定一生的走向。著名书画家周国城30年前的一次选择，既改变了自己的艺术人生，也丰富了岭南艺坛的艺术面貌。

当年在浙江人民美术出版社辖下的《幽默大师》和《今日生活》（原《富春江画报》）任副主编和主编的周国城，在杭州已经有很好的平台和人脉，已是浙江省青年书法家协会副主席、杭州青年书画艺术团的团长，小有名气，崭露头角。因为工作的关系，他与广州许多艺术名家，如连登、卢延光等也常有交往。当时广州计划成立书画研究院，希望能更广泛地引进艺术人才，因而找到了周国城。

对于调往广州工作，当时他身边大多数人并不看好，毕竟广州人生地不熟，未来之路充满变数。但周国城却看中广州书画研究院这个专业平台和机会，果断决定举家南迁。

广州书画研究院正式成立后，周国城出任副院长，1998年升任院长。在他的引领下，广州书画研究院克服成立初期经费、场地、条件等诸多方

周国城

周国城作品

周国城作品

面的困难，形成了独树一帜的发展理念，以诗、书、画、印的研究与创作见长，备受好评。

2008年，又一次机遇到来，广州市美术家协会（以下简称"广州美协"）和广州市书法家协会同时换届，周国城因为有公心、有能力、善协调的表现被推选为广州美协主席。然而"外地人"的标签，却也为他招来了一些质疑。周国城再次背负着压力履新，他抱着尽力为广州美协服务的心态，充分发挥曾做过出版与编辑的经验，出版了一系列"老艺术家谈艺录"，对广州美协的艺术成就做了一个系统的回顾和梳理，效果很好，深受欢迎。此后，广州美协的活动也越来越丰富，出国写生、外出交流，各种册页、手卷的出版，传统文化的专业策展等，使协会生机勃发，愈发活跃，影响力与日俱增。

到今天，周国城来广州已经将近30年，在这期间，他做了10年广州书画研究院院长、10年广州美协主席，早已深深爱上了广州。他在广州已然生根，找到了生活圈子与艺术发展的土壤，他的审美观与世界观在这里得以延续……

周国城从小在艺术氛围浓郁的杭州长大，43岁才离开，审美观深受吴昌硕、黄宾虹等前辈大家的影响，时常与闵学林、卓鹤君等许多名家交流切磋。虽然在岭南生活多年，但他依旧热爱柳公权、颜真卿、欧阳询等人的书法范本，醉心于八大山人的花鸟、王铎的书法、王羲之的行草。他还曾是誉满天下的西泠印社的理事，这段经历对他最大的影响便是传统诗、书、画、印兼修的综合素养。

作为中国文化哲学精神和人文审美思想的综合体现，中国书画艺术历史悠久，文化积淀深厚，具有兼容并蓄和创造性的艺术精神，历来讲究诗、书、画、印兼修并用。周国城自身也兼画家、书家、金石家于一身，在艺术创作上，以善于将传统技法与现代意境相结合而著称。在国画上，他以深沉的文人画浪漫主义思想为载体，以花卉为博大情怀的寄托，挥毫泼墨，尽情挥洒。特别是其擅长的兰、竹、荷花等表现对象，以书入画，张力充盈，富有书写意味，而且以繁花密枝代替了传统的折枝构图，落笔纷披，穿插交织，洋溢气节，狂烈中蕴含着耐人寻味的情趣。书法上，他醉心王铎书风，笔意恣纵，放达洒脱，抑扬顿挫，俯仰从容，充满视觉张力，抽象的形式构成上表现出深厚的审美价值。篆刻上，他摹追吴昌硕、齐白石，刀趣斑驳，布白交错，结构变化不拘，纯任自然，在严整中出天然，自淳朴处求茂密，而且古雅厚重，丰神隽永，呈现的不是简单力度与厚度的质感，而是一种

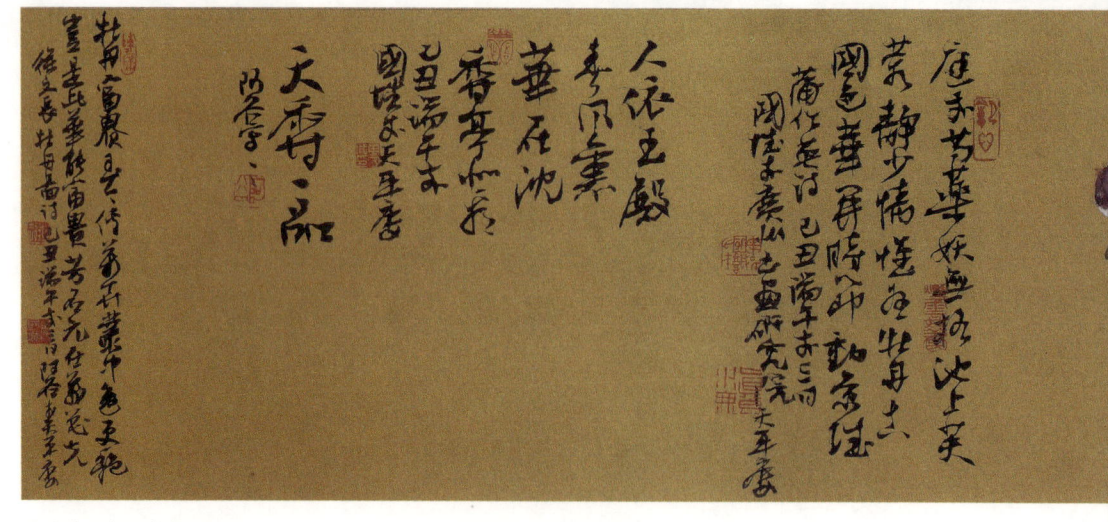

周国城　春风富贵

金石韵味与人文气息。

总之，成长于浙江杭州而绽放于广东广州的周国城在书画艺术上是一位难得的多面手，他以人文精神为载体，以文化、思想为领航，身体力行，弘扬传统文化，并与时代接壤，与个性共生。

创作之余，他也授徒传道。他每月给学生上一次课，偶尔把大家召集在一起为学生看看作品。除了传播自己的审美观，灌输诗、书、画、印集于一身的理念，他还坚持一种学术定位，重在营造一种学术氛围。周国城认为好的国画作品应具有书写的意味和墨韵节奏与个性美感。国画中大写意更难，因为寥寥几笔，意象万千，还不容谬误，成品率比双钩填色低得多。留得住的作品不仅要有情感，还要有思想性，不停留于表面的讨喜与讨人一笑而已。

他很认真，每次讲课都备课充分，但从不按书本上的教条泛泛而谈，而是除了讲技法，讲名家个案，讲中国美术史，还与时下的艺术理念以及学生的艺术个性相结合。他要求学生，能力大小是一回事，但站位要高，态度要认真，要培养自身的综合能力与文化修养，要不断广泛汲取艺术营

周国城

养，文学、书法、诗词、绘画都要涉猎。他自己也身体力行，见贤思齐，扬长补短。同时，他也很支持学生向其他老师学习，没有门派或者山头的概念，反对学生都学他的形式与风格，要求他们和自己拉开距离，摆脱窠臼。

　　周国城说他这一生在杭州与广州两个地方生活，有了书法家与画家两个身份，还有天平楼这个可以与学生分享探讨的地方，有值得献身的艺术事业，已感到满足。至于自己的艺术追求，周国城看得很淡然。他说，就当成是一种爱好或者个人修养，能走到什么程度那是水到渠成的事情。但他又有一种朴素的感情，就是无论做什么事情，都要尽自己的能力去做到最好。他还说，以前的大画家，譬如黄宾虹，个人修为很深，我们做不做得到是另外一回事，但要努力以他们为榜样，向前辈看齐，尽量做到绘画中有书法，书法中有绘画，两者融为一体，追求一种协调。这样的中国画才是中国传统美术真正的出路。

写于 2019 年

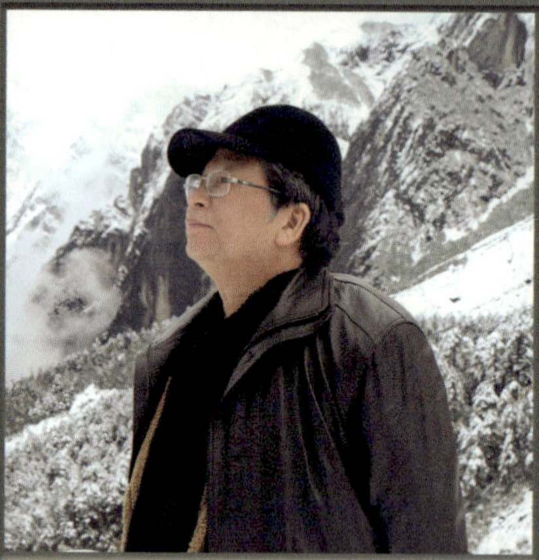

许钦松

一九五二年生,广东澄海人。国家一级美术师,享受国务院政府特殊津贴专家。一九九八年获广东省"五一"劳动奖章,"跨世纪之星"荣誉称号,二〇〇七年入选"当代岭南文化名人五十家"。曾任全国政协委员、中国美术家协会副主席、广东省文学艺术界联合会主席、广东画院院长、全国政协书画室副主任。现为中国文联全委会委员、中国艺术研究院研究员、博士生导师、中国国家画院院务委员、中国画学会顾问、广东省美术家协会名誉主席、广东省人民政府文史研究馆馆员、广州美术学院客座教授、广州大学美术学院名誉院长、广东中国画学会名誉会长。

说不尽的许钦松

艺林丛影

　　他所追求的是一种存在于宇宙间的大美，以表现天地造化为本，极尽苍穹，突破眼下中国山水画的抒情与表现格局，从而建立一种与时代共鸣的宏大叙事思想，定位山水画新的时代气质，让观赏者感受大自然恢宏的生命元气，体会到自然的永恒，走进广阔的心灵净土。

　　2019年刚刚卸任广东省文学艺术界联合会主席的许钦松，68岁，是与新中国一起成长起来的一辈人。意识形态几经周折，改革开放热火朝天，文化自信昂首挺胸……新中国的每个时期他都经历过，可以说个人的命运与新中国联系在一起。国家好，个人才会好，是这一代人深切的共识。

　　除了受到中华人民共和国成立之后的艺术教育思潮影响之外，许钦松还继承了岭南山水画中注重写实、写生的传统，其画作彰显了岭南画派求新求变与倡导艺术革命的精神。

　　综观许钦松的艺术历程，大致可以分成三个阶段：一是20世纪70年代至90年代，他将传统国画与版画创作并举，创作了许多深受业界认可的作品，如《个个都是铁肩》《山区初春》《岸边小趣》等，特别是《潮的足迹》《潮的失落》与《心花》等木刻作品，获得许多艺术大奖，这一时期是其艺术的多元探索期。二是20世纪90年代后期，他访问尼泊尔，在飞机上透过窗外俯视那地貌独特的广袤大地和崇山峻岭时所受到的视觉

许钦松　晓云出谷

冲击，促使他不仅创作了系列木刻作品《访尼泊尔组画》，还为了表现那高空俯瞰式构图而开始积极探索将传统国画的散点透视改为焦点透视，并且在肌理、色彩及画面效果上有了新的探索，也对传统山水画的表现方式与思想内容有了新的思考，这一阶段是他艺术创作的变革期。三是大致在进入21世纪后，许钦松开始担任广东乃至全国美术界的重要领导，眼界胸怀有了很大拓展，思想与思考也有了更广阔的空间，创作的大画巨作与

许钦松　岭云带雨

重要作品越来越多，在山水画的思想境界与表现形式上自然有了更多维、更深度的思考，开始对宇宙与自然及人之间的关系产生叩问，艺术的变革与山水画创作语法系统的重构日趋成熟，系统新作《吞吐大荒》的全国巡展引起热烈关注。

许钦松这一代艺术家，都经历过中华人民共和国成立初期艰苦岁月的磨炼，受到时代变迁、思潮跌宕的影响，个人阅历相当丰富。随着国家的发展和改革开放的浪潮，他们有了接受中西方文化比较的机遇，包括出访，目睹世界各国的冷热战与政治经济博弈等，有了历史的视野和世界的眼光，也有了思考与鉴别的能力，对外来文化有了自身的价值观判断，秉持着为我所用而不是盲目追随的态度。

他将南方精到融合的审美意识与北方浑厚雄拙的艺术特征相结合，并试图超越个体的角度去思考人与自然的关系。他以现代科学的思想把视觉提升到星空与宇宙回望地球的宏观维度去思考人与自然的关系，找出其当

许钦松

代性与创作的切入点,从而超脱传统中国山水画的创作路径与审美思想,使山水画从功用的层面上升到形而上的精神层面。他提出了"圣洁山水"的主张,不着意于人文情景的营造,不拘泥于局部景观的满足,而是着力呈现一种"天地大美"的境界。他所追求的是一种存在于宇宙间的大美,以表现天地造化为本,极尽苍穹,突破眼下中国山水画的抒情与表现格局,从而建立一种与时代共鸣的宏大叙事思想,定位山水画新的时代气质,让观赏者感受大自然恢宏的生命元气,体会到自然的永恒,走进广阔的心灵净土。

  我曾借用"两岸猿声啼不住,轻舟已过万重山"两句诗,来形容许钦松的艺术发展历程和独特的创作风貌。首先是他突破了传统山水可望、可玩、可居、可游的思想,把山水作为膜拜的对象,有一种宗教般的情怀。其次是技法创新,对水墨黑、白、灰中的灰色极度探微,丰富了烟雾云岚的载体与表现力,改变了以往灰色空间的单一浅显,使画作更为从容地表现出凝重与灵动，并使景物有了宇宙空间的意识。最后他把版画迎锋冲凿的骨力与黑白光影引进国画，进一步拓展了国画的表现语言。这些创新探索，不仅拓展了创作空间，也推动了艺术表现的多元性，从而使许钦松的作品有着更强烈的个性语言和独树一帜的识别度。

独特的成长经历与思想意识，使许钦松自觉地继承了对文化艺术的家国情怀与发展担当。在主导广东省美术家协会、广东画院的工作期间，他以深入调研、洞察发展为着力点，先后推出"广东美协50年50经典作品评选""其命惟新——广东美术百年大展"，推动众多老艺术家上京展，以及推出众多青年艺术家的培育计划，使广东美术在其任内成绩斐然，在第十一、十二届全国美术作品展上入选作品分别名列全国第二、第三。

颇为值得一提的是，面积近5万平方米的广东画院，从立项到竣工落成，耗时10多年，他为之倾注了大量的心血，其中的酸甜苦辣非亲历者难以体味。

至今，许钦松仍是中国艺术研究院、澳门城市大学等机构的博士生导师，还兼任全国政协书画室副主任、故宫技法研究院研究员等社会职务。近年来，他去成都和山东办了两场个人大展，他还走进青城山、峨眉山、都江堰、洪雅、山西河曲等地方写生。此外，他还一直计划编写书籍，整理文章，研究学问……他有太多的想法与计划需要去落实。

许钦松从广东画院院长岗位退下来的这一年，他还一直放不下一件事，那就是他的艺术公益事业。早在多年前，他就关注社会，热心公益，组织"救助孤残儿童基金会"，倡议广东美术界为汶川地震捐赠书画，并将义卖所得的700多万元用于救灾。他又发动108人用18个日夜创作了长56米、高1.6米反映抗震救灾的巨作《地恸·重生》，并用5天的时间编辑出版成画册，名噪一时。由他策划、推动的签约画家制度、青年画院建立，以及画展评选引入纪检监督等举措，多次开创先河。中国美术家协会主席范迪安曾称他是一位"有激情、有能力、有思想的艺术家与领导者"，这是很公允的评价。

许钦松一直忘不了老一辈艺术家对他的培育，也深深记得前辈们认真忠诚、胸怀豁达、为人低调、提携后人的品格。他当年自掏了20多万元，为已离世的广东画院首任院长黄新波出画集，为设立黄新波美术馆而奔走呼吁，其初衷就是怀着一颗感恩的心。他以一人之力创办了"许钦松创作奖"，至今已累计捐出750万元奖金，资助了1200多名学生，推动了艺术人才的培养。

许钦松　长江览胜

许钦松

　　2017年6月,他又成立广东省许钦松艺术基金会,并从"许钦松创作奖"出发,不断延伸出青年艺术家培育计划、少儿艺术启蒙计划、乡村美术教师培育计划、艺术公益支持计划等公益实践活动,不断探索艺术与公益的结合。

　　在他看来,热衷公益是一种自觉意识、传统美德,同时也是出于一种厚重的使命感。许钦松曾这样表示过:"我觉得一个艺术家,他的格局如果大的话,绝对要关注现在,或者从历史的角度来讲,他必须跟民族、国家、人民有着密切的关系,他不能只是考虑自我的问题。"

　　许钦松是谈不完、说不尽的,他既是广东美术界一个具有标志性的个体,也是新中国发展历程中广东美术的一个缩影。通过他,我们看到的是广东这片艺术热土上波澜壮阔的发展历程,以及勇于开拓创新的文化自信。也许,正是闲不下来的性格,才是许钦松"我之为我"的原因吧!

写于2019年

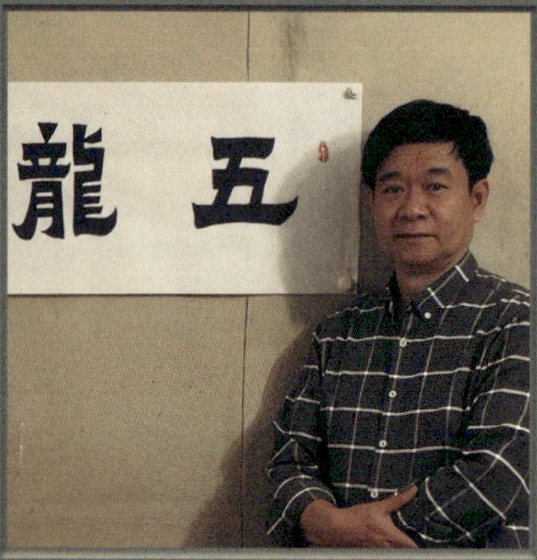
五龍

李卓祺

一九五四年生。曾任广州艺术博物院院长、广东民间工艺博物馆馆长、广东省书法家协会理事、广州市书法家协会副主席。现为广州市人民政府文史研究馆馆员、广东省非物质文化遗产保护工作专家委员会专家委员。先后为广州博物馆、广州市文化馆、白云山公园、雕塑公园、越秀公园、南海神庙、广雅中学、纯阳道观、广东省松园宾馆、广州市政协贵宾厅等著名文化景点及重要场所书写馆名、对联、碑文和书法作品。出版了《广州书法家——李卓祺作品选》《李卓祺书法作品集》等。

秉承正道,"与书俱老"

艺林丛影

书法艺术是一种历久弥新的艺术形式,许多有成就的书法家总是毕生历练、永不止步,书艺也随着自身阅历、学养的积累与修为处于不断完善提升之中。

书法艺术是一种历久弥新的艺术形式,许多有成就的书法家总是毕生历练、永不止步,书艺也随着自身阅历、学养的积累与修为处于不断完善提升之中。其中可以见到结体线条等质感的提高以及书风布局、书写形式的变化,而磨炼中所呈现的日趋成熟乃至老辣朴拙,以及书写情趣意味等审美元素的不断丰富,便是"与书俱老"的体现。书法家李卓祺对此便深有体会,从他为抗疫所创作的《大爱无疆》等作品可见一斑。

李卓祺,1954年生,曾任广州艺术博物院院长、广东民间工艺博物馆馆长、广东省书法家协会理事、广州市书法家协会副主席,现为广州市人民政府文史研究馆馆员、广东省非物质文化遗产保护工作专家委员会专家委员。著名文博专家麦英豪评价李卓祺的几句话他一直铭记在心。麦老说李卓祺进入文博系统工作后,所坚持的书艺之路是群众看得清楚又有美感之路,走的是正路。所以,李卓祺没有受流行书风的影响,与曾流行一时的"丑书"不同道。他历年来临了许多碑帖,应用于不同的需求与场合,并在实践的摸索中走上了书艺的学术探索之路。

李卓祺书法作品

李卓祺书法作品

李卓祺在书法上对"爨宝子"碑体情有独钟，这种书体源于隶书向楷书的过渡，盛行于南朝时期，以古拙放达的金石味与奇崛率真的古意而为人们所喜爱。以前在"爨宝子"的风格造诣上，以广东书艺名宿秦咢生先生的作品最受认可。20世纪80年代时，广东书坛常有一些书画家雅集挥毫之类的活动，当时仍属后起新秀的李卓祺便常常参与这类活动，借此大胆"偷师"。在一次广东工艺美术大展上，李卓祺见到秦咢生写的"爨宝子"碑体豪爽强悍、朴野率真，十分喜欢且倍感震撼。当时秦咢生先生就告诫他想学的人很多，学好却很难。但李卓祺还是一头扎进了世上仅存的两款"爨碑"的临习之中。在这个过程中，他反复勤加磨炼，直至闭上眼睛也能将原作一笔一画倒背如流。

当然，勤奋是一方面，名师的点拨又是更为重要的一方面。当年著名艺术家廖冰兄先生提醒他可把这种书体视为铁塔的形象，仰视之可得厚重稳健的形体；书画艺术大家赖少其先生提醒他要注意创作与碑迹的本身拉开距离，要有自己的风格；秦咢生先生则建议他坚持左笔韵味的路子，体现出更强的艺术性……正是在众多名家大师的指导下，李卓祺在"爨宝子"碑体的研习中进步很快，并融入了自己的特点。他在结构上把不对称柔化，将原作中头重脚轻的形体表现得更为平正，并发挥左撇子逆笔的厚重与拙野，形成了自己在"爨宝子"碑体上端重古朴、奇崛率真、气质高古的书风。

李卓祺一直在文博系统工作，单在陈家祠便长达30余年，在此期间，他不仅广泛接触众多民间工艺，也在广州艺术博物院接受了大量高雅艺术的熏陶。独特的成长经历，使其嫁接贯通了高雅与民俗之间的审美趣味，超越一般文人书法所固有的视野，岁月的积淀形成他别具一格的文化底蕴和艺术风貌。他在年轻时经常要书写博物馆各种展览的说明与标题等，字体需要美观清晰，一种字体也满足不了展览中形式、层次与变化等丰富性的要求，久而久之，不同书体的学习使用使他拥有了"诸体皆备"的能力。日积月累，从"实用主义"到"量变质变"，不同用途、不同场所、不同内容的书艺作品他都可以挥洒自如，潇洒、飘逸、厚重、沉稳……风格多样，备受好评。他曾先后为广州博物馆、广州市文化馆、白云山公园、雕塑公园、越秀公园、南海神庙等著名文化景点及重要场所书写馆名、对联、碑文和书法作品，出版了《广州书法家——李卓祺作品选》《李卓祺书法作品集》等。

李卓祺为人谦和虚心，这么多年来因为身居文博系统，也接触了不少名家大师与社会名流，各种各样的接触与交流都是他汲取艺术营养的源泉。早年，他曾与书法家、学者商承祚、容庚、秦咢生等在越秀山花卉馆迎秋活动中现场挥毫，获益匪浅；他又曾拜访上海大书法家李天马并互通书信，经常向李先生请教；他还曾在广州美术馆的复馆工作中接待过徐邦达、谢稚柳、刘九庵、苏庚春等大鉴赏家，接受了众多大家的指点，这些都是十分宝贵的艺术阅历。

李卓祺是天生的左撇子，与刻意求变而为之的左书不同，他的左书逆笔中别有拙味，但作品却看不出左手的面貌，非但左手痕迹不明显，多种书体面貌中走的依然是中正之路，呈现出儒雅自然的气质。虽书体面貌众多，但他最受关注的还是有庙堂之气的"爨宝子"碑体。为此，李卓祺思考发挥自己擅于各种书体的优势，尝试把"爨宝子"与各种书体结合，不断探索书艺的各种可能性，以另辟蹊径形成独特的个人风貌。此外，李卓祺还在工具使用的变化上做文章，从"七紫三羊"到"纯羊""茅龙"等，试验不同笔具在不同字体上的表现。

对于各种求新求变的尝试，李卓祺也明白这仅是"技"上的修炼，更为重要的是"道"上的修为。所以他强调书法爱好者要多读书，多吸取前人的文化积累，减少浮躁，力求去除匠气，强化精神层面的艺术追求。他说有许多同道中人，原来书法功底不错，但由于精神层面的修为不够，为了求变求新却误入歧途，这方面他要引以为戒，坚持走正路，以朴素的感情让书艺走得更远、更好。好的作品一定要经得起历史的考验，一种优秀的艺术形式不会横空出世，传承也好，创新也好，总要有章可依，有迹可循，

竹影拂階塵不起
月光穿池水無聲

李卓祺书法作品

才容易引发共鸣,才能富有生命力。

如今李卓祺已迈入耳顺之年,他坚持认为,书法不能被时代风气所裹挟而随波逐流,应有担当精神和新的探索,要以淡泊与真诚扩大真、善、美的影响,坚持文化的纯洁性与艺术性,从而更好地肩负起历史与时代赋予书法艺术的使命。

写于 2018 年

立书先立品，书如其人

在书法艺术上，中国自古就有立书先立品的论断，而且"书如其人"之说也不无道理，从书法面貌便可感知书者的审美观、人生观、性格特点与为人品格等方方面面，相信许多善于鉴赏者都会有此同感。

在书法艺术上，中国自古就有立书先立品的论断，而且"书如其人"之说也不无道理，从书法面貌便可感知书者的审美观、人生观、性格特点与为人品格等方方面面，相信许多善于鉴赏者都会有此同感。我们以书法家李卓祺为例，从他身上就能看到这些体现。

李卓祺先生与人为善，乐于助人，而且善于从对方的角度思考问题、解决问题，所以社会各界从政府部门到企事业单位乃至家庭个人，当有需要使用书法题写、收藏或装饰时，只要和他熟悉或者有办法搭线联系的，大都会找他帮忙。卓祺先生也不太计较，虽然作为书法名家有一定的润例规矩，但也并不刻意死板，而多是先满足他人紧要之需再顺其自然。于是，我们常常会不经意地在各种场合看到他所书写的招牌牌匾、宣传佳句、张挂作品等，如其题写的永庆坊、广州市文化馆、广州博物馆等牌匾，他的大名也随之耳熟能详。他的书法既面目独具也雅俗共赏，既章体多样也适应性广，深受大众喜欢。

曾问及这是如何做到的，李卓祺先生谦和一笑，说没什么特别也没什么伟大的，一个写字匠，写几个字而已。再追问，他想了想说，也许就是一句

李卓祺

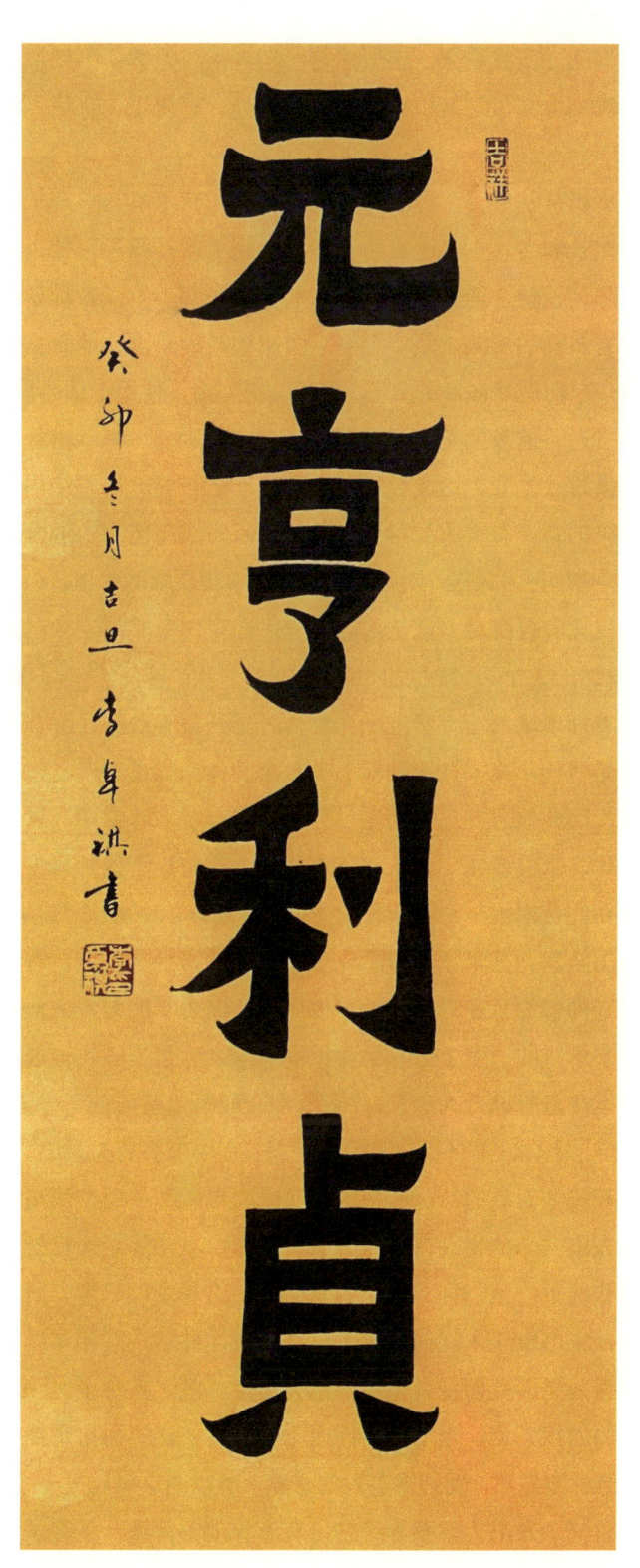

元亨利贞

癸卯冬月吉旦 李卓祺书

李卓祺书法作品

老话"守正创新"吧。在我看来，这虽然是一句老话，但解读不到位的话就理解不了其中的深刻含义了，其中有阅历、有修养、有思想、有境界与为人处世。

那些年，李卓祺从基层美工做起，直到荣任广州艺术博物院院长、广东民间工艺博物馆馆长和省、市书法家协会理事会副主席等职务，什么资料说明、品类标签、陈列设计、博物展示、书法展览……都少不了各种日积月累的书写，需要丰富多样的形式，是一个追求实用的过程。因此他既临碑帖，也广泛借鉴学习，起初是"拿来主义"，自己觉得好看，使用上适合就临学，并在应用中融会贯通，追求的是实用美观，观众容易接受。李卓祺曾到广州美术学院学习装潢设计专业，这段经历对他书法章法布局、形态结构、点线面结合等美术效果的营造有很大的帮助。书法书写与实用艺术的融合，使他形成了有着装饰美感的艺术风格，对他的书法造诣有很重要的作用。

此外，李卓祺凭着自身对书法艺术的热爱，在工作中非常注意向艺术大家、前辈书家和身边的人学习。20世纪80年代初的一次广东工艺美术大展上，当他看到秦咢生老师现场书写"爨宝子"字体时感到很喜欢并仔细观摩与求教。"爨宝子"是晋代从隶书过渡到楷书的一个碑体，如没有书法修养，写起来很容易入俗，因此他恶补隶书功底，并对"爨宝子"碑帖多次进行双钩和背写，领会字体，掌握要领。后来艺术大师赖少其曾提示他秦咢生老师的爨书已达到了很高的艺术水平，临学到一定的程度应该拙中参隶，追求变化，走自己的路而别出新意。艺术大师廖冰兄也提醒他要一字一铁塔，有分量感才行。李卓祺对老师们的意见非常采纳，他自知学秦公不能似，太似等于重复没意义。如今李卓祺的"爨宝子"字体很受欢迎，大量招牌找他题写，这与李卓祺在学习上注意听取旁人意见，注意甄别、理解、借鉴与创新等分不开。

除了"爨宝子"字体，李卓祺对隶书、楷书、行草书都有大量临习涉猎。特别是隶书，他积极探索新的结合，把因书写时间局限和使用空间局限所出现的汉简字体融入隶书。他说，在广东书家吴子复、李伟等老师已把隶书写到天花板水平的状况下，他们许多弟子走着同样的路却难以超越。所以他不想重复，他发现在隶书中融入汉简后的率性与线条，并逐步互相渗透，加上他左笔逆书的特殊效果，反而别具一格，别有新意，是一条路子。

在简隶这方面的探索上，李卓祺率性而不失法度，逆笔而自带拙味，也许还不够成熟，但意趣盎然，受到很多人的喜欢。所以李卓祺越发有了动力，他闲时多临多看竹简、隶书、章草等碑帖，有意识地不死跟一条路子、一位老师，而是尝试各种渗透与变化，感觉到路子很广阔。但他也认识到"求变"

李卓祺书法作品

也是一把双刃剑，把握不好分寸则难免俗气、不雅观，但不"求变"则难开生面，久之会感到枯燥或死气沉沉。自我否定是一种痛苦，但他说自己也年届70之龄了，应该可以放得开了，只要脑中清晰，稳打稳扎，不断探索，融会渗透，抒写性情，寻求书法艺术的个性，哪怕杂而成家，也是"家"。

李卓祺深知走自己的路并不容易，也没有捷径，但当今社会信息发达，可以看到许多古人、今人的法书与作品，只要留心与有恒心，不仅能观摩古人作品，也可吸收今人之精华；审视前人走过的路，避免重复，吸取教训；善于应用当下的见识变化与审美观念，学习与思考，在理论上充实，在实践上磨炼，用修养作为底色，用技法作为支撑，不断学习，不断进取，相信还是可以走出一条新路，可以别具面貌，自成一家。

其实，书如其人，李卓祺的书风适如其为人风格，温文尔雅，平和自如，也深得人心。他在广东书法界的影响已声誉日隆，艺术佳作广受欢迎和收藏，自成一家已是当然。

写于2024年

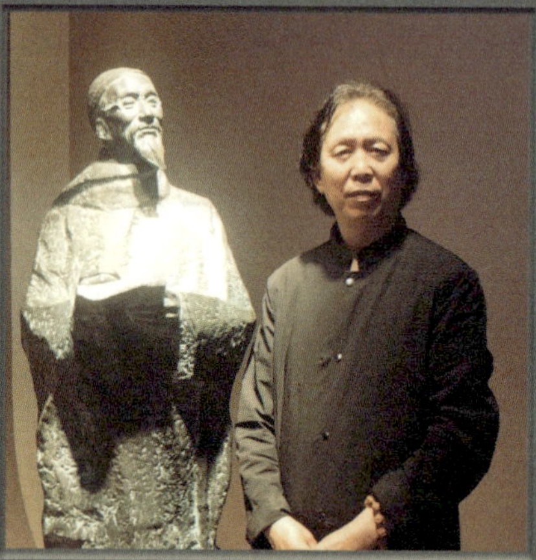

王朝敏

字晨旭，号终南石人，又号子水。现为陕西省美术家协会会员、陕西省书法家协会会员、陕西省国际文化经济交流中心理事、陕西省弘扬汉文化书画院名誉院长、西安文化艺术研究院副院长。

西安王朝敏，修艺之独白

艺林丛影

  他孜孜不倦，观万物之灵气，察万事之因果，体人生之风雅，交贤达之兼善，继续读万卷书，行万里路，阅浩瀚之经典，悟艺海之苍茫，上下求索，祈有所成。

  喜欢书法的人喜欢去西安，西安的书法人得天独厚。盖因西安碑林名碑荟萃，以圣儒、哲人的浩瀚石经，秦汉文人的古朴遗风，魏晋北朝墓志的英华，大唐圣手的绝代书法以及宋元名士的潇洒笔墨，熏陶了一代代的书法人与爱好者，西安书画艺术家王朝敏便是其中之一。

  王朝敏书画兼修，既得益于西安碑林，也得益于长年临习。其书法碑意禅味，帖蕴笔力，形式多变，又别具生趣；其画既重临摹，更重写生，主攻黄宾虹笔墨画意，结合常年写生，又得益于书法功底，将笔墨贯穿于创作中，讲究内美而不浮华，着力于找到自己的笔墨符号而意趣天然。

  王朝敏勤于研习，深入实践，研《书谱》，读经典，研评论能鉴赏；为人谦逊，崇尚自然，沉得住气，愿下笨功夫，苦临百家而力求自出新意。他把书画艺术作为修身之道，心存崇尚，力戒急入躁，以免落入俗气。他坚持循序渐进，打好基础，进而先复杂再趋简单，知难而后易。他学行草而使笔活，临碑帖而令书老。他认为书法艺术的发展总是带着时代的印记，带着个体性情习惯的特征，所以学书法要耐得住寂寞，应入传统，找经典，

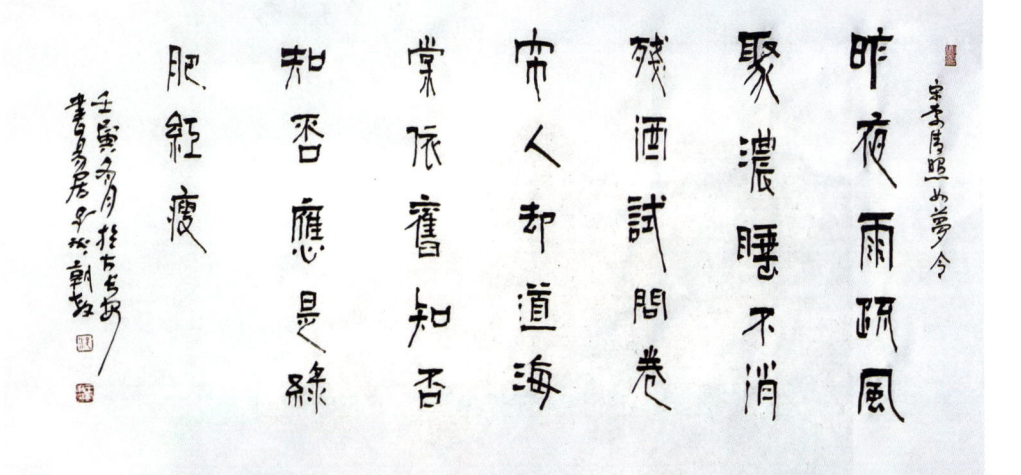

王朝敏　如梦令

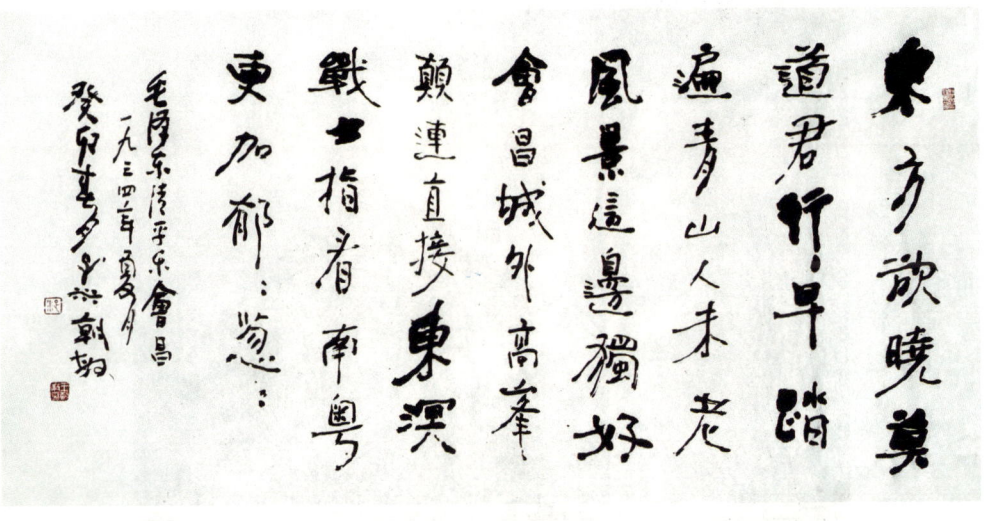

王朝敏　清平乐·会昌

艺林丛影

王朝敏　蜀山深处

临碑帖，从量变到质变，把握自己的灵性，不强行跟风，不急功近利，不心浮气躁，在实践中多观摩物象，师造化，讲心灵，道法自然，隐逸情怀，追求"天人合一"的境界。在漫长的修炼中集众善为己有，从而使作品用笔清新，结构天成，墨迹蕴藉，韵致文雅。

  王朝敏临池至今三十余载，临习中越来越感受到中国书法的博大精深以及其带给人们的精神愉悦。书法独特的艺术语言和表现力也影响到其他艺术门类，如舞蹈、音乐与建筑等。而书画同源，书法对绘画的影响更不可或缺，王朝敏在艺术上是先书法后山水画的，他认为黄宾虹的艺术是一座内涵极为丰富而技法非常充实的宝藏，他学习黄宾虹山水画的笔墨及构图，学习其自然及意象的丰盈与生动，深入追摹画理并理解其艺术境界，通过临习研究进而写生印证，将自然规律熟悉于心并升华为艺术理念，贯穿于自己灵魂与创作之全过程，弃俗摒腐，力求创作出有自身灵魂气象的作品。

  王朝敏自言追寻大道，虽苦犹甘，艺术是讲功力、讲法度、讲学养的，急尤不成，唯有积累。从有法到无法，从无法到有法，往复渐进，法在其中，故他孜孜不倦，观万物之灵气，察万事之因果，体人生之风雅，交贤达之兼善，继续读万卷书，行万里路，阅浩瀚之经典，悟艺海之苍茫，上下求索，祈有所成。

写于2023年

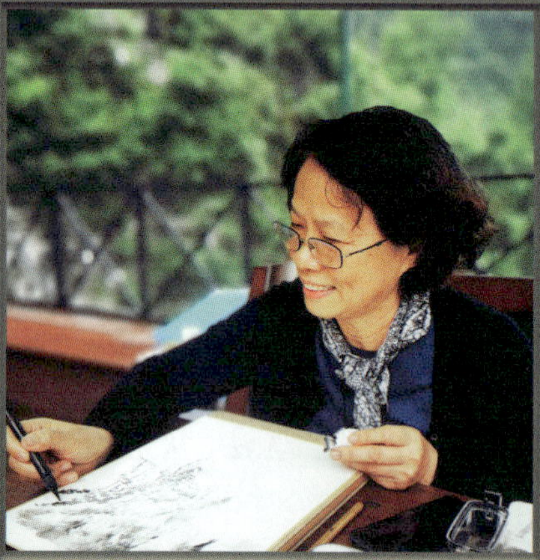

林淑然

一九五五年生，广东东莞人。一九七八年毕业于广州美术学院国画系。曾任岭南画派纪念馆常务副馆长。现为岭南画派纪念馆咨询委员、中国工笔画学会会员、广东省美术家协会会员、二级美术师。出版《动物画谱》《广东鸟类彩色画谱》《林淑然画选》《画坛伉俪》等作品。

神仙眷侣
——林淑然的生活与艺术

> 她不刻意要画什么和怎么画,而是依着自己的兴趣和爱好去画画,只有对物象有感觉或被打动了才动笔,一切都自然而然,随遇而安。

说起广东画坛的艺术名家,大家都会想到方楚雄先生,但其实他的太太也是一名优秀的花鸟画家。林淑然的花鸟画,由细致而至旷达,从秀美而至壮阔,柔韧中而见雄强,于细微之处见精神,可谓活色生香,格调不凡。纵观林淑然的花鸟画,也是一枝独秀,如芳芷,如香兰,如寒梅,悄然绽放,俏不争春,为岭南画苑增添了一道亮丽喜人的景色。

林淑然的艺术成就和她丰富的艺术人生是分不开的。她成长在书香之家,从小受母亲的影响,喜欢绘画。追溯到家学渊源,其伯父是留法归来的著名建筑家林克明,父亲也是土木建筑工程师。中华人民共和国成立后,随着祖国建设的需要,一家人四海为家,林淑然就出生于黑龙江。在"文革"的特殊年代,由于父母亲被迫去"干校"集中学习,她也差点失去了读书的机会。

1972年高中毕业后,林淑然被安排到肇庆工艺厂当学徒。学徒期刚满,适逢广东人民艺术学院(今广州美术学院)到肇庆招生,厂里就推荐了林淑然去报考;这也成就了她和方楚雄日后的缘分,所谓自古姻缘天注定。

林淑然于1975年顺利进入广东人民艺术学院绘画系,当时的同学是

方楚雄、林淑然合作　端午逸趣

来自五湖四海、各行各业有绘画基础的学员。在读期间，她对中国画、素描、水彩画、连环画等均有涉猎。授课的老师有黎雄才、杨之光、王肇民、陈金章等艺术名师。

在开学典礼上，林淑然就发现一边参加典礼，一边埋头速写的方楚雄，觉得他手头功夫很厉害，专业能力很强，暗下决心要好好向这位同学学习。林淑然的父母亲居住在肇庆，她时常回去探亲。正好方楚雄也时常去看望在肇庆群众艺术馆工作的老友林丰俗，因此经常会结伴同行。慢慢地两人越走越近，也有了很多共同的语言和进一步的感情。

说起方楚雄与林淑然的爱情，当时学校是禁止学生谈恋爱的。班里有4个女同学，竟有女同学去学校反映他们谈恋爱。时任系主任的杨之光老师十分惜才，为了保护方楚雄，要他们转入地下恋情，不要公开……事后杨之光老师还戏称自己是他们的媒人。

大学毕业后，方楚雄留校当老师，林淑然被分配到广东省濒危动物研究所工作。想不到这工作竟无意中对后来方楚雄的花鸟画创作起到了很好的帮助。该研究所的主要任务是研究华南濒危动物，所里有许多鸟类和兽类标本。由于是科研单位，还有大量的鸟兽类进口书籍和资料，这使得方楚雄对动物的形态、习性有了更多的了解，开始逐步转向禽鸟走兽类创作，开拓了多样化的动物艺术表现形式，成为当代动物画题材领域中表现极为全面的画家之一。

成家后，林淑然因为要照顾家庭，小孩也小，经常忙得不可开交，只有在工作闲暇之时才能画画。虽然画得断断续续，但是她一直没有放弃对艺术的追求，她的许多作品入选了全国、省、市各类展览。1991年隶属于广州美术学院的岭南画派纪念馆成立，林淑然调回广州美术学院工作，负责岭南画派纪念馆收藏部的工作。这让她得以接触到更多的艺术家及许多艺术名家的作品，深受熏陶，使其后来的艺术修养受益匪浅。

方楚雄与林淑然夫妇是画坛伉俪，不管是外出采风写生还是参加各类活动，总是出双入对，形影不离，数十年来如一日，有如神仙眷侣，实属难得。作为广东的艺术大家，方楚雄所到之处自然是备受关注，而林淑然则总是低调而谦和，时而安坐一隅，时而参与交谈，或者一起合影，待人接物落落大方。日常中，方楚雄一心沉醉在艺术创作里，心思比较单纯，林淑然则除了要照顾家庭的里里外外，打点生活的方方面面外，还不忘挤出时间学习和绘画。作为祖籍广东东莞又出生于黑龙江的人，林淑然嫁入潮汕家庭后竟能将十分难懂的潮汕话说得满嘴流利，与夫家上下相处融洽，可谓贤良淑德。都说一个成功男人的背后必然有一位伟大的女人，我想林淑然无疑就是方楚雄背后这样的女人。

林淑然退休后才重拾画笔，跟着方楚雄四处采风、写生。她说，人生的积累很重要，眼界也很重要，一开始手头工夫未必跟得上，但只要有基础、有眼界、有修养、有爱心，慢慢地累积也能获得长足的进步。她热爱绘画，无论是山水、花鸟、人物，只要能打动她的都可以入画。2000年他们在逸品堂举办过"夫妻展"，她展出的作品得到了杨之光老师的肯定与鼓励。

退休后她整理积累多年的创作，于2014年在岭南画派纪念馆举办个人画展，算是对自己艺术创作的一个总结与汇报。理论家孙克先生专程从北京赶来参加她的展览。李伟铭先生评价："从某个角度来看，以方楚雄为中心的方氏家族绘画丛林遮蔽了林淑然艺术才华的显现；但从另一个角度来看，方楚雄平静的生活秩序和充满激情的创造性劳动成果，与他这位太太的理解和支持密不可分。因此，在我们这些相识多年的朋友中，一提起方楚雄，必然要提到他的太太，正像我们提到林淑然，必然要提到方楚雄一样。他们以'方林'冠名设立的艺术奖学金，以默默无闻的方式切实有效地鼓励了许多有志于艺术事业的广美青年学子，这种'德艺双馨'的夫妻模式，在现实生活中，确属罕见。"

为了提高书法修养，林淑然还去暨南大学跟曹宝麟等老师学习书法。但如今的她则不希望再给自己过多的压力了，她不刻意要画什么和怎么画，而是依着自己的兴趣和爱好去画画，只有对物象有感觉或被打动了才动笔，一切都自然而然，随遇而安。正是这种随性的创作状态，使林淑然的画作总是充满生机，有一种朝气蓬勃的气象，又有一种安适自如的意蕴。她把生活中感性的、自然的或者诗意的感觉在画面中自然而然而又质朴真实地表现出来。为了和方楚雄的小写意拉开距离，一开始林淑然还是偏工笔的，但随着她年纪的逐渐增大与自身性格直率肯定的特点，画着画着她又慢慢地转向了写意，表现出率性而又富有意趣的观感。她觉得随心所欲、率性自然地去创作，才能真正地表达出其自身的情绪与真实的感受。

　　对于人们羡慕的这种随性自如的生活状态，林淑然觉得只要不把名利看得太重，很多事情就会轻松自然。虽然她总跟着方楚雄一起外出，但又不太愿意也成为焦点。虽然其自身的艺术也能独秀于林，但她却没有着意于宣扬。她说平常心很重要，只有把自己的位置摆放好了，才会舒适自然。

写于 2021 年

林淑然

林淑然　双清图

艺林丛影

新笋 庚子春 淑然画

林淑然　新笋

林淑然

林淑然　鸟语花香

129

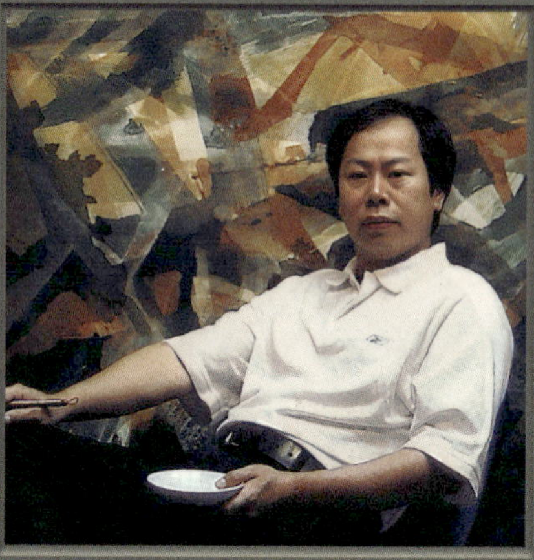

李劲堃

一九五八年生于广州，广东南海人。曾任中国美术家协会副主席、广州美术学院校长、广东省美术家协会主席、广东画院院长。现为广东省文学艺术界联合会主席，广东省美术家协会名誉主席，岭南画派纪念馆馆长，广州美术学院教授、博士研究生导师，暨南大学特聘教授，一级美术师。

人生艺术面面观

艺林丛影

对于一般人来说，多重身份会带来许多困扰，而李劲堃却认为，这也带来了多重可尝试的空间，让他发现业界如何综合打通，体会到前所未有的专业发展思路。

李劲堃是当今广东文艺与岭南画坛的领军人物，他以深入的思考与强烈的责任感，身体力行地引领着广东美术在新时代迈向新里程。

以自身创作回应时代变局
直面当代，立中研西，以古鉴今

生活成长于岭南大地的李劲堃在艺术创作上承接了岭南画派提出的"折衷中西，融汇古今"的重要思想。他在 21 世纪中国逐渐走向世界舞台中央，中国文化愈发受到世界瞩目，时代呼唤一种新的文化态度的背景下，深入思考如何重新认识中国文化，中国美术在世界格局中处于何种位置，广东美术如何在大湾区格局下再出发，并以自身创作回应着时代的变局。

李劲堃认为，广东美术需要在这个大时代中提出自己的见解，而他给出的答案是"直面当代，立中研西，以古鉴今"。所谓"直面当代"，李劲堃解释，便是用平视的心态去看待世界美术，以及中国艺术在世界格局中的作用。无须仰视他人以显自身卑微，也不应俯视世界而自视甚高。"立

李劲堃　千年结

中研西"是对岭南画派折中的推进，不必再像前人一样于中西之间寻找折中的平衡点，而是直接站在中国的立场上研究、借鉴西方艺术，中国艺术已能凭借自身独立的系统，成为世界艺术中重要的一种样式。"以古鉴今"则强调了中国美术历史对当下美术发展的作用。源远流长的美术历史，可作为当下艺术发展之路的一个刻度。它揭示了历史上中国艺术所走过的里程碑，当代又如何以此作为支撑点去发展新的时代艺术。

"再折中"与"后岭南"

自然，李劲堃也将对美术发展之路的思考融入自己的创作之中。他深入古代绘画的根脉与源头，扎实向前辈研习，雕琢传统技法。临摹古代绘画经典，如北宋山水大家范宽的《溪山行旅图》等。这一过程，让李劲堃在摸索前人痕迹的同时，思考着自身中国画应有的意蕴。

"我在20世纪80年代末读书的时候，发现当时岭南画派透过日本了解西方，只是借鉴了日本绘画的技术。随着改革开放的到来，岭南画派的发展之路必须更加开阔，我们应该站在新的格局来探索。"于是，在20世纪90年代初，李劲堃提出了"再折中"的做法，在形式上表现为一系列重彩的探索。"岭南画派当时从传统上取法宋代的艺术。清末民初，当时整个画坛弥漫着复古的风气,以及明清绘画'尽精微'但是画面柔弱的状态。岭南画派的艺术家认为,南宋绘画大笔、有力,可以一洗画坛纤弱之风,故效法之。我在学习传统技法的过程中,进一步把效法对象定格在'北宋的沉雄、博大'上。对西方艺术的学习,则主要聚焦在文艺复兴之后、20世纪以来的美术,并集中研究对西方具有跨时代意义的大家,比如伦勃朗、德拉克洛瓦、塞尚、凡·高等。由此,达到了在中西两者之间的'再折中'取法。"

在创新求变的信念指引下,李劲堃还参与提出了"后岭南"的概念。岭南画派当时已发展了近百年,而在岭南画派的传统中熏陶成长起来的这批青年学生们,也不满足于仅仅继承岭南绘画的样式与技法。他们想要站在巨人的肩膀上,去看世界美术如何迸发出更多的可能。李劲堃说:"当时我们天真烂漫地提出,要做出一个比岭南画派视野更开阔的探索。'后岭南'的概念也应运而生。所谓'后岭南',是一个文化的主张,也将创新求变的岭南艺术精神推至无限可能。"

这一想法提出后,便引来了业界的大量关注以及质疑。但经过三四十年的发展演变,当年这个突发的文化现象在历史上留下了刻痕。"后岭南"成为现当代广东中国画发展的一个重要艺术现象,并且是广东省文学艺术界联合会资助的作为改革开放三十年文化研究项目中的一个重要课题,被反复研讨,策划展览。李劲堃笑称:"当年的这批充满着文化理想的毛头小子,现在已成为广东中国画创新创作的骨干。当年的探索是有效的。我相信,随着这批人逐渐在各自的领域里面探索出成果,'后岭南'的概念将会成为广东岭南画派发展历程中一个有趣的史学现象。"

现当下以及未来的作品

李劲堃想重新把以前的一些作品画成一二十米大的画,凸显出一种宏伟的气息。他试图使那些在广东绘画中不是很有特点的东西,变得有特点。"这种探索的样式让我体会到一种前所未有的、全新的视觉感受,在广东做这样的艺术探索会很有趣。虽然不至于成为了不起的东西,但是我有理由相信它还是一个非常独特的样式。我认为在美术的发展历史上,从来不会给模仿者留下位置。"

李劲堃的作品看似带有日本"浮世绘"画风,实际上内部蕴含的是宋代绘画的精神。把它们放在中国古典画中对比观照,便可辨认出中国绘画

李劲堃

李劲堃　欧洲写生之六

里最正宗的精髓。拎出来的任何一个局部，都可以在传统宋画的笔法与技术的特征中得到印证。这也是李劲堃重归传统的一种方式。

在一张 18cm×25cm 的画里，李劲堃竟画下了两百多个人物。在这个挑战自我的过程中，他也感到颇有意趣。一张小小的画布上，需要考量空间布置、笔触控制等多种因素。其中每个人的头，甚至可能不到一粒芝麻大小，人物的动态与神情却活灵活现：有人呈现出濒死时的惊愕之情，有人张开嘴呐喊、嘶叫，有人因倾倒而带动更多人姿态上的连锁反应……一个小画面，能呈现出如此精细的细节，与艺术家那种"自己跟自己角力"的创作精神密不可分。

多重身份下的平衡与发展

一段时间以来，李劲堃集合诸多角色于一身：广州美术学院校长、广东画院院长、岭南画派纪念馆馆长、广东省美术家协会主席、广东省文学艺术界联合会主席、中国美术家协会副主席……对于一般人来说，多重身份会带来许多困扰，而李劲堃却认为，这也带来了多重可尝试的空间，让他发现业界如何综合打通，体会到前所未有的专业发展思路。

广东省美术家协会，是一个组织全省艺术家进行创作的团体机构；广东画院，是广东省创作研究的高地；广州美术学院，拥有八百多位高水平的教师，是一个人才培养的集聚地；广东省文学艺术界联合会，有多种艺术文化聚集，起着跨行业艺术交流的纽带作用；岭南画派纪念馆，是区域文化研究的高地；广东美术馆，是具有国际影响力的展览馆……李劲堃的专业技能与美术的发展事业交汇起来。"人才培养、美术创作、系统组织、展示宣传，综合凝聚起来，为我履职这几年的事业带来了前所未有的方便，也造就了广东省美术界在全国不容忽视的这种美术系统的完整性。广东美术的专业资源和合作性，让这个省稳步向文化大省、美术强省过渡。这是我这几年最重要的经历以及体验，浓缩和施展了我过去几十年的所有理想和抱负，完成了多项艺术项目。"

履职中的标志性事件

2017 年，李劲堃参与了由中共广东省委宣传部主导的"其命惟新——广东美术百年大展"，这是广东省首次举办的系统回顾并总结广东美术百年历程的大规模展览。2018 年，改革开放 40 周年之际，中国美术家协会

李劲堃　珠江故事

李劲堃

在尺寸仅有18cm×25cm小小的画里，李劲堃画了两百多个人物

委托广东办一个展览,将中国人民心目中的政治大事变成艺术,用图像记录历史。广东省美术家协会主办了"大潮起珠江——庆祝改革开放40周年全国美术作品展",受到了全国的关注。2019年,第13届全国美术作品展时,广东省美术家协会承担起了一个省份三个展区的举办任务,体现出良好的社会责任感,同时广东也是全国入选第13届全国美展人数最多的省份。2021年,建党百年时,主办了"广东省庆祝中国共产党成立100周年美术作品展",以此检阅广东艺术家们如何站在时代变迁的潮头上,以手中的画笔记录中国共产党百年奋斗的伟业,同样引起了全国的关注。中央电视台主办的《美术经典中的党史》,收录了100件作品,广东在其中便占了15件。在北京中华世纪坛展出的"光辉历程——庆祝中国共产党成立100周年重大历史题材雕塑作品展"中,广东有13件作品入选。

作为广州美术学院的校长,李劲堃对校内事务异常上心。"我连校园里的一棵树、一堆草,都不放过。从一批学生,到一个超市,都有关注。其实无他,就是想提高中国美术教育、艺术教育的教学体验,让学生在愉快的气氛中读书,令老师觉得在这里工作有意思。当我成为美院校长的时候,该如何履职?如何把平时自己所看所思的东西实施出来呢?确确实实需要跟我的同人一起磨合。所幸,我经历的这几年,身边的领导和同人们的工作理念都非常契合,在美术界里面也就出现了我认为非常和谐、颇具意义的一段历史。"

此外,在中共广东省委和中共佛山市委、市政府的支持下,李劲堃推动的由地方政府筹资建设的广州美术学院佛山校区正热火朝天地建设着,这座占地500亩、投资数十亿的现代化美术教育殿堂,既是李劲堃对母校建设发展所倾注的一大心血,也是他对故乡佛山文化建设的贡献,更是他打造广东美术教育事业新高地的理想所在。他认为,佛山校区将会建设成为在粤港澳大湾区发展规划的格局下,在办学理念、硬件和办学条件方面均一流的大湾区创新型学校。

自我发展与社会影响

身兼多职的李劲堃,并没有在这个时间段做更多的个人宣传、个展,没参与各种各样的商业活动。他说:"这是我的个人选择。我在年纪比较大时才来到这个工作平台,我想尽可能把这段时间用好,承担起组织赋予我的责任,实现自己对艺术及社会的抱负。因此我的做法是,确保重要的创作、重要的研究，而暂时放下了对自己帮助大、对社会影响不大的事情。比如搞个人展览，对扩大自己的学术影响很重要，但是对社会影响并不大。"

"其实，一个人最难的是在自我与社会之间做出抉择。选择有利于自己的东西，是人之常情，理所当然，也非常容易实施，放弃个人利益反而不是常态、惯例。但是，回过头来看，当你做好了一件有利于社会的事情，'小我'难道不会随之也变成'大我'？而历史的'大我'中，也充满了'小我'的智慧与付出。"

李劲堃的老师们，亦秉持着统一个人与社会的态度。黎雄才先生、关山月先生，都灵活地运用社会赋予的能力，用艺术之笔绘出反映时代的画卷。在见贤思齐的动力下，李劲堃也将前辈们立下的榜样作为前行的动力。他坦言："每个人做事的原动力，或许并不那么有高度。但是因为有贤者在前面鞭策，将他们作为一个刻度来效仿的时候，你会告诫自己要忍痛放弃一些东西。我感到这种自我博弈是最有趣的。有时候，说服自己放弃'小我'需求太难了。因为你自己'一点头'就通过了，但把这点状的克制逐渐变成线状的人生，还是需要有修行般的力气。"

艺术中的自我与社会服务

"艺术家"的身份，意味着需要在自我个性与服务社会中找寻平衡点。艺术家有张扬、表达个性色彩的需要，而完成社会对你的要求往往需要传达某种共同理念。李劲堃指出了其中既矛盾又统一的内核："作为艺术家，你得有深度，有个性，而作为一个为社会服务的角色，你不能太有个性。这很矛盾，但又需统一。正因为你有艺术个性、艺术才华，你才会有艺术赋予的工作实力，为人们所认可，才有机会去服务社会。在服务的过程中，自身个性也并未消泯，又能让人接受，那才是专业应有的水平。艺术个性与艺术责任变成工作方式后，艺术家通过自身的艺术水平实现服务的功能，就能在专业工作、管理能力等方面更专业地为社会服务。"

艺术人生的哲学思考
现实与梦想

李劲堃很喜欢使用一方刻着"久别名山凭梦到"的闲章。这意味着，虽然人每天都在现实的需求中生活，但并不妨碍自己在思想上回到名山大川，抱有对高雅和自然的向往。"当我忙碌、烦躁，当我囿于工作，放弃

李劲堃　苍山如海·残阳如血

了很多自由的时候，我仍可以用梦想回到我曾经去过的地方，或者没有到过的、存在于想象中的地方。我去不了，我的梦总是可以到。一旦有了这样的寄托，人的精神世界马上就会澄明起来，也随之变得心平气和了。现实种种，自然有不顺心之处，怎么可能比得上梦想中的境地。有梦，就可以凭梦到达我认为最好的地方。"与之相对的是，一旦人的抱负得以施展时，万物都可以寄托自己的梦。李劲堃精心布置的工作室里，流水潺潺，环绕四周。"很多人都不明白，我怎么能把这么大的一个空间变成水景？我打造这样一个环境，说明了既可以把梦想放在梦里，也可以放在身边。"人没有梦想，只能眼睁睁地看着许多美好的感觉流失，而人有了梦想，并为此时刻准备着，一有空隙便能做成想做的事。

一切都是最好的安排

历经几十年的积淀后，能够在今天走到这一步，李劲堃认为这是人生中一种最好的安排。"如果不是经历了那么多的历练、周折，一个人肯定不会积累到能够在短期内解决相关问题的能力。比如一个展览摆到什么程度，回应什么诉求，是通过基层的

锻炼积累起来的，是在任何书本中都学不到的经验。人生所有的经历，所有的痛苦，所有的一切，就是为一个最好的绽放时刻所准备的。"李劲堃感慨："从我的人生角度来看，这个积累的时间过长，所以我要珍惜，我要用尽全力。"他要在他的位置上发光发热，正如春天争先绽放的花朵，拼命地释放出积攒的能量。

推己及人

  李劲堃研究了许多前辈画家和近现代画派的发展道路，而在研究他人的同时，他也在思考如何自处。他认为一个人要学会自处，就要明白自己在社会上的作用，自己的能力所及之处，以及在对应位置上自处的方法。"自处好像是针对自己而言的，实际上也会影响周围。对自己的事情，所有人都可以做得很完美，因为自己知冷知热。对别人要做到同样的程度，就很难了。如何用自处的心态去对人对事，或许是对我最大的一个考验。推己及人，我认为是中国文化人自处和处世的最高境界。"

  李劲堃举了一个寓言做说明。比如一个泥水匠要做一个门口，如何把握尺寸？首先，要自己能走进去，别人才能走进去，这便是一个泥水匠的工作精神以及处事原则。

孔子所说的"己所不欲，勿施于人"，放在这个原则上，就是推己及人。

他又举出自己另一方闲章"梦醒三省"为证。"三省，也就是自问：你自己如何？你对别人如何？别人对你如何，之后你又当如何？尤其是最后一问，别人如果对你友善，你肯定友善相报。可万一别人对你不友善的时候，你如何回应？别人伤害你的时候，你又如何？那就可以看出一个人的境界了。人最关键的就是反躬自问，这很有意思啊。"

作为自我天地的创作空间

公共空间与私人工作室的空间切换，也显现出李劲堃不断在两个角色之间往来得游刃有余。奔波于工作场合，为美术行业与大众服务，是李劲堃作为"社会人"的角色，而当他回到自己的工作室内，便进入了一方清净的自我天地。他回到了"小我"的一面，煮饭、收拾房子。既画精彩的小品，也画尺幅大的创作，甚至创作了一系列装置、雕塑等艺术作品，做了许多夸张的尝试，随性而不受拘束。他重新又变成一个战战兢兢的艺术家，变成一个对画面效果和笔墨痕迹一丝不苟，在画纸前跟自己角力的、追求完美的画者。

附记：改选前夜

2022年6月14日晚上，我约了李劲堃主席聊天，刚好是广东省美术家协会改选的前夜。聊天过程中李劲堃接了一通电话，电话中，他与对方谈及第二天省美协就要改选了，他将卸任省美协主席一职。对方认为按届数、年龄以及他的工作成效、才能与影响，完全可以再任一届，李劲堃解释说是他自己了解到明年中国美协将改选，按他的年龄是连任不了中国美协副主席一职的，为了不影响广东美术的良好生态及在全国的影响力，他主动向组织解释并提出不再连任……

这通电话，无意中让我了解到为什么一直呼声很高的李劲堃主席只任了一届，也让我对其高风亮节肃然起敬。记得5年前他刚担任省美协主席时，他没有喊口号，没有烧三把火，没有频繁走穴，没有时常见诸报端。李劲堃说他不喊口号，不搞运动，只愿实实在在地做点事情。他的理念是前任或前面的人所干的事，"如没干完的，就续之；如有不足的，就补之；如没开始干的，就增之；如薄弱的，就强之"。

这几年来，李劲堃确实为广东美术事业非常踏实、非常投入地工作。

一场场意义重大的全国性大展，一桩桩艺术个案的研究与美术史料的整理，一茬茬艺术苗子的茁壮成长，一幅幅有学术性并获奖入选作品的诞生……还有院校的建设、佛山新校区的落地实施、博士学位授权点的取得等，无不深具影响与持续地发展着，也不断地树立着广东的文化自信，提升广东美术在全国的地位。

  而对于李劲堃自己，他却极少参与应酬活动，极少宣传个人以及办个展。他说艺术创作是一生的事情，大画家是由时间与历史去挑选的，自己说了不算，找人说了也不算。如果后面的人真要谈论我，说"李劲堃真的实实在在地干了几件有意义的事情，画得也不错"，这就足够了。

  这就是李劲堃，如今回头看看，一如既往，沉实内慧，言出必行，讷言敏行，执着而又不失睿智。

写于2022年

三问李劲堃

艺林丛影

> 我的习惯是，如果这件事对单位、对区域是有意义的，就一定要多宣传；如果只是对自己有好处，就没必要张扬。这是一个非常有趣的工作方法。只有做得扎扎实实，你的"德"才配这个位。

艺术大家李劲堃先生向来是讷言敏行的，并非口若悬河，但每次与其聊天，却总是哲思妙语，情真意切，令人回味无穷，意犹未尽。最近，在广东省美术家协会改选的前夜，我斗胆地问了他几个稍为敏感的问题，也许正是人们所乐于关注的。

一问：和谐年代？

之前您任广东省美术家协会主席时曾对我说过，这些年是广东美术界最和谐的年代。现在回头看看，还真觉得如此。那么，作为领军人物的李主席，您对此是怎么思考和如何做到的呢？

李劲堃：如果谦虚一点说是较为和谐的时期之一吧。我感到一个人当干部或者管理者或者行业的负责人，最关键的是，其专业（行业）的人以及与专业相关的人愿不愿意跟你一起工作。就是说，一个组织者，最重要的是，他想的事情，他想要做的事情，大家都愿意一起去做。因此你必须

李劲堃　2020-NO.1

带着诚意和别人交流，把一件事变成大家共同想做的事。要干成大事，非得要上下同心，干群同力，才可以完成。我在和其他人合作时，一定会做深入的沟通，站在双方的立场上去思考，达到共赢。比如与广东美术馆合作开展的活动，因为双方都明白这是属于广东美术界的学术行为，无论是项目取得，还是项目拓展，碰到困难就共同去解决，一起做了很多个重要案例，同悲同喜。我曾开玩笑地对王绍强馆长说："美术馆里应该给我留个办公室。"因为每一场活动，每一次展览，我都愿意抽时间参与。我履职的这五年，已经和绍强馆长配合得十分默契且高效。

　　我想刚才您问到的问题，实际上是问这些年我如何把自己的专业能力，既运用到属于教学单位的广州美术学院上，又把广州美术学院的教学资源以及众多有才华的教师的能力变成资源，加入广东画院、广州画院、广东

李劲堃　2020-NO.2

李劲堃　2020-NO.3

美术馆、广东省美术家协会、广州艺术博物院等学术单位共同开展的合作中，相互在各自的学术资源、专业功能和传播渠道上形成合力，是1加1大于2的道理，而不是一种竞争关系。我经常说，广东美术生态良好。以人才培养为目的的广州美术学院，有好的老师，培养出好的学生，这些人才就像水流一样源源不断地补充到广东乃至全国各地。然后，其他的学术机构又为广东省美术家协会这样的组织提供了很多有才华的人才。广东的艺术家又创作出许许多多的作品，成为需要美术馆的展品。有才华的人可以在任何地方施展，这是没有冲突的。各美术单位相互关联，各自发挥所长。我真的想象不到矛盾会从何而来？所以您问如何能形成这样的局面，我认为，一个省的美术发展，这不是一个各自独立的个体能完成的任务，而是必须大家共同去探讨和完成。

这些年，广州美术学院、广东画院，包括广州画院与其他美术机构之间，协调有序，共同创造了一片新的美术繁荣天地，没有太多的争议，十分难得，个中缘由值得深思。

李劲堃：有一个词叫"上善若水"，水利万物的生长，却不与万物相争。我不喜欢虚张声势的工作方式，我做事的风格是不动声色。我的父辈告诉我，做了一件事，特别是好事，别人知不知道没问题。如果干一件小事，就要敲锣打鼓，"街知巷闻"，这种工作方法，我并不欣赏。我非常认同"实干兴邦""空谈误国"的道理。你做完一些事，很多人不一定知道，但实际上，你却一件接着一件干，人生就会很充实，内心就会很丰盈，很踏实。曾有许多人问我，为什么有些东西不张扬一下？我的习惯是，如果这件事对单位、对区域是有意义的，就一定要多宣传；如果只是对自己有好处，就没必要张扬。这是一个非常有趣的工作方法。只有做得扎扎实实，你的"德"才配这个位。这些年，我珍惜这个工作机遇和难得的一段经历，我没有用职务的光环去做艺术市场个展，做宣传，并不是我多么清高，而是这些个人小事会占据我的时间，耽误我想干的理想中的大事。

我刚任省美协主席的时候，没有喊口号，没有烧三把火，我始终认为前任或前面的人，如没干完的，就续之；如有不足的，就补之；如没开始干的，就增之；如薄弱的，就强之。表面上看，好像没什么太大动作，但和同人们一起扎实推进一件件事，趋于无形，这就是我的工作方法。现在回头看看，还是很有趣的。这种方法，我还会一以贯之。

就任广东画院院长的那两年，我和林蓝院长、同人们梳理了一个庆祝广东画院成立60周年的文献展。很好地回应了"画院不要办了，养着人干吗？"的质疑。用一个非常丰富生动、充满学术含量的大展，以大量脍炙人口的作品和丰富的内容有力地做出了回应。可见，国家每年在画院的投入，成就了一批批艺术家的艺术理想，持续保持着每个地区的艺术基因和美术发展，其创造出来的价值与效应是长久的。我在岭南画派纪念馆这个小机构里面，了解到20世纪广东美育以及美术在全国的地位。我和同

李劲堃 2020-NO.4　　　　　　　李劲堃 2020-NO.5

事们一道举办了"百年雄才""曙色""岭南画派在上海""国画复活运动与广东中国画"等学术研究展览，较为全面地呈现了20世纪前期广东中国画的艺术状态，这些研究就是一个骨架，任何发生在广东的文化事件，搭到一个骨架上，都能够有显示度。所以，这几年，这么多艺术单位为我开展研究提供了非常多的帮助，每件事情完成之后，对整个广东美术界都产生了积极意义。广东需要大家共同做事，互为促进，互为协调。

二问：卸职之后？

今天是省美协改选的前夜，对您来说是一个节点，可能明天之后，您就不再担任省美协主席了，紧接着，也许因为年龄的原因，您可能也将陆续卸任中国美术家协会副主席、广州美术学院校长等职务。没有了这些职务，您还可以为美术事业干点什么事情？

李劲堃：人，最关键就是"知止"。新老交替、人才更新迭代是一个单位和专业的自然规律，这是必然的。至于广州美术学院校长等职位，到年龄了，按程序退休，按时卸任是很正常的事情。您问我接下来要干些什么，我认为，要干退休后应该干的事。我要好好放松，去旅行一下，干想

李劲堃　2020-NO.6

李劲堃　2020-NO.7

李劲堃 2020-NO.8

干的事。所幸画家的角色是没有退休年龄的。（笑）

以前关山月、黎雄才等先生是广东的一面旗帜，他们的艺术水平，到目前为止也没有太多人能够接近。我希望向这些艺术大家学习，凭借自己积累多年的专业能力，通过自己的努力，往这些大家更靠近些，见贤思齐。也就是说，如果能够按时卸任这些职位，交上一份自己满意的答卷之后，接下来我会在学术上尽量提升、修炼自己，然后把这些年想干而未能干的事情逐渐展开。我的爱好挺多的，我可能比现在更低调。我有一方图章叫"知止"，某些事情什么时候该"止"就"止"，"止"之后，实际上就打开了另外一些非常具有可塑性的事情之门。

您问还可以为美术事业干点什么？这十几年来，我一直在积累有关广东美术的素材。现在最想干的就是以积累起来的文献和资料为基础，依托岭南画派纪念馆这一学术机构，编写关于广东美术 20 世纪至 21 世纪之间的美术现象的书籍。我刚才提到的名叫"曙色"的展览，讲述的是 20 世纪岭南画派的"二高一陈"提出的新国画的主张，当时处于新旧艺术之间，有一点"曙色"，但是曙光还没来到。"曙色"是一个充满内涵的词语，是很美的一个词。现在我想把这段历史编成书籍。

这些职务告一段落之后，我会回归到一个非常单纯的艺术家的角色。这几年经过各个领域的历练，艺术素养和技术基础更扎实了，想法更新了。最近我做的作品和大家平时看到的我的作品非常不一样，有抽象雕塑、装置，都是些有趣的尝试。

三问：作品价值？

刚才说到，您将在学术上进一步提升，并结合自己涉足的不同领域与阅历，创造出与人们预期不一样的东西，可以具体介绍一下吗？

李劲堃：给您看一些我近期的创作吧，这是一些有装置艺术的，也有观念性的作品。您看这多有趣，里边有无数的信息，把21世纪的数据技术运用到作品中。比如这幅画，也许数十年后，很多杂志或者书本都没有了，但只要这幅画依然存在，存放在某个博物馆里，在这个作品里面就关联出许多信息来，就可以在大数据中查阅出来，延伸了作品的信息含量与视觉作用效果。

传统意义上的绘画，一直都承担着表现主题或者教化的功能，或者传达一种文化的观念，但能传达出的内涵与内容还是有限的。我最近创作的装置作品，有趣的地方在哪？它像一个偶发的信息存储器，艺术家在创作过程中随机抽裁、切割的文字或图片置于画中。五十年、一百年后，假设在某个美术馆里看到这个作品，人们用放大镜一看，如果我使用了您书上的信息，就可以通过这个作品关联到一个叫赵利平的名字，而您的这些文字又能链接出关于您许多方面的信息。在作品中，您只是其中的一条信息。或者我放入了艺术杂志的一篇文章、一个名字、一段评语、一张图片等，于是又链接出一些信息来……诸如此类，非常有趣。

21世纪最大的社会现象是什么？是互联网大数据。传统的作品，或者表现一种诗意，或者再题一首诗，充其量只有几方面的信息，但当今这个年代，这样的创作，就有可能有数以百人、数以百个机构的信息，负载量明显不一样。

问：刚才的聊天，给我的感觉是，接下来，您一方面会在传统绘画上进一步深入研究，在艺术上更接近前辈的艺术大家；另一方面又会把您丰富的阅历，结合新的思考，与现代的、当代的艺术进行融合，创作出不同面貌的、不同信息量的艺术品；再者，卸下多个职务之后，您会把生活过得更自如、更率性，过好自己的日子。

李劲堃：是的，"过好自己的生活"，每个人都想"过好自己的生活"，如果很多人能如此，才是和谐社会。（笑）其实这些都是表象，首先我更在意的是在岭南这个区域里，把这些年积累下来的知识资源、艺术资源、技术资源，把阅历与思考，逐步变成更接近前辈艺术大师作品的创作难度，同时自己又开拓出一个新的领域，要在画的深度上提出新的要求。我相信自己的绘画基础还是比较全面的，这种综合能力会为我跨界创作带来多种可能性。其次，在做研究的过程中，我观看过关山月先生、黎雄才先生的许多巨幅创作，都非常精彩，很有高度，因此我要不断地尝试，画一批大型作品，不断地画。以一个匠人的工作态度要求自己，慢慢地去磨炼，提升自己。

要能够运用手中的毛笔往来于古典与当代之间，驾驭自由，必须每天都要训练，不然就会手生，没有技术含量的创作是不耐看的。我一直把画画当成是一件很神圣的事情来看待。以前有更多的时间在学术里摸爬滚打，一张画可以放一年，也可以放几个月，按自己的追求去达成艺术效果。李可染先生把自己称为"苦学派"，并称"七十始知己无知"，这种治学态度令我十分敬佩。总之，在新的阶段，我要认认真真"从头越"。

问余：画里画外。

李劲堃：每次和您聊天，总觉得意犹未尽，我们继续把话题深化一下吧。

阶段性，我认为是很重要的。如果以前因为工作，需要参加很多艺术创作以外的行政工作任务，等把这些职位卸任之后，我会回归到最本真的一面，就像一个艺术"匠人"一样去劳作。之前我创作了很多创作小稿，在方寸之间，在一张张小画里，颜色从薄画到厚，人物从少画到多，花三五天的时间，心无旁骛。在很小的画幅中花费大量的时间去刻画，虽然每天都不知道在忙什么，但会很满足，很满足自己在这样的方寸之间讲故事，跟自己较劲，宠辱皆忘。

一张小画里画了数以百个因情景而动态不同的人物，需逐个思考，但落实到手头上，如果只是结结巴巴地画出来，那是没有味道的，需要笔墨的提炼。以前是在一整天的行政事务之后，一提笔，刹那间都忘了所有劳累。只是每晚12点之前，务必赶紧丢下笔，不能任性。因第二天一早又要上课、开会、发言等，不能失态……卸任后，我还是要遵循闻鸡起舞，时间差不多就要睡，该放下毛笔就放下毛笔的原则，这样才能创作出更有品质的、更多的作品。

每隔一段时间，我都会有一些新的思考，往往都会在我的闲章中体现出来。比如有一方叫"勤不言苦"，既然选择了工作的诺言，再忙也没有什么苦可埋怨的。当年40岁时，刻了一方"不一时长短"，告诫自己不跟别人计较长短。到50岁时感到还是境界不够高，还是牵绊着要算长短。

李劲堃创作团队——李劲堃、林杨杰、莫菲、黄涛　长江之歌

于是又刻了一方"非一日之功"，有些事情不是一天、两天就可以完成的，所以要安心去做，平心静气去做。最近刻的"洗尽铅华一池水"……这些感受都特别有意思，它们记录了我自己的心路历程。

一个人为什么要修行？因为人有很多杂念，只有不断地去克服它，才会逐渐消除执念。当自己知道到某个阶段，自己已经完成了该做的工作，就要告诫自己该停就停，不然会把自己变成工具。您问我以后怎么样，实际上，我要做回初心那个人，重归于平淡，初心还是向往艺术，但与10年、20年、30年前追求的艺术境界不同，要结结实实地留下一批作品和一些有趣的事。

我自己认为，人生由很多个阶段组成，每个阶段都会有不同的"喜怒哀乐"。如果回想起来，都能以自己的善意度过每个阶段，并留下很多有

李劲堃

趣的回忆，我想就足够了。

注：本次系列装置、雕塑等观念作品插图均为李劲堃先生首次对外公开。

附录：李劲堃领衔，莫菲、林杨杰、黄涛团队作品，入选中国国家版本馆和中国国家版本馆广州分馆作品。

习近平总书记提出"绿水青山就是金山银山"的理念，在党中央的领导下对长江进行的生态治理中，长江流域呈现水绿山青的景象，山峰青翠欲滴，江水清澈碧绿。保护环境，维持生态平衡的终极目标是为了更好地维持人类的可持续发展和绿色生活。《长江》创作团队通过调研采风长江现状，以千山皆绿、万山叠翠的画面效果，叙述人与自然的和谐共生。作

李劲堃　潮起珠江

品立足当下，探索新时期以山水画的形式，叙述宏大事件的新中国画样式，画卷以全景式构图表现宏大地貌，描绘长江源远流长、生生不息的磅礴生命力，记录长江中上游流域的自然与人文风光，包括瞿塘峡、巫山长江大桥、巴东桥、三峡大坝等水利工程。

《长江之歌》以"绿水青山就是金山银山"作为指导观念进行创作，结合重要的历史文化经验，以翠绿色为主要色调，使画面的整体有一种玉石般透亮的视觉感受。其技术并非全盘传承青绿山水画的技法程序，更多是观念的引导所致。作品还采用了中国画传统的"平远法"，利用曲折蜿蜒的江水串联整个画面，群山环抱，构成祥和又充满动感的画面节奏，使用勾、皴、点、染、积等技法，凸显出长江生生不息的景象。

《潮起珠江》描绘的是 18 世纪的广州，意为表现广州之开放、包容，展示出贸易繁盛、千年商都欣欣向荣之景象。以哥德堡号商船远航广州作为时间节点，展现作为中国走向世界通道的东方世界贸易中心海运发达、商行兴盛、中西文化交融、人文历史丰厚。作品采用金笺纸和青绿山水的

李劲堃

手法，金线勾勒，画面金碧辉煌，表现出珠江穿城而过，向东奔流入海，水路交通发达，世界各国商船往来如织，游于珠江之上，岸边停泊许多舢板，鳞次栉比的屋舍、古城墙、十三行，见证历史变迁的镇海楼、三石三塔，两岸绿野平畴，北面峰峦叠嶂，山间白云缭绕。当时，广州作为中国唯一的对外贸易口岸，成为各国"洋船"必争之地，珠江之上一片繁华，其中包括著名的哥德堡号商船，哥德堡号的航线是中国海上丝绸之路的重要线路之一。

写于 2022 年

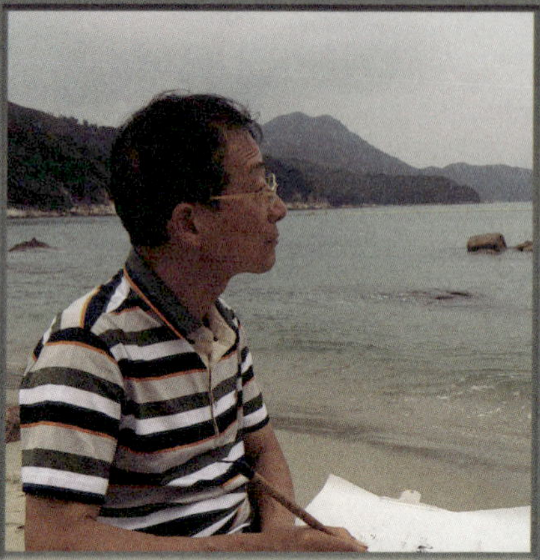

苏起龙

一九五九年生于广州，广东潮州人。自幼习画，师从黎雄才、陈金章。其作品曾在国内外展出，一九八一年参加加拿大国际画廊联展，后又在美国，以及中国香港、台湾等地展出。二〇〇四年在广州逸品堂举办个展，二〇一四年《百松万古春》在广州珠江艺术馆、东莞可园博物馆、顺德德懿艺术馆等巡回展出。出版《苏起龙画集》《苏起龙山水专辑》《百松万古春》等个人画集。

"诗心"入画,纯粹自在

内容与形式都已是表面的,借画抒意,畅其情怀,富有哲理学思的"诗画"才是其文化底蕴与思想追求在艺术中的体现。

真正的画者,在于不折不挠的钻研精神,在于持之以恒的艺术创造,在于内心真正的热爱,在于思想境界的修炼与艺术创作的升华……苏起龙正是这样一位真正的画者,数十年来拜师学艺,修心养性,临名作,读经典,勤写生,多思考,他一直在笔墨纸张中摸爬滚打,一直在艺术探索的道路上经历风雨。

苏起龙早年曾师从黎雄才、陈金章等名家,可谓师出名门,但他从未担任过社会职务。他自认为是"草根"一族,但自由自在,自得其乐。他不善交际,不喜应酬,戴一副普通近视眼镜,亲和的笑脸与瘦小的身躯,加上一身普通着装,平凡得就像是一位街坊邻居阿叔。他每天潜心画画,十分高产,不断开画又反复添改。他生活简单,而且越简单就觉得越开心,正是这种简单使他在创作上更为心无旁骛,纯粹自由。他说"无事一身轻",正是这种无碍的心境使他思想空灵、创作活跃。他还说过,画家所能做的,就是画好每一张当前力所能及的作品,而不应耽于名利,杂念多了,画也就杂乱了。

研习传统与采风写生,是苏起龙创作生涯上的"两条腿",而勤奋便

苏起龙

苏起龙　大夫山下

是他持续发展的动力。苏起龙说自己不勤奋不行，黎雄才老师的绘画作品都过万张了，而自认天赋不足的他只有不断摸索，不断磨炼，才有机会实现从量变到质变。所以苏起龙除了熟练老师的创作风格外，还遍临八大仙人、石涛、吴昌硕、黄宾虹和傅抱石等诸多名家。他习惯每个时段集中临习一家，比如仅仅黄宾虹的作品就临写过上百张，从中选出几幅佳作保留下来。

写生更是苏起龙创作中重要的环节。他说，如果不写生，待在家中画久了，作品的面目就会变得程式化而失去活力，只有去大自然中感悟和汲取营养，下笔才有生命力。在他看来，大自然虽千变万化，四时不同，但万变不离其宗，写生的要领在于掌握自然规律。他写生不拘于形，而重于感受，善于从大处着眼，取其神态、神韵，哪怕画的是寻常景物，在他的描绘之下，也会流露出别样的情感，甚至比奇山异景还要有味道。

小小的一处大夫山，便是他创作的基点，数十年来画之不断。他天天爬山，天天观察，从了然于心到望物生情，再到物我两忘，人与自然融为一体，从而达到目之所及皆成画因的境界，正如石涛所言"山川与予神遇而迹化"。他说，只有通过写生，用心感受，体悟自然景观的层次深浅变化、物态形象的质感状态形式，才能画出神韵，画出本真。山有山的走势，水有水的流向，画作要有感染力，就要善于取势，能把自然万物的质感充分展现于毫端，这就是艺术的力量。

当然，他也不是机械地去摹写自然。他有自己的思考。他接近自然，融入自然，把握好自然界中的各种元素，进行统筹、调动、组合，形成符合自身审美品质的心仪的画面构成，这就是师法自然，妙造自然。既重于写生，又借景抒写性灵，"意"又写"气"，这正是苏起龙的作品引人入胜之处。

观赏苏起龙的画作，画中的景象虚静梦幻、气韵流转，令旁观者的心情安静下来。细赏其画，觉野逸之味浓厚，墨团笔线，结构肌理，轻重缓急，聚散离合，飞白点染，皴擦勾勒……一切画面语言却尽在经意与不经意间，自然而然，不刻意，不造作，显得气定神闲，有意无意的几笔中释放着幽然玄妙的魅力，呈现的是一种意蕴缥缈、余韵缭绕的时空境界，又使其作品显得沉着而放任，蕴藉而传神。

傅抱石说"艺术的最高境界都是诗化的画"，苏起龙对于创作应该就抱着一种"诗心"。因而在熟悉笔墨章法的同时，他还读画、读诗、读画论、读佛经；他看世道、观自然、聆音籁、悟意境……最后，内容与形式都已是表面的，借画抒意，畅其情怀，富有哲理学思的"诗画"才是其文化底蕴与思想追求在艺术中的体现。

对于苏起龙而言，艺术永远没有止境，永远在创作提升与遇到瓶颈的研究攻克中，他总是习惯于集中一段时间去研究某一种题材如何创新。在他看来，古人受交通、信息与科技的局限，观察自然的途径和画面的表现方式也就相对有所局限。而现代人不仅可以登高望远，还可以乘飞机俯览群山环绕，可以征服气候条件勇攀巅峰，视觉与眼界的拓宽，使得笔下的形象格局与现代气息都截然不同。当然，传统的笔墨、意境、格调不能丢，怎样处理传承和拓展的关系，这就涉及艺术的能力、胸怀、悟性与造化了。

画大画是对画家的一大考验，既要有大格局的驾驭能力，又要有良好的身体条件，还要有相应规模的空间场所。苏起龙的画室不算小，但画起大画来仍难以施展，只能心中有整体的构图布局，然后一部分一部分地完成。画好的部分先卷起来，等画到一定的程度才横着展开，远看气势，近观细节，从整体上审视线条墨韵与层次协调等，往往要等到画作送去装裱时，才能看到最终的整体效果。苏起龙一般选在春天画，因为空气湿润，纸张含有水分，画面不易干涩，且容易营造出温润空灵、气韵生动的效果。一幅好的巨作首先要立意高远，胸有成竹，画时虽不能综观全局，却要心中有数，了如指掌。一幅作品往往历时数月，他爬高卧地，耗时耗力，一年也画不了三两张。尽管如此，他的大画却同样备受赞誉，其作品笔力与心力交相呼应，虚实相生；点染勾勒、干湿浓淡互为衬托；骨力张力、物形画质层出迭现；气韵墨彩、实景心境递次变化。作品通过壮观秀丽的美好风光，表现出一种绵延不绝的鲜活生态、一种蓬勃发展的时代精神。

尽管苏起龙的创作思想还未有系统的归纳与思想的提炼，但他的作品不管巨作还是小品，题材景象总是在不断地演化推进之。从以往略显拘谨，到如今轻松自在；从以往的一笔是一笔，到如今的一笔即万千，从以往的看精致、看叙述，到如今的看韵味、看意境……当然，这个过程中不乏反复、不乏修正、不乏质疑，每一个新的艺术家都是从批评和自我批评开始的，苏起龙也不例外。但他不浮躁、不争辩，他愿意为笔墨的不断求新改变而不懈探索，永远做一个在艺途上快乐、自由的探索者。

写于 2017 年

山中有龙蛇，水中也有龙蛇

艺林丛影

"分而合，合而分，时分时合，时合时分，不断交错，不断融合，不断盘升。"

"知者乐水，仁者乐山。知者动，仁者静。知者乐，仁者寿。"

传统文化哲学观根植于文人墨客的思想与血脉中，优秀的传统国画，也总有创作者一种思想的达观与自然的契合。画家苏起龙的山水国画创作就一直坚守着这种理念，他善于思考，更勤于实践。他在创作上总是"分而合，合而分，时分时合，时合时分，不断交错，不断融合，不断盘升"。他把山水画所涉及的内容从山到水，从树到石，从飞禽人物到亭台楼阁……不断细分，逐一研究，逐一完善，然后又综合成画，融会糅合，从而蔚然可观，加上作者思想情绪的抒发与融入，又使其作品更为传神可信，更为耐人寻味。

苏起龙在研究山水画中的"水"时，也是从思想到实践，从书本到自然，从技法到表现，不断循环往复，不断深入探索。艺术大家黄宾虹在解说山水画时说"山中有龙蛇"，苏起龙认为"水中也有龙蛇"。山有山脉绵延，水有起伏跌宕，山时隐时现，水吞吐出没，山拱揖叠嶂，水洪流涤荡……所以他对水的创作依然有山的思考，他认为画山难，画水更难，山是静止的，有基本的轮廓形态，水却是动荡的，不管旋涡激荡还是静水暗流，水都在动态中，特别是绽放的浪花稍纵即逝，喷发的泡沫千变万化，要想把水画活，必须付出更多的心力。

苏起龙

苏起龙　明月松间照

艺林丛影

苏起龙　江南塞北雁初飞

不过，苏起龙化解困难有他一贯的方法，那就是在于坚守与在于实践。当然，基本功的锤炼必不可少，但更重要的是多观察与多体验。他断断续续地专注于画水的研究，至今已有十多年了，从其2008年一叠专门画水的小作品上，可以看到线条的交织与光影的波动，形象跃然纸上；从其近期的作品上，可以看到散锋的率然与墨彩的幻化，抽象中不乏具象。这是长期积累与深入感受后所悟化的结果。苏起龙为了画水，十多年来前后去过东南亚与济州岛，去过大连与海南岛，去过香港与广东沿海，饱游饫看，揣摩写生。他说起不同海域的水就如数家珍，他说香港的海更好入画，要么礁险浪大，要么海天一色；东龙岛的水惊心动魄，涨潮时惊涛拍岸，卷起千堆雪；南丫岛的水光潋滟，波光粼粼，富有内涵……

苏起龙既钻研传统技法，又潜心道法自然，各种艺术书籍如《山水画技法析览》《明清画论》等他反复品读深思，反复揣摩推测，反复锤炼比拟。而在写自然时也写心性，他把握山的黑坳与水的灵动，他细看水打落石时浪花绽开，他也观察泡沫雾化时烟波光影……他说海与山也有类同之处，同样有着纹路肌理，同样有着烟岚气韵。所以他画水也融入山的画法，勾线是水，留白也是水；皴擦是水，披锋更是水。他用笔轻松而又凝重，看起来轻快却也沉得下去，人的真气与笔的意趣融为一体，简单的几笔，就势而为，大体的结构，虚中有实；率意带出的线条自然而然，一笔之中，浓淡干湿，几笔成浪，浑然一体，不平铺也少积染，而是一种技法的悟化，一种物我两容与天人合一的境界，一种技法的玄妙与心的悠然之化境。

苏起龙说绘画既写自然也写心性，上善若水，包容不争，当心境摆脱了世俗的桎梏时，心性就自由了，艺术到最后都是追求诗性的境界，进入诗意的创作。数十年来，他熟读唐诗宋词，每每遇到有感触、有意境的诗句时都会用本子记录下来，说不定哪天就会在他相适应的画作中呈现出来。在他一本几十年前的《离团纪念册》上，就可看到他不同时代、不同笔迹密密麻麻记录下来的诗篇章句。

苏起龙说，不管时空如何更替，传统文化是中国人的精神与血脉，总会在适当的时候以它相适应的形式回归。对于国画艺术来说，诗情画意是不可或缺的底蕴。而对于画家个体来说，只有驾驭的笔力才能进入，只有修养的积累才能诗化，厚积薄发是亘古不变的途径。而对于他自己来说，他毕生追求的是笔墨"干裂秋风，润含春雨"，他始终追求的是思想澄明自适，艺术诗意人生。他不擅于交际，也不乐于交际，画室就是他舒畅的自我空间，大自然就是他无尽的创作源泉，每每回望，只有艺术上有所攀越，方为心不惭愧。

写于2021年

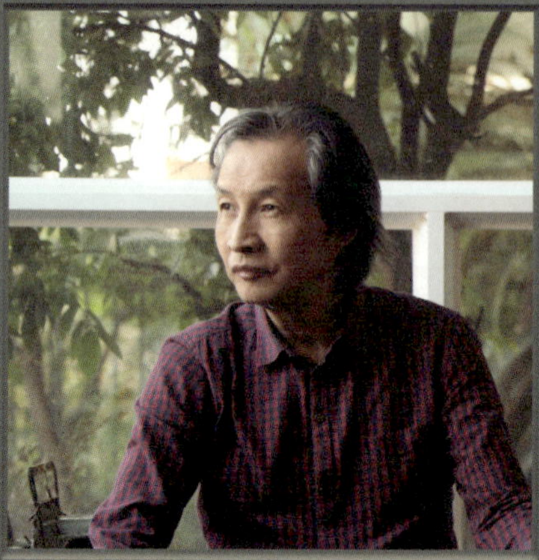

张弘

出生于武汉。一九七九年考入广州美术学院中国画系。曾任广州市美术家协会副主席。现为广州美术学院教授、硕士研究生导师，中国美术家协会会员，广东省政协书画院副院长，中央文史研究馆书画院南方分院特约研究员。长期从事中国画教学与创作。一九九四年荣获广东省"南粤教坛新秀"奖，二〇〇一年荣获广东省"南粤优秀美术教师"称号，二〇一八年荣获广州美术学院"教学名师"称号，作品多次参加国家级别的大型美术作品展览并获奖。

一声佛号,便是彼岸

艺林丛影

> 那种现场感,那种空灵感,那种如临其境,那种寂静奇妙,那种准确生动,那种欲诉还休……

那天,一幅礼佛的画作不经意映入了眼帘,刹那间,心似乎有所颤动。画面上,透过寺殿窗檐,那天地氤氲的气息,那烟雾缭绕的缥缈,那一群躬身礼佛的僧侣,那心无旁骛、虔诚肃敬的神态,那不同面容、类似动态中的心如菩提,一切一切……都令人顿感奇妙空灵,佛国天境,心生神往。

欣赏之余,心动之间,我看到了画面右下角钤下的那一戳红印,还有红印上墨色里要留意才看到的作者签名——张弘。哦,原来是张弘老师的作品。张弘老师是广州美术学院的教授,我是认识多年的了,一直知道他以画人物为主,也经常有一些大型的主题创作,偶尔也画画山水花鸟,书法也写得不错,艺术素养有着深厚的基础,获得了许多重要的艺术奖项。但这次,却令我对他的佛教题材关注起来。

一声佛号,便是彼岸。原来他多年来已画了一系列又一系列的禅文化题材,而且在2018年他就已经在新加坡举办过一场名为"丝路禅桥"的个展,展览作品以描绘古代海上丝绸之路风貌及海丝沿线国家禅文化交流的内容为主。丝绸之路本来也是古代僧人的取经之路,这座"禅桥"在历史上早已搭建。展出作品中的《东方寻梦》《驶向科罗曼多》两件大型作

张弘

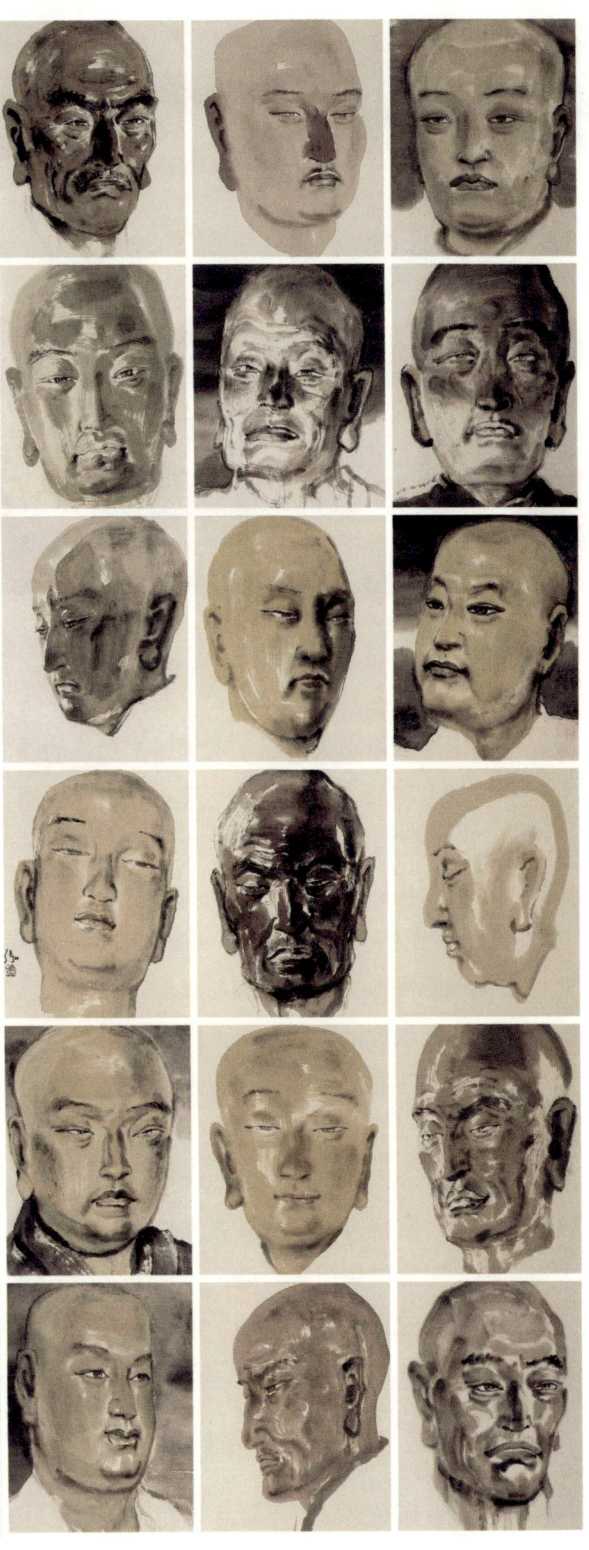

张弘　十八罗汉

张弘　晨钟

品，通过对过往深邃历史的追索而引人沉思，灰调子多层次的墨韵交融表现出神秘旷远的大海和变幻莫测的天色，以及悠然古远的历史感。同时展出的作品还有张弘2011年接受泰国艺术大学邀请，在印度菩提迦耶参加"佛教艺术大汇集"展览所创作的《一念清静》系列中的部分作品；还有2013年为纪念六祖慧能所创作的《佛海寻缘》系列中的部分作品。由于作品来源于作者对禅文化近距离地体察、认知与理解，并深入思考提炼与捕捉生动的艺术形象与具有标识性的景物，令人欣赏起来有似曾相识、身临其境、真实可信的亲切感与共鸣，从而使展览在当地产生了较大的影响与深受社会各界的好评。

说起张弘创作的佛教题材，也许可追溯到20世纪90年代初他在广州美术学院教育系国画研究室与时任室主任林凤青教授相处的一段渊源。林凤青教授不仅艺术造诣高，对佛学也很有兴趣，买了不少佛学方面的书籍与资料，经常打坐修禅，交谈中也常会涉及佛学禅修之类的话题，其许多作品中便有着一种寂静无尘的境界。但那时张弘对佛学并没有太大的感觉，至今也没刻意去研究佛学，一切都是随缘自然。不过，是否那时已潜移默化地在张弘心中播下了佛缘的种子则不可说。

追溯起来，许多事情似乎都在冥冥中不经意地便有了交集，多年前广州美术学院曾组织教师去过泰国展览与采风，当时泰国皇家艺术学院（泰国艺术大学）美术馆的馆长就说过张弘的画里有佛性，张弘也不太在意。两年后，泰国艺术大学邀请了广州美术学院的张弘教授和王见教授去印度参加佛教大会并举行"佛教艺术大汇集"展览，费用由邀请方负责。来自泰国、印度、中国、美国等八个国家近三十位艺术家便应邀聚集在印度菩提迦耶进行交流与创作。

在印度相处的十天里，艺术家们每天焚香拜念后，便或在艺术工作坊创作交流，或走上街头，走进佛寺去采风、搜集素材。佛教圣地的菩提迦耶，城空中不时飘扬着佛乐与经声，来自世界各地的朝圣者和游客、信徒，还有行走的喇嘛、和尚、小沙弥，虽不同衣着、不同行装、不同肤色、不同动态，但呈现出来的却是一片闲适或虔诚膜拜的神态。张弘挎着肩包、手持相机，时而用镜头捕捉，时而用钢笔速写，感受并记录着那特有环境里的新鲜景象。但一天一天地，他也从新奇到渐受感染，不管是茂盛常绿的菩提树，还是打坐冥想的禅修者与绕行佛塔佛寺的信徒，不管是诵经诵佛，还是捧香膜拜与仰望菩萨……张弘置身其间，越来越感到身心清静、思绪玄远，有了一种奇妙的体验。

回国后，张弘的笔下便开始多了许多佛教题材的作品，他不仅描绘心目中的佛教圣地，还描绘偶有的灵光顿悟。他走进南华寺与华林寺等佛家寺院，考证丝绸之路经济影响之外的宗教影响。他从印度的那烂陀到广州的"西来初地"，他从达摩的海上丝路到玄奘的陆上丝路，他从龟兹唐僧的脚印到克孜尔窟的壁画，不断寻找灵感与素材。他立心构思创作一组以玄奘取经为主题的水墨连环画，并命名为《西行东归的玄奘》。他上次在印度艺术工作坊创作交流时，就到当年玄奘学佛取经的重要道场那烂陀寺、七叶窟、灵鹫山等地方实地考察过。近年又不断查找历史记载，深入梳理资料，提炼内容元素，计划用三十个画面来表现，并配以精心提炼的文字介绍，以类似册页的形式去组合表现。这组构思他目前已完成了一部分创作，文字用细小行楷书写，画面与文字又设计成互为构成的整体性版面，既单独成画，又组合成册。他说玄奘对佛教历史的记录以及印度史编纂学的贡献，受到了印度当地的高度评价，更使其在当地名播遐迩。张弘对玄奘取经的过程也特别有感触，1300多年后的他穿过时光的隧道，也能和玄奘大师站在同样的地方对着佛教的发源地，祈望在此悟到的真谛能感应交集，他希望把玄奘千辛万苦历经磨难地西行，取经后又毅然东归的历史事件以典雅生动的形式表现出来。

张弘的佛教题材画，总给人与以往宗教题材的作品有不同的感觉，那

张弘　佛旅禅思之七

种现场感，那种空灵感，那种如临其境，那种寂静奇妙，那种准确生动，那种欲诉还休……这得益于他的佛教题材创作不是源于对国内传统宗教画作的学习，而是去到佛教的源头，去到圣地菩提迦耶的现场，在那里感受，在那里观察，有了亲身体悟，然后画出心中的触动。而且作为广州美术学院知名的人物画家，他很会捕捉一些标志性的景物与典型性的动态和特殊的人物形象，有较强的观察和提炼能力与强烈的"刹那间"意识。特别是他从工笔画家转到写意创作后，创作上颇注重细节与氛围。很多工笔画家转不出写意，脱离不了工笔的影子，他却发挥个人的灵性与艺术素养的综合能力，利用工笔的有机转化，使其创作上的墨用得有层次、有变化、有意蕴，意境表达得传情入细，倍见功夫，还带出其善于观察的长期训练能力，虽是写意的几笔，但既富有抒写意味，又不刻板僵化，局部很生动，整体

张弘　南华禅静之三

张弘

很耐看,画面上见笔、见墨、见韵致,内容上见人、见物、见情感。

十方诸佛,一屋清梦。虽然张弘的佛教题材画多是寥寥几笔,多是以没骨笔墨为主,也多是惜色如金,但观感上却浅淡雅逸,通透素净,灵动自如,意韵神似。他画得很慢,画得很用心,画画停停,边画边想,有了感觉才会动笔,他不讲究数量而讲究质量。每一笔看起来很轻松,但每一笔都很考究;每团墨看起来很随性,但每团墨都用得很准确,很恰如其分。他把艺术的形象概括归纳,把历史、禅文化与心境、绘画艺术融合渗透,所以其作品看起来又是如此丰富幽远,肃敬精严,澄明清澈,实在是圆融无碍,通达心扉,令人欢喜。

写于 2021 年

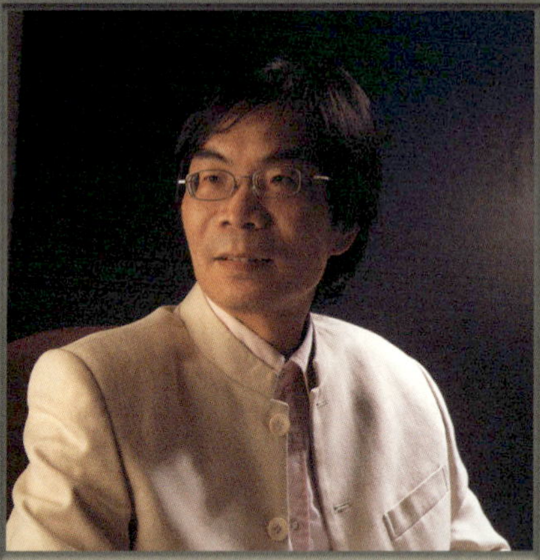

黄浩深

结业于广州美术学院。现为广东省美术家协会会员、中国致公党广东致公书画院副院长、广州市海珠区文学艺术界联合会副主席。自小在岭南画派发源地随十香园居巢、居廉后人研习书画，深得岭南画学的思想熏陶，是十香园居氏传承人之一。对「二居」的撞水、撞粉技法不遗余力地学习研究四十多年，不断探索并传承发展，承先辈之艺，薪火相传。二〇〇七年十香园重修后，承前启后，创办十香园艺术草堂，为院校外专业而系统的中国花鸟画教学的传承基地。

从『十香园』到『十香园艺术草堂』

艺林丛影

    黄浩深对自身的艺术创作有着系统的思考，他讲究线条的品质，他认为线条不仅是画家对物象结构、形貌、质地的一种抽象概括，更是画家主观意识、情感表现的手段，刚柔相济、疏密虚实、浓淡干湿带来了节奏与韵律的美感，也带来了创作的快感。

    在广州海珠区江南大道繁华的闹市中，有一处隐于民宅群中的传统园林居屋"十香园"，此地是岭南画派的摇篮，也可说是许多岭南画人所景仰和朝圣之处。此园是清末岭南著名画家居廉和居巢居住、作画、授徒的处所，因园内种有用于日常写生的素馨、茉莉等十种香花，故名"十香园"。十香园虽隐于闹市，但青砖红瓦，庭院错落，曲径通幽，树木婆娑，门前溪流涌绕，园内拾级聚足，依稀可见是依山丘而建的，艺术氛围与文化气息浓厚，别有一种名流居所韵致。

    清道光至光绪年间，岭南绘画气象蓬勃，花鸟、山水、人物各科均有长足的发展，花鸟画一科有时称"二居"的居巢、居廉上承清初"常州画派"恽寿平没骨法，又常事写生，善于用水，以自成一格的撞水、撞粉技法，颇得宋人风骨和元人韵致，风格独特，从学如流，为世人所称著。

    清同治三年（1864年），"二居"结束了多年的幕僚生涯，回到番禺隔山（今广州市海珠区江南大道中一带），在十香园中生活、作画、交友。

十香园内景色

黄浩深

居廉更是在十香园中设帐授徒,其培养的弟子高剑父、高奇峰、陈树人等结合居氏画法和日本等海外艺术养分逐渐形成了一种"新国画",并开创了在中国近代美术史上影响深远的"岭南画派"。其中,"善于用水,常事写生"更成为"岭南画派"乃至当下岭南花鸟画坛极其重要的特点之一,因此对于近代岭南的花鸟画坛,"二居"是始终绕不开的重要课题。

据说广州美术学院当年选址,乃至美院中关山月的故居(隔山书舍)选址时也是因十香园择邻而居。如今广州美术学院已成为国内名列前茅的专业美术院校,莘莘学子,奔赴四方,为美术事业的发展贡献着力量。十香园则经修葺整饰,幽隐一隅,静迎来客,诉说着岭南画坛的旧时往事。

而对于"二居"的艺术研究,除了岭南画派一众弟子和一些院校专业机构有所涉及外,还有一处叫"十香园艺术草堂"的地方。该处命名"草堂"而非草堂,应是精神意象而已,实则位于"十香园"北侧不远处的一现代楼宇的首层,面积逾百方,并加建了夹层,又起名"隔山艺术馆"。馆中光线明亮,分功能而区隔,有展览区、教学区,也有品茗叙谈处,紧凑有序,

黄浩深小品（两幅）

摆设简约而有韵致，不时可见一些写生用的蔬果道具，以及可作为颜料的矿物原石，也有一些花瓶、芦苇之类，既作为摆设，也作为教学道具之用。

此"草堂"乃居氏传人之一黄浩深所创办，旨在传承"二居"精髓，薪火相传，依托岭南画学深厚的学术文化背景，弘扬中国画学。"草堂"的形式介乎于旧式书斋与现代社会培训机构之间，展览会客，招生教学，乃一处传承"二居"画学，研究、传授和展示岭南画风的场所。主持者黄浩深自幼师从居巢之孙居玉华女士学艺，秉承"二居"倡导，从宋画入手，临学没骨画法，苦练撞水、撞粉技法，然后大量写生，以自然为师，深得真传。黄浩深从师承出身，数十年来全身心投入于岭南画学的系统化研究，他通过大量实践尝试，整理出系列系统性的教案，并边卖画边教学，凭个人微薄之力在"十香园"附近创办并独立承担起此培训展览机构，在普及传统经典艺术的同时，也为许多有悟性、有潜质但未能进院校的社会各界艺术爱好者提供了学习与提升的机会。

黄浩深沿"二居"一路，钻研最正宗的撞粉、撞水技法和溯源美学思想。虽然"居家"留下的藏品不多，可供其研究的真迹有所局限，但黄浩深还是通过各种关系与资源收集观看了大量的真迹和书籍资料，并潜心研究与撰写心得。他觉得中国画绕不开南北宋画学，所以又临摹了大量宋画，综合利用线性、分染法、没骨法、撞水、撞粉和重彩等技法，结合造型和写生实践，充分利用了必然性与偶然性的艺术效果，开拓出与时代脉搏相契合的艺术创作体系，有效丰富了绘画技法与色彩语言。

黄浩深的创作与教学倾向于工细一路，他认为中国画本身就具有写意性与抽象性，所以教学上他并不着重于写意，而是执着于线条、色彩、韵律与造型，以及通过写生获取形象与构图等，并强调临摹与写生的重要性。他认为临摹是与古人进行倾心交流，写生则是与自然之间达成另一种心灵的沟通；临摹重于技法的锻炼，写生则重于生机与生气的赋予，重于偶然性的捕捉与思想性的整合，把自然的形态与个人的情感融为一体。

黄浩深对自身的艺术创作有着系统的思考，他讲究线条的品质，认为线条不仅是画家对物象结构、形貌、质地的一种抽象概括，更是画家主观意识、情感表现的手段，刚柔相济、疏密虚实、浓淡干湿带来了节奏与韵律的美感，也带来了创作的快感。他也讲究色彩的构成与表现，认为色彩的物理刺激和心理感应对情感的表达与格调的营造富有积极的作用，色与水的灵动交融，不同色感的渗透叠加，产生出妙不可言的画面效果。此外，他还讲究背景的烘托、肌理的营造与形式美感的应用等，从而使画作进一步突出主体，明确主题与丰富内涵，让观赏者倍感气象万千，意犹未尽。

尽管黄浩深靠卖画与教学支撑着"草堂"这一以学术为目的又不得不半商业化运作的机构而深感压力，但其对艺术的执着与运作的成效还是得到了许多艺术业界与社会的认可与支持。中国艺术研究院博士生导师苏百钧教授、林若熹教授便担当起该机构的学术指导与顾问，通过与专业机构及富有学术性的一些画家、学者之间的交往和切磋，有效地推动了花鸟画艺术创作规律的研究与当代艺术理念的融合，并以国学、美术理论、艺术审美和创作实践为主导，树立了自身的价值体系与影响力，从而获得了社会各界的进一步认可。"十香园艺术草堂"创立至今已15年，相信其会积极地延续下去，发挥其在岭南画坛的艺术传承作用。

写于2021年

撞水、撞粉法的探讨与作品形成的诉求

艺林丛影

艺术不能为绘画而绘画，笔墨技巧等只是手段，只是支撑，艺术创作更多的是源于自然，源于情感的抒发，源于精神意念的创造，画出来的画才有灵魂，才留得住。

岭南画派的鼻祖居廉、居巢始创的撞水、撞粉法影响颇为深远，从溯源上来说也是源远流长的，南北宋的青绿山水可算是第一个高峰；到明末清初恽寿平所创的没骨法，初步形成了造型、构图、色彩等一整套系统，对写意画各种技法的产生与应用有很大的推动，是第二个高峰；再到清末时期的"二居"，善于用水，常事写生，在"似与不似之间"自成一格，又推向了第三个高峰；之后"二居"的弟子高剑父、高奇峰、陈树人等更是结合居氏画法并融入日本等海外的艺术养分逐渐形成一种"新国画"，开创了中国近代美术史上影响深远的"岭南画派"。

近现代一些艺术院校和艺术名家也继续对撞水、撞粉法有着进一步的探索，对这种技法的发展有所推进，如中央美术学院的苏百钧教授和中国艺术研究院的林若熹等。此外，至今仍隐身修艺于"二居"故居十香园附近一隅的居氏传人黄浩深，也在艺术创作与教学上一直遵从"二居"的脉络，进行不懈地探索。首先，在色彩材料的思考上，他使用的颜料坚持用孔雀绿、绿松石、青金石等天然原料矿石自己研磨，使其画作呈现出浑厚而夺目的色

黄浩深　傲骨

彩，富有层次与质感；其次，在中国画本源的思考上，他的创作虽强调了水性，但在水与色之间的碰撞渗化中，依然强化了线性的体现，从而不失中国画的本性。其实，这是很难把握的，这需要一种艺术的修养与技术的掌控。这种撞水、撞粉技法的应用有着许多偶然性，必须有作者的思维意识贯穿其中，有作者造型能力、物象理解和情感的融入。创作中所产生的肌理与迹象千变万化，水多水少，色浓色淡，如何产生线与物象的吻合，这些方面与作者的艺术底蕴与掌控能力都息息相关。

也许有人会说，晕染不就行了吗？是的，可以晕染，但那已不能叫撞水、撞粉，已没有了"撞"的活灵活现。当然，岭南的这种技法离不开南北宋的渊源，离不开双钩法、晕染法与没骨法的基础，而当它称为撞水、撞粉时已是一种创新，一种升华，一种最岭南本土化的艺术标签。这种技法还需要不断传承发展下去，之前岭南的艺术家也没有辜负这一当年的创新，他们持续地完善提炼着，甚至将这种技法从花鸟画的应用转移到山水画乃至人物画的应用，而且引进了更多的材料与颜料，比如日本的金箔纸，比如将蚝壳磨粉作为颜料……不同的肌理语言，不同的材料形式，使创作的效果更丰富、更有当代性和不可重复性。

不过，画家黄浩深却认为广东对"二居"的研究与探索仍不够，"二居"

的撞水、撞粉法在当下仍显得太低调，真正在岭南能深入了解和创作应用的艺术家并不多，艺术院校的探索也少了一份对矿石颜料的执着，甚至采取了不一样的"撞"法，从而削弱了艺术语言的纯粹性，少了一种活生生的感觉和生活姿彩的意味。他认为中国画讲究用水，物理性能也自然地与水有关联，水包容万物，中国画中水是主体。他强调创作中要深入领会"撞"的内涵，要碰撞出火花，要尽量避免积染的程式化，要在水与色的挤压中产生有效而不同的肌理，产生多姿多彩的色彩与肌理语言，达到每一次、每一笔撞出来都富有内涵，都不一样。这不是随意挥洒几笔就可以的，这将是一种创作的新高峰，不仅是岭南的高峰，而且是中国画的新高峰，所以作为岭南的画人不能忽视，不能失传，必须深入研究，必须大力推动，要进一步普及与推广，要对得住祖师爷。

同时，黄浩深又强调撞水、撞粉脱离不了笔墨，笔墨功夫到家了，撞水、撞粉的效果才到家。而且线性造型是一个体系，中国画离不开这个体系，撞水、撞粉自然也离不开这个体系。撞水、撞粉在构图形式和色彩形式上是一种哲学观，水与色的互相碰撞是一种矛与盾的对立形式，也是一种对立协调统一的过程，包括色彩的对比、疏密的对比、空间不规则的对比等。以前说"密不透风，疏可跑马"，现代技术的进步已可以"密也可跑马，疏也不透风"，这里边有构成法、分割法等的技能与方法。

黄浩深对撞水、撞粉法有着多年探索的实践心得，他在吸收运用居巢、居廉的撞水、撞粉法的同时，尝试用有相当难度的复合冲撞渍色法。其原理也源于传统没骨法中以书写性运笔，以不同水、色、墨的量去混撞冲渍；同时，以适度的白粉或石青、石绿、赭石、朱砂等多种不同的石色，多遍而有序地冲撞、互渗、互融，使之适合现代色彩构成观念的需要，使画面形成丰富的色墨肌理，产生了偶然中的必然性，或必然中的偶然性，从而完成画面色调与色彩构成关系的审美要求。

最后，黄浩深说虽谈了这么多技巧的东西，但艺术不能为绘画而绘画，笔墨技巧等只是手段，只是支撑。艺术创作更多的是源于自然，源于情感的抒发，源于精神意念的创造，画出来的画才有灵魂，才留得住。而精神的方面则需要文化修养的滋润，需要读大量的书，需要有丰富的知识面。只有文化意识在其中，才会引人共鸣，才能使人如入其境，产生心绪的碰撞与认同。视觉只是基本的东西，直击人心、叩问人生的作品才是成功的作品，但愿更多的艺术家能在这方向上边实践、边成就。

写于 2022 年

黄浩深

黄浩深　地涌金莲

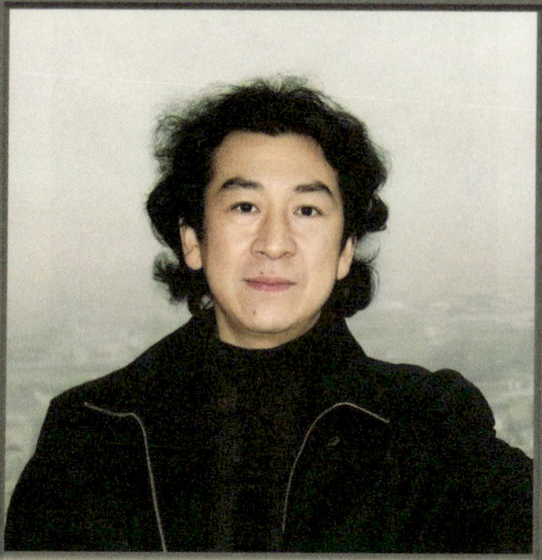

陈少珊

一九九二年于广州美术学院中国画教材教法专业研究生毕业,获硕士学位并留校任教。现为广州美术学院教授、硕士研究生导师,广州美术学院美术教育学院美术教研室副主任兼中国画教研室主任,中国美术家协会会员,广东中国画学会理事。主要从事中国花鸟画的教学、研究与创作。作品多次参加全国美术作品展,出版多种专辑。作品先后被中国艺术研究院、中国文学艺术界联合会、广东美术馆、深圳关山月美术馆、广东省佛教协会及海内外收藏家收藏。二〇〇八年被中共广东省委宣传部评为「十百千工程」培养对象。

复古韵致与宁静之美

艺林丛影

　　陈少珊的作品总是在一种貌似寻常的生活场景中另辟蹊径，呈现出焕然一新的审美意趣。

　　第一次接触陈少珊精丽典雅的画作时，一度误以为是出自一位女性画家之手，但细细品来，画作里蕴含着一股沉郁的骨力，画风雄浑而不张扬，与一般女性画家的手法又截然不同。有幸认识少珊老师之后才得知，表面与内里的矛盾统一正是其人其画最大的特色。

　　陈少珊于1960年出生在广东汕头，自1992年毕业于广州美术学院并留校任教以来，作品曾多次入选全国美术作品展和广东省美术作品展等多个展览，并先后被中国艺术研究院、中国文学艺术界联合会、广东美术馆等机构收藏，许多学术论著也被《美术》《中国美术》等多家权威期刊刊发。印象中，他长发及肩、身材矮小，声音却沉实爽朗，为人稳健豪迈。他画风精致典雅、造型严谨，却又抒写轻松、鲜活洒脱。他待人谦和低调，却又内心强大自信……兼容调和，自然而然，这样的陈少珊给了我们许多想象的空间。

　　陈少珊的艺术创作可以说溯源高远，深得宋画的精髓。他认为宋代工笔花鸟画是在历史长河中淘洗出来的艺术精品，是历史的浓缩与积淀。宋代画作给他最深的感受并不是技法如何高超，形象如何栩栩如生，而是画面表现出来的自然、诗意与宁静。受之启发，陈少珊在艺术创作上也不遗余力地去

陈少珊　梅石烟岚图

陈少珊

揣摩尝试，结合自身的理解，推陈出新，在画幅中表现出令人感动的精湛技艺与面目独具的个性风格。

陈少珊的作品总是在一种貌似寻常的生活场景中另辟蹊径，呈现出焕然一新的审美意趣。例如其工笔作品《幽霭文禽》，本是作者截取乡野一隅的图景，疏朗的豆荚茎藤枝叶下，几只鸭子似乎刚刚才经历了一番水塘戏水，或眯憩，或凝望，或抚理羽翼，一种自在安然、舒爽恬淡的气息充盈画面，令观赏者不经意之间便心生一种亲切与轻松的观感。细赏这幅画作，可见作者从构图、用笔到淡墨晕化与随机性的处理，乃至心境的抒写，无不一丝不苟、殚精竭虑。作者仅以水墨造境，以摇曳垂下的枝条贯穿整个画面，与栖息的鸭子相映成趣，画卷交代清晰且主次分明，景物递进而又聚散起伏，富于节奏变化。不同于工笔画常见的涂与勾描，画作中的笔法将自然的线条与形体块面有机融合，把物象的形态准确地表达出来。鸭子的羽毛虽描绘繁复，却张力十足，点染处看似随意却又恰如其分，笔触果敢，造型灵动，又饱含质感。特别是作者用焦浓的墨汁"点睛"使得画作的鸭子仿佛正在左右顾盼，栩栩如生。正是这种种不同寻常的处理技法与情感洋溢的抒写，使画在逼真中又带出一些具有怀旧思绪的况味，画家本人热爱生活、崇尚质朴的情怀溢于纸上，令人回味不尽。

陈少珊除了工笔画备受称誉外，他的写意水墨也别具人文意蕴。中国画历来强调一种"写"的意味与水墨精神的彰显。陈少珊在书法上不乏锤炼，画余也经常临写篆隶书体，偶尔也作篆刻。一方面，他将这种富有线条美感与骨力彰显的艺术营养融入其创作，使其作品充盈着一种金石书法的笔意，时而回转顿挫，时而流畅挥洒，随心所欲。另一方面，在水墨精神上，陈少珊侧重于表现水墨淋漓的渗化之美，营造出丰富的层次变化与灵动美感。同时，画家在抒写性灵时还不忘意象与物象的协调呼应，既不拘泥于形似，又不失物象最具典型性的"神采"，从而令观者感到传神、可信。

以陈少珊大写意作品《憩》为例，画中一翠鸟展翅伫杆，似乎刚从水域捕食而归，正在梳理羽翼，芦苇的枝也因其甫立而披拂不定，花穗振荡……寥寥数笔，便使整幅作品情景交融，意趣横生。该作品水墨淋漓，层次多变，用笔简洁，笔不到意到，形未至而神已臻，用精简的面与单纯的水墨，勾勒出一种颇具动感的野逸之趣，更衬托出画境中大自然的动外之静，虚实相生，妙不可言。

综观陈少珊的作品，不管工笔还是写意，我们均能强烈地感受到画家在艺术上对虚静之美与素朴恬淡的追求。许多作品中，作者有意将乡村自然景观的动植物去繁取精，重新组合，去除了现实中驳杂琐碎的元素，提炼出典型生动的形象，加深了景物的纯度，也进一步强化了作品给人的静谧素朴的印象，从而更凸显出一种复古韵致与宁静之美。你看那鸭子的悠闲憨态，那母鸡、小鸡温馨和洽，那禽鸟或专静理羽，或凝神颛望，或缩胫静立……陈少珊笔下的画面无不是一派素朴而静好的意境，勾起人们对恬静自然与

陈少珊　幽篁文禽

艺林丛影

陈少珊　大吉之一

悠然人生的向往，消解了现实生活中的喧闹、躁动与纷扰。

对于传统工笔花鸟画的创新，陈少珊认为应是水到渠成、瓜熟蒂落的事情。在他看来，工笔画的发展既离不开对传统艺术的挖掘应用，也要有现实生活的关怀与现代审美的理解。面对各种"时髦"思潮及外来文化的冲击，他更看重的是不借外力的情况下艺术本身从量变到质变的过程，故而尤其关注画者所具备的知识结构和修养积累。而他本人作为广州美术学院教授，在这方面有着天然的优势，多年的教学研究以及广泛的学术交流使他学识渊博、视野开阔；与学生的交流和教学相长，大量的外出写生机会，又使得他对自然万物的形象了然于心，下笔更带有浓郁的时代气息。他充分借鉴前人的心得，造型上反复提炼，用色上于古朴中寻找新意，在长期的研习耕耘中总结出自成一派的特点、样式，一花一鸟、一草一木皆带着个人特色的烙印，而绝非千人一面的匠气。

陈少珊曾说画画就像写文章，要有感而发，更要别出心裁，要尽量发现别人没留意到的东西，也要善于从前人留下的文化遗产中汲取经验，作为自我探索的着力点。创新不应是无源之水、无根之木。从存世的"范式"中博采众长，内化于心，通过点的提炼、线的组合、面的线构，进而与色彩融会贯通，表现出画家对当代社会的由衷感悟与对世界和人生的深刻思考，这才是现代艺术创作的价值所在。因此，他的创作既散发着一种雍容的古典气质，又回荡着生机勃勃的烟火味道，在眼下喧嚣沸腾的都市环境中，更显得弥足珍贵。

写于2020年

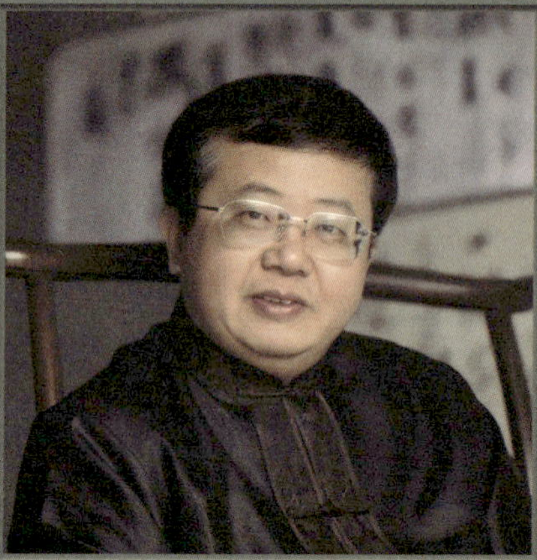

区广安

曾任广州市美术家协会副主席、广州市青年美术家协会副主席。现为广州大学艺术硕士研究生导师、中国美术家协会会员、广东省美术家协会理事。先后出版《区广安画集》《区广安山水雅品集》《水石云林图》等画集。作品曾在国内外多个城市展出，并被中国美术馆、北京人民大会堂、广东省博物馆、广东省档案馆等机构收藏。

回归审美本源，回归诗意心灵
——区广安的传统艺术观

> 他的短期目标是"废纸三千"，不断锤炼；中期目标是七十岁以前，不断向古人学艺；长期来说是希望七十岁以后，随心所欲而不逾"道"，道是天性，是规律。

在这个"创新"呼声越来越高的年代，广东省美术家协会理事、广州市美术家协会副主席区广安，在广东画坛上算是比较特立独行的一位。他力求守望传统，开拓传统，以复归传统艺术面貌谋求艺术的革新。他认为传统的根基有多深，艺术就能走多远，并以"高扬传统画学，维护国画学统"为己任。其中有着怎样的思考，又面临着怎样的挑战呢？

也许是缘分，也许是命运的选择，区广安还在懵懂的童年时期，就不自觉地走上了传统艺术的道路。他七岁拜在广东国画研究会（注：二十世纪二三十年代广东影响力较大的民间画家社团，以研究和振兴国画为宗旨）传人袁伟强的门下，在恩师近乎私塾式的传道授业中得到传统国画的启蒙。之后五十多年来，他对传统文化不离不弃，从学习古典诗词到形成艺术观点，再到生活方式，都自然而然地沉浸其中。同时，他苦心孤诣地追求、探索、传承、弘扬传统中国画艺术，立志要为之奋斗一生。

区广安以传统山水画创作为主，兼擅花鸟、人物，而且诗、书、画、印都有涉猎。特别是书法方面，他临帖无数，不断磨炼。对于诗词，则转益多

区广安　老子过别村

师，又勤于心悟，这些都源源不断地为其绘画艺术输入了传统的营养。

区广安的作品从临摹古代作品入手，他临摹的不仅是那些疏体的文人画，还有许多密体的水墨名作，同时其学识修养的积累、生活的阅历、内心的感受也在边临摹、边创作中流露于笔端。他专注地按照传统文人画的路子反复磨炼，不断锤打提升，同时又关注自身周遭的生活变化，把自己的人生观与价值观融于创作中。观赏区广安的作品，可见一种古朴韵味与文雅的才气溢于画面，毫无张扬与浮躁之气。

在疏简方面，他惜墨如金，寥寥数笔，抒写的线条与泼写的墨块、点染的墨点之间，往往构成一种极富抽象意味的组合，或淡或浓，或徐或疾，笔墨意趣，恰如其分，通过物象与意象的构成，表现出作者洞察世情与沉稳宁静的自信。比如他的一幅《老子过别村》简笔人物作品，几笔垂柳，一抹远山，凝练的墨块略事勾点便是一匹驴子，浓淡幻化的几笔勾画便是一背骑闲

区广安　千里丹霞

读的老翁，整个面部一笔带过，但老翁悠然专注的形象跃然纸上，神采动人。他的花鸟画同样也是用笔洗练，结构明了，用简约的笔墨表现出丰富的意象与意境。比如他的另一幅名为《无题》的花鸟画中，立石倾踞，竹枝穿插，两只鹌鹑在石下闲步，唱和相随，意态悠然；石头笔触简要概括，浓淡交融，点苔草植墨韵简练明了，意犹未尽；枝叶与鹌鹑虽稍为浓墨细写，但也举重若轻，轻松自然；留白处浑然一体，虚实相生。整幅画布局疏朗，气韵生动，生活气息十分浓郁且趣味横生。

而在繁密方面，他的山水画则更具有代表性。区广安的山水画既注重整体气势，又不失精致描绘，他通过布局裁取和虚实相生营造出节奏与变化，从而达到山川竞秀、自然和谐的境界。在《丹霞秋云》一画中，画家以实带虚，岩峦树木、溪泊山流、屋舍远帆，凡实处均着力描写，笔笔不苟，气宇轩昂，但也主次分明，清新秀润；凡虚处则留白与云烟水墨融合，染写交替，摆布自然，游刃有余，呈现出一种气脉连贯，灵秀清丽。整幅画远近参差，墨色清雅，虽写的是岭南秋色，但简淡灵秀之中又不乏浑厚华滋，表现出一种古韵清逸中的真实感与可读性。画中又题写有作者自拟的临景生情之诗作，能书、能作格律诗是一种富有传统文化积淀的体现，也被许多现代画者视为畏途，而此画融诗、书、画、印于一体，诗情画意盎然而生，展现出一名优秀的艺术家在笔墨情意上娴熟精深的技巧与超脱逸致的性情。

对于坚守传统创作的路径如何出新，区广安认为审美的范畴其实没有新与旧，只有好与坏、美与丑，正如青铜器那么古老，但它的美却不容否认。他认为艺术应该从原点、从心灵出发，艺术应该回归本源、回归心灵，人类原发的美感是与生俱来的感受。而他的艺术创作只是使用了传统的艺术语言

而已，就犹如今人用文言文或者诗词的方式，表达心中的所思、所想而已。即便是"新意"也要经得起历史的考验。一种艺术语言的形成可能经历数百年，如果为了所谓的"新意"丢弃了东方自身的审美传统和诗性的思维，那么将得不偿失，甚至是一种扭曲和倒退。

对于自己的艺术人生，区广安说，他将继续"以古为师"，往传统文化的深处走，没有传统的作品是站不住脚的。他的短期目标是"废纸三千"，不断锤炼；中期目标是七十岁以前，不断向古人学艺；长期目标是希望七十岁以后，随心所欲而不逾"道"，道是天性，是规律。

区广安曾说，艺术家要成功必须具备三方面的条件，缺一不可。首先是"缘分"，包括师缘、地缘和机缘，例如要有好的老师带上正道，有好的平台展示才华，有好的机会成就自我；其次是"勤奋"，艺术家是半个思想者和半个手艺人，讲究思考和积淀，工多艺熟；最后是"天分"，要看个人的悟性与造化。区广安不敢说自己有天分，但他的勤奋是有目共睹的。近两三年来，他每天坚持以绘画创作为"日课"，每天写作一篇"闲言戏语"，把生活中的所见所思用艺术的方式记录下来，对传统艺术的执着令人感佩。他有句口头禅是"只问耕耘，不问收获"，他相信只要认认真真耕耘，收获是自然而然的，关键是艺术家要拥有一种平实的心态，永远葆有对艺术的虔诚。

写于 2019 年

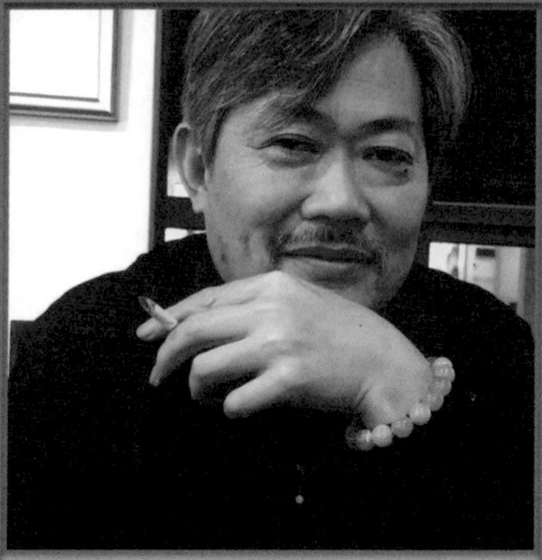

羊 草

一九六一年出生于广东省丰顺县。一九八九年毕业于广州美术学院。曾任《广州美术研究》主编、广东省美术家协会中国画艺术委员会秘书长、广东省美术家协会理事。现为广州大学美术和设计学院硕士研究生导师、民进广东开明画院副院长、九华山禅宗书画艺术研究院研究员。

艺林丛影

写生与不写生

笔墨是中国画的魂，意境是中国画的魄。笔墨是前提，思想是层次，这样才有品格在里面，但要功夫到位了才会体现出品格。

写生或不写生，是交替在画家羊草的艺术创作中一条或明或暗的线索。虽然在美院读书时便以写生能力强著称的羊草，为了吃透自己有所缺失的传统功夫，可以闭门10年专心研习前人绘画而不事写生，但一旦常态起来，写生又成了他艺术生活中不可或缺的自然状态。

之后，羊草一改长期待在画室创作的习惯，走向大自然，走向生活，在天地之间吸纳真气，感悟乾坤变幻，在山水之间尽情抒发自己的性情，抒写真实与梦境的交织，进一步开阔了视野，升华了境界。写生的过程也着实让羊草体验到了山水的真味与自然的灵性。

这些年来，羊草常常兴之所至约上三五知己或艺术同好到附近一些山清水秀之处写写生，遣遣兴，但并没有刻意要去什么大山大水或名胜古迹，他认为生活何处没有风景，记录身边容易触及的事物也许更容易擦出火花。他说在艺术上摸爬滚打这么多年也想有所突破，也有自己的想法。以前主体上总是围绕着传统转，离不开传统，现在感觉自己的传统营养已有一定积累，对传统已有所自信，所以应在传统的基础上融入现代的审美，不能太过老套，要把自身的审美与感悟用传统绘画的功底表现出来。不过，大

羊草　日暮苍山远

羊草

山大河和事无巨细地表现已不是他所想要的,他要的是某一个点上的触动,是对画面的提炼,是在总体上做减法,是寻求有生活意象又有中国传统,却不太现实的东西。他说太现实没意思,画还是要有古意、要有美感、要有生活的感触,至于概念上的当代与不当代已无所谓。

  羊草强调写生对笔头功夫要求很高,许多写生之所以粗看还可以,但不耐看,主要是用笔没质感,用墨没内涵,磨磨蹭蹭弄了个形,但没有笔墨的素养。笔墨是中国画的魂,意境是中国画的魄。笔墨是前提,思想是层次,这样才有品格在里面,但要功夫到位了才会体现出品格。功夫包括书法的功夫,一笔好,笔笔好,这是相关联的,许多人不懂。墨韵也很重要,笔墨相互作用才会有效果,有笔没墨行不通,有墨没笔走不远。有线有面才完整,有线才能挺,线的质量好坏决定了画的质量能否树得起。羊草一向对线的表现比较重视,如何通过线条的生命力体现画面的质感,其实并不容易,越往传统看越会发觉线条不容易,他认为自己还有很长的路要走。不过,这么多年的积累,到了这个年纪,他会比以前看得更透,想得更多,更想表现属于自己的东西,更想有古意又有新内涵,也更想有情怀、有思想,以及有点哲思妙想和禅意。

  写生上,羊草把传统与写生结合起来,虽是对景写生,但不是为写生而写生。他说心中有想法,画中才会有探索,如何取舍,如何添加,如何经营画面,如何表现思想,都要有思考与尝试。他就是这样几十年慢慢锤炼,慢慢定格,慢慢体现出自己独具的审美。审美水平高,作品的品格才高,审美水平也是不断锤炼与积累起来的。每一笔触,每一线条,力量、气度差一点就是差一点，好一些就是好一些，有些有生命力，有些没质感，完善的过程是很漫长的，归根到底还是修养的问题。中国画体现的还是精神层面上的、情调气韵的、诗情画意的，文化内涵很博大。中国画的审美是含蓄的，现在许多绘画很直白，表现的是叙事性而不是抒情性，所以不耐品赏，画要不断看，不断读，不断有内涵，不断有层次，要有弦外之音，要有回旋余地，才是好画，一目了然就没有意思了，点到为止，留给自己和观赏者想象的空间很重要。

确实，绘画太直白是不耐看的，而善于提炼与生发则对绘画大有帮助。羊草说，你看前人的创作，石涛、梅清等画黄山，其实哪里是黄山，还不是自己心中的东西。绘画达到一定程度，格调才是层次，画得像只是基础，但从像与不像，从格调低到格调高，从内容繁杂到主题提炼，从现实再画出古意，这才是一种能力与审美水平。当然，这需要有基础，需要感悟能力，需要平时的积累，与作者看的东西够不够多，学养的积淀够不够深，对绘画的理解够不够透有关系。虽然许多人都知道修养很重要，读书很重要，书法锻炼很重要，但就是不愿意下功夫。时下画大山大水的多，画鸿篇巨制的多，但经看有品位的却没多少，画出意境，画出格调才是关键。

一个画家要画好画，首先要有较高的审美水平，要天天发现自己的不足才能进步。羊草说，这个年代，生活待我们已不薄，满不满足看自己，但我们欠缺的是光阴与年华。他越来越有紧迫感，越来越觉得时间不够用。如何静下心来，如何用好时间，继续磨炼笔头功夫，提升艺术修养，寻求突破，寻找自我，是他一直在思索与践行着的事情。

艺术创作上，羊草总是游走于画室与大自然之间，画室打磨的是笔头功夫与扛鼎力作，偶然也有随性的小品。大自然则是跋涉山野，望景生发，摹形抒心，在感悟自然、搜集素材、完善创作的同时也放飞身心。总之，他于艺理的研究，时续时辍；技巧的钻研，多方尝试；胸臆的抒发，信笔驰骋。而在创作题材上，虽然他主攻的是山水，但花鸟、人物的修为同样胸有成竹，信手拈来，趣味盎然。他说绘画本来就是相通的，是互为补充，互为促进的，这是一种综合的能力。不过，也从另一个侧面体现出他涉猎广泛、基础扎实、勇于尝试、富有悟性与敢于突破的艺术气质与创作魄力。

写于 2021 年

羊草

羊草　香雪

庭院写生，好玩

艺林丛影

其实只是即兴写生。乍一看意趣盎然、水墨淋漓，实属写意佳构，细欣赏却造型精准、勾写细致，不亚细笔精品……画作，观之轻松却又读之不尽；画者，看似随性实则艺高胆大。

有些画，充盈生态勃发旷野之气的自然气息，却仅源于庭院小墅；有些画，别具虚实相生、气韵生动的匠心创作，其实只是即兴写生。乍一看意趣盎然、水墨淋漓，实属写意佳构，细欣赏却造型精准、勾写细致，不亚细笔精品……画作，观之轻松却又读之不尽；画者，看似随性实则艺高胆大。

画家羊草，为人随和仗义，生活随性自然，与人相处总是面存笑意，语带诙谐，平日烟不离手，坐不离茶，还时不时邀上三五好友沽酒遣兴，每每执笔则时而悬臂挥洒，时而枕腕勾画，既擅山水，又人物、花鸟兼修，是业内享誉的"多面手"，也是评画者常交口称赞的"灵气"之作。

去年末广州疫情期间，闲居家中的羊草收拾笔具纸墨，发现一些有霉点的旧纸，于是用其写生遣闲。也许是别无他务，心无杂念，也许是闲而心静，用笔悠然；笔下意态别具，工写兼备，虚实结合，构图多变，落笔大胆，收拾用心；既是对物写生，又不为写生而写生，而是写而生趣，写而生情；把心境与创作融于其间，使个性与共性兼容渗透，把传统功夫与

羊草作品

羊草

时代审美协调相生；既投入又抱着玩的心态，把综合功底与偶然生发统筹兼顾，胆大心细；该收时收，该放就放，点点染染，加加减减；线与面，点与线，虚与实，聚与散，敢用色又不媚俗，纯用墨又层次丰富；把家中小庭院的黑松与芭蕉，菖蒲与石斛，兰草与劲竹，乃至浮萍与杂草，盆栽与瓶插画个遍，追求的是既变化又统一，既写境又抒情，既消闲又产出……

　　看起来，有味道，出效果！

　　一句话，好玩！

写于 2023 年

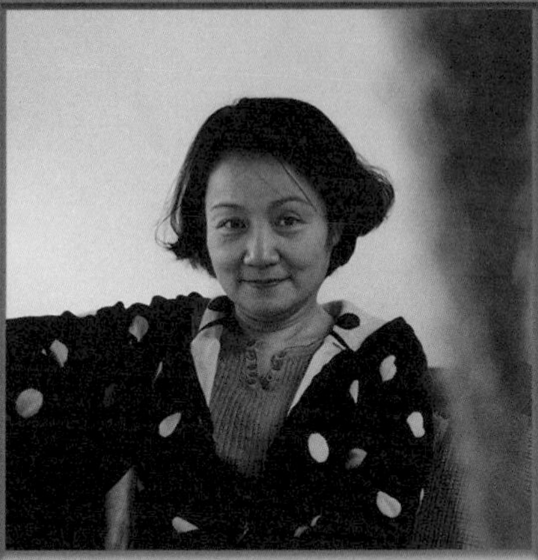

孙洪敏

一九六一年九月出生于吉林。一九八八年本科毕业于广州美术学院油画系油画专业,获学士学位。一九九九年广州美术学院油画系研修班结业。国家一级美术师,中国美术家协会会员。曾任广东画院创作室副主任、广东省美术家协会副主席、广东省美术家协会油画艺术委员会副主任、广东青年画院院长。作品被中国美术馆、广州艺术博物院、广东美术馆等机构收藏。在《江苏画刊》《美术报》《美术家通讯》等刊物发表多篇学术论文及作品。

"花儿"与"女孩"的真情世界

艺林丛影

无论表现什么样的题材，孙洪敏天生敏锐的直觉和爱憎分明的性格，使她的作品呈现出一种难得的坦率与真诚，成为一种强大的内心世界的象征，其作品形成了一种独特的思考语言，有着高度的概括力。

在广州柯木塱艺术园，几幢相互连通的回形建筑后门，是连接斜坡与半山的停车场。在这里，人们时常能见到一位身材娇小、面带关切的女士细心照顾流浪猫"小白"，这位和蔼的女士就是著名油画家孙洪敏。

除了喜欢小动物，孙洪敏言谈之中总是掩饰不了她内心深处对下一辈的关爱。曾任广东省女画家协会主席、广东青年画院院长的她被画院学生亲切地称呼为"孙妈妈"。她总是紧张他们的学业，关心他们的成长与就业，每天为学生筹备毕业展、出画册而四处奔走，向评论家和藏家推荐学生的作品……她总是鼓励学生们对艺术坚持下去，以后无论从事什么职业，绘画的基本功都不能丢，手不能生疏，对创作的情感更不能生分。

孙洪敏之所以这么在乎学生，是因为自己也是从学生时代一路走过来的。1988年，她从广州美术学院油画系油画专业本科毕业后，曾经做了十年的广告，后来在她的同学——著名油画家谢楚余的劝说下，才重新回归画坛。原来学印象派和苏联派的她，转身在古典油画领域苦攻了四年，画了大量的画作，经过一番积累和沉淀，终于在各种展览中崭露头角，成为广州油画界的"一匹黑马"。

孙洪敏　女孩·女孩

　　后来,她报读了古典油画大家郭润文老师的高研班。随着专业水平获得认可与不断获奖,孙洪敏也成了各大美术机构争相招揽的人才。她先是成为广州画院的专职画家,积极参与广州画院推出的"青苗计划",然后作为特殊人才被引进广东画院,跻身学术带头人之一。

　　孙洪敏的创作以"女孩"为载体,她笔下的"女孩"不唯美但胜在真实,带着一丝略显冷峻的色调与稚拙的表情。但这却是她心中的"女孩",是她永远的创作课题,《女孩·女孩》《青春期》《女孩日记》《我在》系列……一幅又一幅,她画得乐此不疲。

　　孙洪敏说她天生有一种喜欢女孩的情结,从喜欢女孩到表现女孩,是一种自然而然的冲动,一种发自肺腑的表达,是内心的独白与自我的安慰,是在喧嚣浮躁、充满诱惑的世界里创造出一片属于自己的宁静净土。她在自甘寂寞中形成个人的色彩,又用独特的方式提炼出画面的个人质感。她跟着感觉走,漠视潮流的形形色色,只是抓住个人化的情绪,抓住稍纵即逝的感觉,在人物造型和色彩上加加减减,使得作品保持纯粹、简洁,反而给予画面那些单纯的形象以更多的意味和想象空间。

　　青春期的女孩是灵动而又叛逆的,对许多事物怀着忐忑与顾虑,孙洪敏把这种迷茫但不盲从的感觉表达出来。她注重人物眼神与内心的刻画,并结合肢体语言的运用，在动作上、表情上折射出人物内心深处的猜测与挣扎。她的作品还在抽象和具象之间找到自己的存在区间，色彩、笔触都没有套路，画面直击心灵而不炫技，流露出一种触动人心的精神化与情感化的气质，从而区别于一般的肖像绘画，也令观赏者深深地领略到作者过人的艺术才华与禀赋。

孙洪敏如今的人物画，很看重画作中呈现出来的对比性和娱乐性。她准备画一系列"西关小姐"，表现都市女孩群体，同时打算创作一系列代表乡土传统女性的"潮州姿娘"形象。两种群体之间的反差越大，表现上就越富有探索性。至于画作的表现形式也很考究，她考虑用长卷的形式，分段呈现，有人，有场地，有环境，有点类似现代《清明上河图》的味道，这个构思已经酝酿了好些年，相信会很有意思。

画女孩的画家有很多，为什么偏偏孙洪敏的作品可以经常获得各大奖项的青睐呢？孙洪敏说，她只是用心去表达，并没有深究过原因。但在将近20年的创作与思考中，她终于认识到，她画"女孩"其实是在画自己，她用画笔凝固的，其实是自己在某时某刻的一种心情和状态，包括欢喜、平静，也有忧郁、无助、焦虑、淡漠……都是真情流露。艺术贵在真诚，孙洪敏说她只有捕捉到那个她了解、感兴趣、打动她的点，才会提起画笔，抓住独一无二的真实个性，诚实地描绘此间的喜怒哀乐，不讨好、不造作，这才是艺术家的真性情。

最近几年，孙洪敏又开始创作一个新的系列——《花花世界》。她天生喜欢花，花卉千姿百态，表现形式多种多样，可以任其表达。她画起花来，同样一发不可收，她笔下的花奔放痛快、绚烂明亮、轻松舒放、释放情绪、现代感强，但画的风格又有些"似是而非"的朦胧和抽象。这既是她眼中的花，也是心中的花，是名副其实的"心花怒放"。孙洪敏的花卉题材创作给人一种返璞归真之感，利落、爽快、纯粹，笔触、色感都不啰嗦，又切近现代家居装饰风格，因而受到大众的欢迎。

当然，《花花世界》只是孙洪敏创作中的一种调节。某种意义上说，她画的"花儿"，也是另一个"女孩"。"花儿"和"女孩"表现的都是生命在成长之中释放出的真实、真诚、真情与善良，而这些是她的艺术中最难能可贵的东西。

绘画之余，孙洪敏继续关心着那些无家可归的流浪猫，几年下来也收养了几十只流浪猫，还不时地拍卖她的作品为流浪猫治病。她的作品在《女孩》《花卉》之外，也多了"猫"的身影，比如《猫·女孩》系列。而《女

孙洪敏 花花世界

孩》系列的画面也从冷静肃穆逐步变得柔和、灵动;《花卉》系列则延续抽象、奔放与写意风格,挥洒着大笔触、大色块、大特写的魅力。

  无论表现什么样的题材,孙洪敏天生敏锐的直觉和爱憎分明的性格,使她的作品呈现出一种难得的坦率与真诚,成为一种强大的内心世界的象征。其作品形成了一种独特的思考语言,有着高度的概括力。她将古典的气质融入当代的生活,她在冷静的画面中蕴藏奔放的才情,她在形式美感中融入符号化的典雅,表现出身为艺术家强烈的判断力和表现力,作品由此产生一种强大的张力,让人过目不忘。

  在她的作品里,我们看到的是一位洋溢爱心、率性自然、性格爽朗、天生具有亲和感与优雅气质的艺术家,正用她的画笔热忱而执着地叙说着她对生活的思考,对万物投射的情感,还有内心深处永葆纯真的愿望。

写于 2018 年

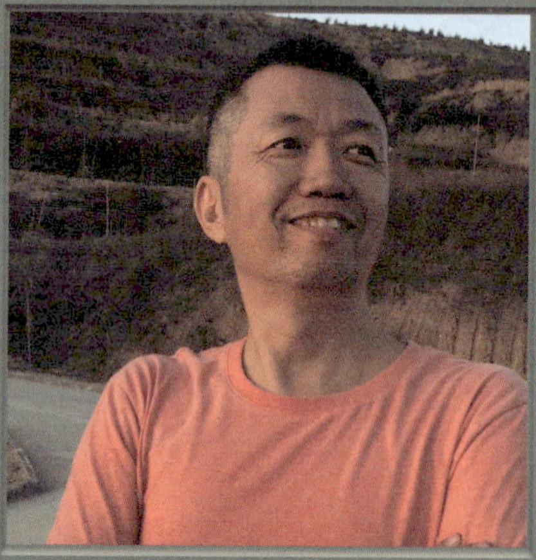

黄唯理

广东画院专业画家、一级美术师、二级教授、硕士研究生导师。中国美术家协会会员。曾任广东省美术家协会中国画艺术委员会副主任、广东省中国画学会副秘书长、「广州国家青苗画家培育计划」课题组专家。

半梦半醒写山川

黄唯理认为中国画最重要的是笔墨，最核心的是写意。时至今日，他已越来越倾向于"大朴归真"，创作形式上越来越趋向于简化，作品呈现出高度的概括化与意象化。

刘斯奋先生形容黄唯理的画"初观如嚼橄榄，不甚适口，久而始觉其甘"，深有同感。黄唯理的山水画乍看之下有点柔弱，有些琐碎，但细加品赏，却有一种难以释手、别有意味的感觉。他所营造的山水世界，总是在苍茫、朦胧的气氛中给人一种惆怅的感受，仿如乡思，尤似离愁，在线与点的交织、色与墨的渗融中，展现出一种虚无缥缈、如梦似醒的诗意画境。画家委婉敏感的心境和温文尔雅的性情，乃至其修养的历练与成长的痕迹，都在不经意间流露于画卷之上。

1988年从广州美术学院毕业后，黄唯理一直从事山水画创作。"剡中若问连州事，唯有千山画不如。"（刘禹锡《送曹璩归越中旧隐》）古城连州的怡人山水一直滋润着生于斯、长于斯的黄唯理，他更把这种思乡、梦乡的山水情怀放大在他的笔下，一发不可收，形成了其画中细腻秀润的特色，南方常见的葵、蕉、榕、竹等植物茂盛葱郁，南方民居建筑和现代别墅等景物也经常穿插其间。

同时，追求超越与创新的他也向往着崇山峻岭和荒野广漠的磅礴气势，

黄唯理　家园·梦系列之五

其画作中又常常出现巍巍高川和层峦叠嶂，充满雄壮、辽远、苍凉的气息。当然，这两者自然协调的融合需要较高的艺术驾驭能力，经过严格的学院式训练的黄唯理也深谙其道。他在继承彰显性情的传统文人画基础上，不仅师法自然，还吸收了宋元院体画和北方青绿山水画的营养。其画作古朴的气息、果敢短促的线条和宋代"米家山水"般的墨点笔触透露出其艺术上的广收博取。因而，黄唯理的山水画我们已很难说是具体来自哪一家、哪一派，也很难分清描述的是现实中哪座山、哪条水，而是其通过移情创造的诗意世界。

　　黄唯理早期的山水画意境缥缈梦幻、敷彩明丽，仿佛是一个乍入繁华都市的青年在左顾右盼浮光掠影后的思想投影。但正所谓"繁华褪尽是本真"，从近几年黄唯理的画作上可以看出其对中国传统山水画持续精研和笔耕的成果：幽谷密林、苍翠连绵、境界幽远的画面里，蕴含着传承与创造相融汇的现代艺术设计观念和手法。他将传统的水墨现代化，通过浅笔清墨的浓、淡、干、湿之细致表现和近乎不厌其烦的点染，以及饱满严谨的构图去表现山水的葱茏氤氲、林茂石美，从中更见幽静和禅意。

　　细品黄唯理的山水画，时常在一派古意盎然中又读到时代的烙印，比如翠山环抱下点缀其中的建筑颇有现代感，但无一例外地不见人影、鸟迹，幽远的画面却能让观者仿佛隐约听到鸟鸣虫吟。如同王维的山水诗以有限的文字表现无限的情趣，以空灵的诗境表现虚静的哲学底蕴，黄唯理也在追求澄怀静虑中臻于空灵与深邃的意境。

　　《朝曦》是黄唯理的一幅融汇南北、古意新境的山水画作，画中连绵起伏的山川、蜿蜒曲折的溪流使人视野广阔、心驰万象，近处苍郁蓬勃的植物在山岚雾气中如蒙轻纱，平添了几分虚幻神韵。还有那历历在目的亭台楼阁、围墙别墅和路灯、泳池、小汽车等当代景物，又使画作洋溢着浓厚的现代气息。画中阒无一人，摒弃尘嚣，依然呈现出一种清幽旷远的山居野趣，使观赏者在疑真疑幻中感受到一种闲雅自在、悠游恬淡的心灵慰藉。

　　创作于2010年的《汶川写生图》，则让人感受到身为艺术家的黄唯理所具有的强烈的人文关怀。画中震后重建的汶川山水，山体的裂痕依然历历在目，画家并不刻意去展示往日的伤痛，而是用带着深情的笔触去抒写汶川重建中的新面貌：山体围绕中的村镇，一排排新建的民居井然有序；重修的公路上车辆奔驰；新搭起的电塔与电线杆暗示着当地生活与现代生产的恢复；新建的桥梁贯穿溪流两岸……画家用细致的笔触与写实的技巧把历史事件引入山水风景中，其笔墨放松而不随意，凝练而不沉滞，丰满而周密的构图，流露出画家本人对自然的尊重与敬畏，以及力求反映自然、缅怀过往和追求新生的复杂情感，整幅画作显得构思缜密、笔墨生动、意蕴独具。

　　近年来，黄唯理又开始着意于沿海山水题材的探索。他将这一系列创新画作，命名为"山海经"，因为这里有山有海，有着许多翻天覆地的变化与传奇故事。加上他一向在艺术表现上喜欢呈现一种梦幻迷离的诗意，若隐若现，半梦半醒，与名著《山海经》中不少神话故事似乎有着一种呼应。

　　从《山海经》这一系列的画作中，我们不仅看到了南方润泽之潮，也看到了时代发展之潮，虽然用的是传统的笔墨与章法，表现的却是当下的景象与气息，现代建筑、船只车辆、人物服饰乃至吊车飞机、海岛礁群都被纳入画幅之中。画作以纯水墨为主，而且多有云雾烟岚，与黄唯理以往色彩张扬的系列画作不同，较之于他昔日层层叠叠、丰满繁复的系列画作，显得简约质朴，新意盎然。

　　黄唯理认为中国画最重要的是笔墨，最核心的是写意。时至今日，他

黄唯理　山海经系列

已越来越倾向于"大朴归真",创作形式上越来越趋向于简化,作品呈现出高度的概括化与意象化。现阶段黄唯理的简约主要体现在借助烟云的表现舍弃繁杂,走向简洁与质朴,借助空白的"无"体现无限的"有"。另外,以小画幅呈现大气象是黄唯理的另一项过人之处,他画册中有一些小画没看尺寸时,许多人会误以为是巨作大画,其实艺术气象不在于尺幅,而在于心胸,心中有丘壑,景象自万千。

认识黄唯理多年,他一贯为人谦逊温和,言语慢条斯理,性情做派几乎没有变化,但在艺术表现上却以一种面貌又一种面貌地探索着,从色彩张扬到丰满繁复,再到迷离简约……他有一个山水系列,取名叫《梦山居》,并戏曰:半梦半醒写山川。但他其实很清醒,他清醒地知道自己的目标在哪里。广东画院专业画家、国家一级美术师、广东省美术家协会中国画艺术委员会副主任、广州大学及广东技术师范学院客座教授与硕士研究生导师、国家艺术基金专家委员会委员……如此多的头衔加于一身,但他却不事张扬,只醉心于自己的笔墨天地里。

黄唯理说,四五十岁正是一个画家艺术生命的青春阶段,目前他还处在耕耘期,要做的是多下案头功夫和广采博学,所以他不止步,更不止于思考。黄唯理是内敛的,同时又是包容的;黄唯理是平实的,同时又是攀越的。读他的画,同时又是读他的心,读他的襟怀,读他的向往与追求……

写于 2017 年

国画山水创作的当代性探索

艺林丛影

　　艺术永恒地发展着，每一位有追求的艺术家也在艺术表现上不断地探索与变化着。画家黄唯理的山水画创作就一个系列又一个系列、一个课题又一个课题地演绎与摸索着。

　　艺术永恒地发展着，每一位有追求的艺术家也在艺术表现上不断地探索与变化着。画家黄唯理的山水画创作就一个系列又一个系列、一个课题又一个课题地演绎与摸索着。《家园·梦》系列氤氲朦胧，色彩缤纷，如梦似醒；《幽山·静园》系列怀古思幽，笔墨悠然，温厚平和；《地久天长》系列构图宏伟，大气磅礴，引人入胜；《山海经》系列则虚实相生，简约质朴，熔古铸今。近期他又推出一批空灵简洁、色彩雅致，而且形式美感颇具当代性的新作品。

　　黄唯理将新的作品系列命名为《清一远》系列，与其以往的作品有着明显的区别。观感上应是从当代艺术上吸收了养分，使得新的作品既有所区别于传统国画的表现，实质上又是融笔墨与抒写精神的中国山水画，只是画作在传统山水的基础上融入了许多新的元素，带有现代构成的装饰性与浮世绘的韵味，而本质上则依然坚持了传统国画的笔墨语言，并带着抒写的意蕴与强烈的个人观念，突显出一种概念性的新语境，显得既富有时代气息又充满张力，也更为迎合当下的审美习惯，给人耳目一新的感觉。

黄唯理

黄唯理　静明图

黄唯理　春江水暖图

首先，黄唯理对自身艺术的笔墨形式继续进行提炼，进一步概括化与符号化，并融墨于色，将颜色当成笔墨的一个部分，同时又兼顾挥写，将笔墨意蕴隐藏于画面构成之中，从而不失中国画笔墨精神的底线。他说以前强调墨不碍色，色不碍墨，现在他则尝试将色墨融为一体，淡化色与墨的关系，进而薄中取厚，保持观感的明净而又不失层次的多变，达到既对比又融合的效果。

其次，在构图上，他引入了现代构成，以超现实的手法表现出构图上的块面组合，虽然画的仍然是形体可视的具体山水，但已没有了以前那么强的写生感与具象化，而且把山体进一步并列构置，山已不是具体的那座山，而是不受现实山体形象束缚的山，体现的更多是心境的迹象。平面化的处理中也是以作者的主观意识为统筹，但表现出来又比其他当代艺术的块面构成与平面化艺术多了一份意象，多了一份人文的情怀，多了一份对传统中国画意境追求的坚守。

再次，黄唯理在画面上进一步强化了视觉的刺激与刺激中的再协调。比如云彩的表现，他更多地以留白与幻化的形态代替了勾勒，形成与山体穿插组合的块面化，形式上更简洁，但观感上却不失云彩的意境，显得更为轻松。又比如色彩上他对冷暖对比的处理则更大胆、更直接，赭石与花青是常用的色彩，也是富有内涵的调子，更是冷暖关系强烈的对比，黄唯理在使用上常常直接并置，但又通过体积大小的比例与空间铺排的次序进行再协调，通过水分与墨气的浓淡渗透进行融合，使画面物象既有明显的落差而又自然与不唐突，既醒目又不失雅致，这种敢于建立矛盾又很好地化解矛盾的手法，体现出作者深厚的艺术素养与较强的驾驭能力。

此外，黄唯理在画作中仍坚持着诗、书、画、印等传统文化元素的综合应用，题跋落款考究，而且意蕴悠然；坚持着诗情画意的营造与抒发，情感蕴藉，笔墨潇洒；坚持着工与写的融会贯通，大处着眼，细处着手，山体浑然大气，景物精勾细写，增加了画面的丰富性与可读性；坚持着物象塑造的真实可信，以扎实的造型基础与准确的点写渲染，使意象自如，精彩纷呈。从而使作品跃然眼前而又耐人寻味，令人印象深刻，从而留住记忆，实在难能可贵。

写于2022年

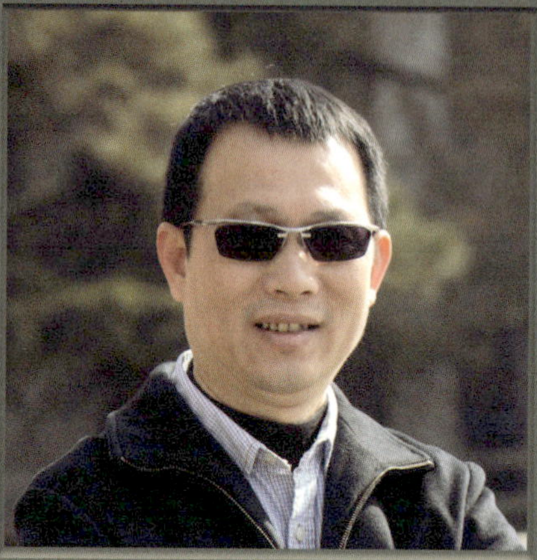

何俊华

一九六二年生于广州。广州美术学院艺术硕士、国家一级美术师。曾任中国青年美术家协会副主席、广东省文学艺术界联合会委员。现为广东省关爱艺术家公益促进会主席、广东省美术家协会主席团成员、广东省青年美术家协会荣誉主席、广东人文艺术研究会副会长、广东岭南美术院副院长、广东省直机关美术家协会副主席。

画出自己的一片蓝天

艺林丛影

一方水土养一方人，对家乡的风物，对身边景物的触动，往往容易使人有表达的欲望与冲动。

画家何俊华先生准备出版新的大型画集，邀我写篇文章，我这才想起认识何俊华先生这么多年了，以往经常在一些艺术活动中见面聊天，温和谦逊的他使人感到自然亲和，但我竟然还没有写过他的文章，真的有点说不过去。

其实何俊华先生在艺术圈里是很有资历的，他是科班出身，是早年广州美术学院的艺术硕士，素描、油画均有涉猎，肖像画、静物画也都画过。不过，他在20世纪80年代后有缘跟国画大师黎雄才、陈金章等学绘画后，便主修国画山水了。当年黎雄才先生认为广东的画家多是画一些花鸟和水乡的东西，小情小调，曾建议他有机会不妨多画一画"两江一河（珠江、长江、黄河）"，为此，何俊华从1981年开始到2017年就前后去过长江沿岸采风达77次，最长的时间待了3个月，最短的也有25天，积累了大量的写生素材。他的写生并不是勾画个大概，而是直面景象，从轮廓到正面，再到背光、逆光等持续地观摩，逐笔斟酌地入画。他的写生虽然耗时较多，但成画却多是几厘米长宽的小画，小画里结构、层次、前中后景均相对完善，独立成画，小作品有大气象。

何俊华　秋声

何俊华

　　何俊华的山水画除了跟随岭南众多大家而有了立体写实的效果和细腻的东西，也受李可染的影响，善于积染和重彩，除了水墨的泼写，还多有朱磦、朱砂和青绿山水。综观他历来的作品，他有着非常难得的学习机缘，读研究生时便师从名师李劲堃，早年的很多画作得到了岭南大家黎雄才、陈金章、李国华、陈章绩等老师的指导修改并题签，老师们边改边传授。他说老师们对他特别照顾，就像自家小孩一样，从技法、构图、用笔、用墨等毫无保留地教导，从一块石、一片云、一笔触等悉心地修改示范，有的同一张画上竟有多位老师修改的痕迹，其中一幅《明月松间照》上就有黎雄才、陈金章、李国华等几位老师叠加的修改，已几乎看不出何俊华自己的痕迹了。

何俊华　长江三峡

何俊华与老一辈艺术大师们都相处融洽，老先生们也乐于助人，当年何俊华希望去解放军艺术学院进修时便得到关山月老先生的帮助。另外他与刘斯奋先生的关系可以说有不解之缘，1991年他已和刘斯奋先生在一起共事，担任刘斯奋先生的艺术助理。在文学方面非常有造诣的刘斯奋先生言传身教，要求他学诗词歌赋与毛笔书法，要求画中要有诗情画意，要求他创作不要贸然下笔，下笔要诗意在前，明白自己想画什么，想倾诉什么，要先感动自己才能感动别人。何俊华说他与刘斯奋先生亦父亦兄的关系为他在青壮年时代的文化修养打下了扎实的基础，这对他的艺术人生很重要。

何俊华的画风是在继承的基础上博采众长，又根据自身个性与禀赋大胆地融入现代构成与装饰意味，在保持岭南山水温润特质的同时，又常以雄伟壮阔的景象入画，用笔概括畅快，泼墨敷彩单纯，构图布局紧凑，空间留白而显出光影感，技法运用上既直接简明又丰富多变，在精神特质上呈现出对生活由衷的热爱。

从艺40多年的何俊华出于对艺术的虔诚和慎重，对于开画展和出画集都是十分克制的，他40多岁时才在广东画院办过一次画展，又过了十余年，最近才办了个人画展，此次准备出版大型画集也是在出版社和身边好友们的强烈建议下才行动起来的。何俊华说他能画大画，注重环境学，也愿意聆听意见，而且交游广阔，朋友众多，特别是从20世纪80年代以来接触了全国很多大名家，得到方方面面的鼓励与帮助，所以在艺术上才有一定的影响。他心怀感恩，希望自己以后在艺术创作上更加努力，特别是在大的历史背景下，创作出更多历史题材和重大题材的作品，创作出更多具有革命性和时代性的东西，这样的作品才能留得住。他希望自己沉住气，走实路，戒骄戒躁，画出自己的一片蓝天。

此外，何俊华认为他的成长之路有平坦也有崎岖，能成长为国家一级美术师和荣任中国青年美术家协会副主席及广东省青年美术家协会主席等职务，有了一定的成绩，这离不开党和人民的培养，所以他要更好地回报社会，更努力地为广东美术事业的发展和腾飞贡献自己的力量；发挥他现任广东省关爱艺术家公益促进会的作用，从经济上、时间上和创作上帮扶一些老艺术家和关爱、关注一批刚走出校门的年轻艺术家，让他们少走弯路，别浪费光阴，为艺术家们做好策划、展览和出版等工作，做好公益资助，有效地推动艺术事业的发展。

写于2021年

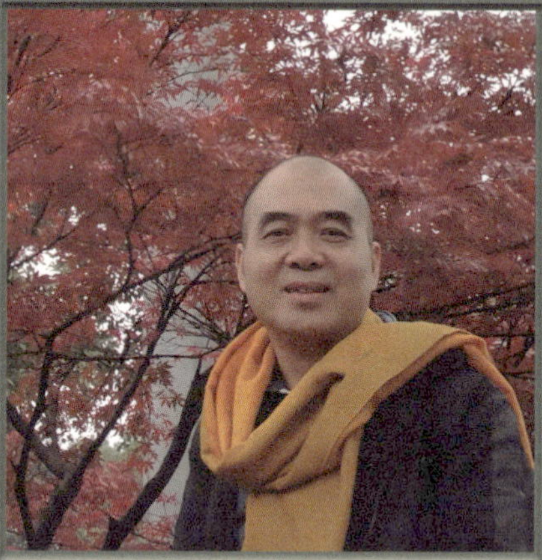

沈永泰

一九六二年至二〇二三年。广东省南海人。中国书法家协会会员、西泠印社社员、广东省书法家协会主席团成员、广州市书法家协会副主席。其作品入选全国第五届青年书法篆刻作品展，全国第五、第六、第七、第九届书法篆刻展，全国首届书法篆刻新人新作展，全国第二届楹联书法大展，首届中国书法兰亭奖广东书法展，首届全国青年书法篆刻作品展，第一、第二届中国书法家协会会员优秀作品展，全国第二、第三、第四届篆刻展。

艺林丛影

无心插柳、刀笔相伴的艺术人生

印章是一种用刀表现书写的形式，好的印章必须体现出有刀、有笔、有墨的效果，所以要刻好印章必须写好书法，因而沈永泰在书法上花的时间就越来越多了。

曾经和书法名家李卓祺聊天说起他同辈的篆刻书法家沈永泰时，李卓祺对他赞誉有加，认为沈永泰性格沉实，技艺扎实，为人平实，书法艺术格调雅致，个性明显，是一位非常纯粹的艺术家。如此称誉，可见两位艺术家的胸襟与惺惺相惜的情怀，也说明沈永泰在业内被认可的程度。事实上，沈永泰为人热心、朴实内敛。其篆刻作品一直以见刀见笔、寓情寓境而驰名。其篆书，特别是铁线篆更是以宁静平和、清雅自然、匀称舒畅而一直为业界所称道，其秀雅挺拔的瘦金体书法也备受欢迎。沈永泰堪称是一位难得的多面手。

沈永泰走上书法艺术之路的过程，印证了一句老话——"无心插柳柳成荫"。他在少年时代没有太多娱乐活动，常去公园看展览，有一次偶然看到印章展时，觉得好玩就跟着学起来了。后来他崭露头角，参加了少年组比赛，后来又到少年宫学习，中学时又参加了广州海珠区书画学校组织的篆刻培训班。1979年，他在书法学习班上开始跟随篆刻名家卢炜圻学艺。他从篆刻入门，又从写钢笔字与临字帖开始练习书法，后来又跟随书法名

沈永泰

錄書賢句
此地從來可乘興
人生得意須盡歡
乙未冬日於魚樂軒沈永泰

沈永泰　书法对联

家廖蕴玉学楷书。就这样，凭着自身的爱好，加上有名师的指点，他经常和同学、朋友及圈子内的专家学者交流探讨，互相评点，学识与技艺水平一步一步地随之提升。

而真正令沈永泰跻身专业殿堂、声名鹊起的，则是他多次向国家、省、市等各级专业展览投稿并入选和获奖。从1990年后，他先后入选全国首届书法篆刻新人新作展，全国第五届青年书法篆刻作品展和全国第五、第六、第七、第九届书法篆刻展，还入选了被誉为中国书法最高奖的首届中国书法兰亭奖广东书法展和第一届中国书法家协会会员优秀作品展等。另外，他还获得了全国楹联展、广东省书法篆刻展金奖及广东省鲁迅文艺奖等，每每参展均能载誉而归。特别值得一提的是，他还参加了"天下第一社"西泠印社组织的一次激烈海选，在世界各地十个赛区选出180人参加总决赛，再选出前50名参加面试，最终有15名获取社员资格，他就是其中之一，可谓"过五关斩六将"。而且他曾多次获得西泠印社优秀作品奖，这些都是非常不容易的，由此可见其实力非凡。正是各种展览的入选与获奖，促使沈永泰对书法篆刻艺术的兴趣日益浓厚，也更快地推动了其艺术的进步与成熟。

印章是一种用刀表现书写的形式，好的印章必须体现出有刀、有笔、有墨的效果，所以要刻好印章必须写好书法，因而沈永泰在书法上花的时间就越来越多了。特别是写篆书，要背字，要查书，不能有错字，不能有谬误。篆刻与文字学有关，故必须研究古文字学，钻研字形、字义与字理，还要结合构图精心设计。一枚印章，如何在方寸之间，表现出气象万千，做到刀法协调、布局妥帖、形式完美？其中的审美渗透出艺术家个人的综合修养，涉及文学诗词及绘画造型等学识的积累；再者，一方高水平的印章与其他文化艺术形式一样，也要考虑意境与美感，要根据内容去构思，去表现出独特的趣味与内涵。

在这些方面，沈永泰可说是用功尤甚。在学习篆书过程中，他积极临写历代书法大家尤其是篆书大家的作品，广泛吸收文学、绘画等知识，丰富自己，他还用心研究保存在瓦片、竹简、青铜器等载体上的文字，将瓦文的自然意趣、简隶的率性天真、金文的金石味等注入自己的创作之中。此外，他又潜心琢磨借鉴学习前辈大家的印学，勤习不辍，吸收黄牧甫治印之古朴，学习王福庵朱文之雅致……艺无止境，沈永泰不断地求新、求变、求意蕴，寻求着自我的表现手法，并结合自身的爱好与性情，逐步体现出其个性独具又备受欢迎的艺术面貌。

滿樹如嬌爛漫紅萬枝丹彩灼春歌何當結作千年實將禾人間造化工
錄吳歌詩桃花歲次癸巳冬至於羊城之南聽濤雅苑魚樂軒沈永泰

沈永泰　翠接岚光

　　沈永泰的艺术作品主要有书法与篆刻，书法方面以瘦金体、铁线篆为主。他的瘦金体追求古朴端庄，书写上减少不必要的动作，尽量简洁清健，并带有行书意味而不显呆板；圆朱文与铁线篆则更多地以中锋书写为主，线条停匀圆转，布局自然妥帖，端庄匀称，有娴静安详的美感，劲健中还体现出一种静穆秀气，特别是铁线篆，细如游丝，却依然变化其间，秀劲有力，表现出作者创作上稳韧的定力与深厚的功力；篆刻圆朱文印等则博采赵之谦、吴让之、王福庵、王牧甫等前贤之长，充实滋养自己的印作，无论圆朱文还是汉印，均用刀代笔表现出书写意趣，刚健中又富有笔墨的质感，使得刀趣墨趣相得益彰，十分耐看。
　　在讲究个性与快节奏的当下，沈永泰却不管书法还是篆刻，走的都是传统经典的一路。他从石鼓文、金文、秦篆等传统中吸收营养，把书法的精髓化入印章，又把印章的金石味融于书法，互为促进。他注重刀与石的结合，心与章的统一；在印章上他不惧越工整越容易找到缺点的弊端，从传统入手，以工整为貌，处理好纯刀易燥、纯笔呈弱的平衡，表现出一种见刀见笔、含蓄秀逸、平和自然、意趣其间的印风。同时他又从喜欢刻章到用心去写书法，特别是极少人敢问津的铁线篆，那种匀称，那种流转，那种恬静，那种如临千钧于一发仍淡定与沉着的气度，非深具毅力与心境不可为之。

沈永泰　乐以忘忧

　　面对他人的叹服，沈永泰却淡然处之。他说，这一切只是自己性情使然，加上南方人的性格与风气，即使如何写意也是显秀气的，关键是不要因取巧而显媚薄，故他追求的是本质下的本性，是静穆秀气，是典雅古朴，是金石气与书卷味。同时，他也不刻意追求个人的面目，他认为坚守传统不等于没有个性，虽然走纯正一路要形成自己的面目不容易，但只要专攻一点，吸收传统精华，循序渐进，加上个人的创作习惯与修养性情，作品的形式与内涵自然而然就会形成自己的特质。确实如此，欣赏沈永泰的作品，其端庄古朴、娴雅灵动的形象与格调呼之欲出，令人一眼可辨。

　　沈永泰还强调，书法篆刻创作牵涉古文字学等传统文化，准确严谨是对文化的敬畏，使用古文字时用字准确是书写准则，不能别字乱用，通假字错用，甚至胡乱造字，大篆小篆混搭，不讲究规范。此外，虽然当下在网络上查询金文、甲骨文、篆书等古文字比较便利，但仍要注意以公认规范的工具书为准。沈永泰说，一个好的篆刻家首先应是一个好的书法家，要珍惜自己的羽毛，严谨修为，向经典学习，坚守自己在书法篆刻艺术上的初心与良知，孜孜以求，踽踽前行。只有没有功利的压力才能拥有自由的心灵，才能产生精彩的作品。顺其自然，一切随缘，这就是他的艺术人生。

写于 2019 年

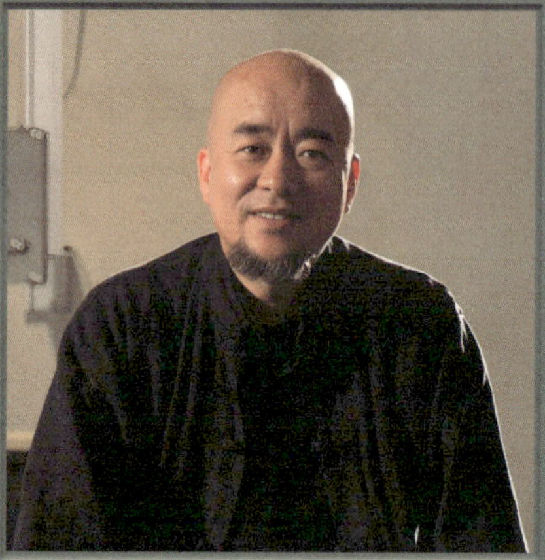

方土

一九六三年生，广东省惠来县人。一九八六年毕业于广州美术学院中国画系，获学士学位。现为中国美术家协会理事兼中国画艺委会委员、中国画学会常务理事、广东省中国画学会执行会长、广东省美术家协会名誉主席、广州画院名誉院长、中国国家画院艺委会委员、国家一级美术师。

培沃土育『青苗』，坐望云起云舒

艺林丛影

> 方土觉得自己好像是为艺术而生的，对艺术有着一种自然的归属感，或者说是将此作为安身立命的归宿。

认识画家方土以前，我就听说过不少关于他自负与不羁的传闻。后来，机缘巧合之下得以结识，一见面就一改往日印象：一袭香云纱，满脸笑意，谈吐之间思维敏捷、比喻生动，见多识广、旁征博引……

许多人都说方土"聪明绝顶"，我问他可知有这样的评价？他摸摸刮得光亮的脑瓜笑言："应是本事累人吧！"虽是三分玩笑话，但方土的本事是有目共睹的。自从他主政广州画院后，在他的带领下，画院画家们在创作上找到新的感觉与方向，创作激情高涨，画院成绩斐然，作品不断在全国甚至国际性的各种大型展赛上入围和获奖。这些年来，富有活力的广州画院吸引了不少人才，这与方土不拘一格广招天下贤士的举措不无关系。

方土擅长大写意花鸟画、人物画，以及山水画、实验水墨。作品曾多次入选全国美术作品展和国内大型美术作品展并多次获奖，被中国美术馆、中国国家画院、广东美术馆、广州艺术博物院、韩国亚洲美术馆等机构收藏，出版个人画集二十余种，举办个展十余次。

方土在艺术之路上可谓得"道"多年，熟知他的人会觉得他的身上总留有最初浑然天成、质朴而不经雕琢的那一部分。也许这就是艺术最纯粹的部

方土 欧洲写生系列

方土

分,让人屡屡从不经意的笔墨之中,感受到画家多年积攒的功底、无数量变幻化成质变的巨大力量。方土觉得自己好像是为艺术而生的,对艺术有着一种自然的归属感,或者说是将此作为安身立命的归宿。他在乎艺术,对艺术始终抱有敬畏之心。艺术是如此神圣、神奇,既体现了他的才华与情感,也给了他困惑和磨炼——通过艺术,他找到了自信,只要拿起画笔,就感觉人生价值得到了实现。

方土的艺术创作涉及山水、花鸟与人物,多种多样,画风率意狂野,性情自在放逸,意蕴悠长,耐人寻味。他说这应感谢养育他的那片潮汕土壤,那些年他生活中目之所及、手之所触的都是富有艺术积淀的潮汕地区民风与传统的写意氛围,潮汕建筑的门楼与各种雕刻以概括而传神著称,一个画面就展现了一段故事,两笔勾勒就体现了一种意趣的形象,这些潜移默化中对他的艺术创作产生了深刻的影响。

他说,中国画的"写意"虽有一些"看不到"的东西,但作者的气息就在里面,这是一种可贵的状态,达到一定程度就会"得意忘筌"。在他的《春风常绿》《铁骨凌寒》等作品中,观者就能感受到一种充满个性与才华、纵情挥洒、别出心裁的气息迎面而来。就像开车的方向感,熟练的司机看的是路面而不是方向盘,方向盘抓得紧紧的是新司机,一遇事就麻烦了。

"写意画应是拿多重的毛笔都会没有笔的感觉,画面呈现的是一种忘我的状态,状态出来了才是艺术的本质,艺术最高的境界是物我相融的自然呈现,是身心合一的舒畅。"方土的创作形式也是多变的,他不断尝试各种画风和各种水墨实验,在他看来,着意地经营风格会显得造作与局限,许多人艺术上停步不前便是囿于程式,为了所谓的风格不敢求变,风格反而变成了

239

方土　惠安写生

枷锁，其实风格应是大器晚成，自然而然的。

　　在创作上，方土更在乎的是水墨的精神，浓淡干湿，重在用水，水墨是中国画内在的东西，渗透交融是"人算"与"天算"的结合。这与西画不同，西画一色一染，一笔一点几乎是可以推算的，而中国画则常常会有超乎想象的妙笔，有如神助。对水的力量、水性的把握，既成就了作品，也体现了作者的人生观与世界观，上善若水，丹青如是，为人亦如是。

　　"中国画真的很难，每一位画家开拓出一种可能性之后就会被推到极致，高峰往往难以逾越，后人往往要重新闯出另一片天地，然后又再推向极致。"方土说。当初写意画一经出现，徐渭、八大山人等前人就推到了极致，各种可能性也被多少代人所尝试过，所以越是后来者越难为。

　　当下，外来艺术形式与观念的不断涌入，又逐渐改变或扩充了中国人原有的生活与思考方式，但传统中国艺术与情感源远流长，因此，新时代的艺术也有了许多创新的维度与可能。"其中，唯有善于思辨、坚守本真与清醒认知、无畏探索，才能攀上新高峰或渡向更好的彼岸。"方土认为他有这方面的自觉与自我修为，我们不妨拭目以待。

　　除了精研画艺，方土近年做得最有影响的一件事，应是主持"青苗画家培育计划"了。他通过考核筛选，把全国各地刚毕业或毕业不久的优秀青年艺术人才聚拢到广州，通过邀请名师授课、举办名师工作室及组织青年艺术家参加各种比赛、展览等活动，为他们提供一个拓眼界、再教育、出成绩与推荐就业的平台。这确实是一件了不起的事情。"青苗"第一期、第二期已经过去六年了，第三期又开始了一段时间，这项计划由广州画院倡导并得到国家画院的支持，能长期持续地发挥影响与作用，确实为这方水土的艺术积

方土　泉州写生

累和发展注入了新鲜血液与活力。

  我曾经问过方土，为什么甘愿做这件"为他人作嫁衣"的事情？他说主观愿望上是有担当的自觉。回顾自身的成长，也是因为一路上有他人的关怀和帮助，推着他向前走，才有今天的成绩。方土回忆说，当年艺术大家陈永锵先生将他调入广州画院，他感恩"锵哥"容人、用人的胸襟，决心也要用"锵哥"关爱他的方式去关心年轻人，关心下一代，这才是对前辈最好的报答。

  聊到近年来艺术人才流失的话题，他想起当年他也去拍过电影、做过广告和设计等工作，如果不是内心热爱与机缘促成，也许就此离开了艺术阵地。所以这也成为他尽可能地为优秀艺术人才提供平台、提供机会的一个动因。他打了一个比喻，把艺术上有潜力的苗子聚拢起来就像吹响了"集结号"，让他们在同一个平台上加强交流，充分展现个性，促进学术探讨，这有助于形成艺术群体的力量与氛围。

  如其所说："作为一个画家，不能只醉心于个人兴趣的钻研。专业画家就像是职业选手，应积极参加主流艺术展赛，不断提升艺术造诣，吸取更多学术共识，受到更高水平的检验，才能在更高层面上找准艺术价值的追求方向。同时，在个人技艺之外，专业画家也应有社会责任感，将扶持提携新人这样好的传统代代传承、发扬下去。"这才是方土所说的"本事累人"的真正含义吧！

写于2020年

你在他乡还好吗？

艺林丛影

人在一个地方太久了，也许换一个赛道是不错的选择，换个地方你能找到与其他地方的差距。就像跑步时，你自己跑多快不知道，因你没时间看秒表，但是你跟着一群强人跑，你下操场就知道这些人是强人，这时你连"参赛"的方式都不一样了。

一、你在他乡还好吗？

赵利平（以下简称"赵"）：方老师，您原是广东几大艺术机构之一"广州画院"的掌门人，又是这几年赫赫有名的"青苗计划"召集人，还是广东省中国画学会的执行人与广东省美术家协会的重要领导人之一，在广东这片热土上过得有声有色的，为什么突然会选择离开广东去了北京？

方土（以下简称"方"）：人在一个地方太久了，也许换一个赛道是不错的选择，换个地方你能找到与其他地方的差距。就像跑步时，你自己跑多快不知道，因你没时间看秒表，但是你跟着一群强人跑，你下操场就知道这些人是强人，这时你连"参赛"的方式都不一样了。所以你自然会兴奋起来，跑起来的速度也自然会快许多。我觉得换一个地方，换一群人，会迫使你换一种思维方式，会去调整一种速度或一种表现形式去适应新的奔跑要求，哪怕你不一定跑在前面，但你起码会超越你之前的速度。我觉

方土

方土

得老是在一个地方，容易满足现状，哪怕是一个领跑人，一旦提高平台，扩大角度，那新的角度是不能和之前同日而语的。

赵：您在广州生活工作了40多年，耕耘了这么长的时间，这是一片有着扎实基础的热土，突然离开去了北京，可会适应？

方：我觉得身体的适应，其实可以是一个真实的身体，也可以是一个虚拟的身体。你看我长期在南方生活，过得容易，但天气很潮湿，身体湿气重，这个时候你发现怎么吃药还是有湿气。到了北方天气干燥，很快就平衡了。有时候南方缺的是一种"北"，北方缺的是一种"南"，南北这样一种调整与适应，就有利于身体的健康，对艺术也一样，所以，去异地，我觉得是收获。

再说，在广东，你可能看到的是一个、两个或者三个的焦点，总是有限的，但到了北京，你会发现有很多聚焦点，很多风格，大放光彩。在广东当然很好，但就把自己困在舒适圈了。有朋友曾戏说我，这是把"地方粮票"换成了"全国粮票"，换粮票那是需要勇气的。在广东，人家可能看到的是你的正面，你到首都的时候却连后脑勺都给人看了；在广东可能你的影响可辐射到广东各地，但隔壁省就跟你没多少关系了，在北京你往下跑，哪个地方都跟你有关系。

艺林丛影

方土写生

赵：在北京习惯了吗？

方：我觉得习惯也是一种病，不习惯才是我想要的。打个比喻，每天你起来就画，很勤快，但这样的画家一辈子的风格就是一种习惯。什么叫有感而发？什么叫触景生情？其实就是不断变换环境，打破习惯，不同的年龄段进入不同的人生体验的时候，很多东西就会不一样。不同领域的体验不一样，不同交往情感不一样，你也会产生不同的思想方式。对于艺术来说，这些都会不断丰富你的阅历，不断强化你的艺术思维方式，让你更多地想去体会、亲身经历。

赵：有没有打算过回广东？

方：广东本身就不存在"回"，对我来说就是落叶归根，就像一片叶子，打不打算归根由不得叶子回答，落叶归根就是这个道理。而且一个人远离家乡不是越来越淡忘家乡，而是对家乡的感情会越来越热烈，你会更珍惜。就像岁月，昨天的事情可能都忘了，但小时候很多事情却历历在目。它不是实践，它就是有这样一种生理、一种状况，所以由不得想不想。

赵：听起来似乎有点感怀，有想象过等您回来的时候是怎样的吗？

方：我很向往那种想回就回，想离开就离开的生活。假如你想回回不了，想走走不开，这样的人生我也不想，不是说我要不要固守，而是根本就走不开，走不开了你还能往哪里走？所以无论我在南方还是北方，就像诗人，几个字眼、几个词句早就掌握了，但要变成诗，变成有意味的那几句，没有接触不同的环境、不同的人，没有不同的思想意境，词句就摆在那里，但作品出不来。走的时候我对结果是未知的，离开时我知道，但会怎样并不知道，所以我是去寻找不知道。这种情形可能会贯穿你的一辈子，或者是艺术的一种感觉，一直牵引着你向前，但前面的结果你永远不知道，什么时候知道，什么时候就是重复，重复了艺术就没有生命。艺术的发展之所以经久不衰，是因为每代人的喜怒哀乐都一样，但每代人的阅历就相差那么一点，而结果差别很大。

二、作品多是寥寥几笔，价值何在？

赵：去北京后画的画和在广州时画的画有什么变化吗？

方：我没有刻意去追求变化，我觉得那其实是一种积累，跟在南方还是北方没太大的关系。反而是思想，你的思想一旦没有变化，在艺术里就很难有变化，而我感觉自己的变化是在提升。只有感受到如何在思想观念上变化，艺术才能找到变化的依据，我这些年能够涉足各种画种，去各个地方，每个阶段都有很大的变化，不是一般的变化。

赵：举例说说。

方：就是从有到无，从无到有。从有形到无形，你看我们在读美院的时候是在寻找一个形，结果到了笔墨的时候，你必须消解掉这些形，重新解构，之后你又通过这种无形的笔墨，找回有形的主题或定性，不断碰撞，产生新的变化、新的魅力。所以在创作的过程中，我贯穿自己的就是笔墨精神，艺术上可能说什么都对，但一旦用笔墨表示的语言丢失了，这张画就失去了意义，所以要回归语言，语言要达到一定的高度。有些语言一旦表达弱化了，也成了自言自语，成了无法交互的形式，让人过目即忘，但语言跟内容一旦能达到某种高度时，就产生了经典。很多名作都是语言跟主题，自由跟极限，然后根据自己的性情找到一种描绘的方式或者角度，

艺术交流

换个角度可能就没感觉了。比如我喜欢老辣，喜欢沧桑那种，我画一个老头时感觉就出来了，但如果你的笔墨是细腻的那种，你把老头画出了脂粉气，那有意思吗？所以描绘的角度跟性情是要高度协调的，只有艺术家的气质、性格、阅历各方面跟画面达成一致的时候，才能形成经典的作品。

　　赵：但您的画常常是寥寥几笔，人们不禁会问这寥寥几笔的价值体现何在？

　　方：生命的轨迹是从无到有，我们总想要"有"，但"有"到一定的时候也是负累，很多东西只是印证着你的一种能耐，仅此而已。但艺术还有更高的追求，就是表达你的一种思想境界。哪怕是很复杂，很艰难，它最后都要通过一种简单的方式表现出来。比如表演杂技走钢丝绳，假如让观众看这练成过程中的反复失败与艰难，相信人们不会买票去看，人们买票就是要看你经历困难之后达到的技艺水平，如何走得优雅，走得随意自然，甚至可以翻跟斗，如果你老摔，可能就要退票了。所以我的画就是要让人看到轻松的效果，其中减去的内容是有难度地减去，留下的两三笔是要有内容的，这个内容里面覆盖了功夫。什么叫功夫在画外？就是可能在画外要数以千笔，最后才有这几笔。所以是看门道还是看热闹就在这里，看门道的知道你这几笔了不得，看热闹的觉得你太省事、太潦草。很多人获得了很多赞扬、很多热闹，但有些人是不想或者根本就不向往也不在乎，他在乎的是他在乎的人在乎他，否则宁可孤独。

赵：您觉得自己孤独吗？

方：我觉得可能孤独会伴随我一辈子，因为想当一个职业艺术家，本身早就注定你是在孤独的道路上走。到了这个时候，你前面所想要的早已达到了，但你还是觉得越走越难，不是越走越远。这跟勤奋没有关系，甚至有时候跟思想也没有关系。我老觉得有一天上帝会没收你的本事，我们看到很多艺术家，十年、二十年，一路发展，但突然间就打住了，所以我孤独，我害怕突然就打住了。

赵：是怕艺术突然打住了，不受待见了，没有突破了吗？

方：我相信任何行业都会存在这问题，你看那些大老板身家多少亿，一夜之间就负资产了。我觉得特别是艺术，它还受一个审美标准主流的影响，可能你还在这里看画的时候，突然间整个审美就转移了。举个例子，古代写唐诗的人还在挑战自我，要写出更好的诗，但那边人家已在写宋词了，相信宋代肯定也有很多好诗，但被淹没了，它已不代表那个时代语言表达的主体了。比如你现在用文言文写作，花了很多工夫，写得文藻华丽，但许多人读起来就是费劲和难受。

三、广东省美术家协会名誉主席之任是否实至名归？

赵：问一个敏感的问题，前段时间广东省美术家协会改选，史无前例地把您这位未任过广东省美术家协会主席的人推选为"名誉主席"，人们不禁会问这是否实至名归？

方：我喜欢把这些东西当成一件衣服，这件衣服也许是你不断追寻的，但伴随着你的努力与追寻的目标，却很难确定是否能拥有，一旦拥有了，首先给我的是一种惊喜或者惊讶的感觉。

我觉得是广东这片热土滋养了我，也成就了我，不管我到了哪，它还是愿意接纳我。我更多地感受到赖以生长的土壤愿意为我提供一个平台，提供一个演绎的空间，让我可以回旋，对此我也心存感激。

这跟个人的努力与奋斗也许没关系，也许有关系，甚至是各种数不尽的因素的总和。另外的人也许有另外的总和，但你成了一个代表。

举个例子，我遇到过一名官员，他说他有个发现，领导你的人有一半人水平不如你，也有一半超过了你，所以我们往往不服气的是看到不如你的那一半。但你还要想一想，你领导的属下也有一半人水平是超过你的，只有一半是不如你的，所以你又是一个幸运者。我不知道是否实至名归，只能这样去看。

赵：您曾说虽是"名誉主席"，好像是虚的，但也可当实的用。

方：到现在我每张好画总有一些空白留着，但看起来那些留白是有内容的。所以伴随着我们的永远是虚与实，多年来我觉得我干了很多实的事情，但慢慢地随着年龄的增长，随着位置的变化，也变虚了。但有些事情就需要这样虚的去做才能做成。知黑守白，守的白是为了那几块黑，只有知白守黑、知黑守白才能贯穿一辈子。

打心里我相信没人愿意承认自己是虚的，是无用的。等哪一天人家找你，突然发现原来你还有用，而且是非常必要的有用，因此我觉得这种虚与实无须着急。中国哲学中的"有为"跟"无为"，你只有"无为"的时候才有更大的作为，不能什么时候都让有点"小为"占据你的很多空间与时间。

赵：其实您与这片土壤有着割舍不下的情感与关系，一直南南北北地来来去去，现在您又挂了这个"名誉主席"，相信您以后还会回来定居的。那么，您觉得下一步能为这片土地干点什么呢？或者有什么打算？

方：评论家李伟铭先生曾经给我写过一篇文章，他说一个画家把自己的画画好，就是对社会最大的贡献，根本不用做很多。他说方土只要把画画好，就为社会做了很大的贡献，根本不用做他现在所做的那么多。其实所谓的打算是不存在的，我每天起床都是打算画好画，但常常打算都会被不同的事件或人情所打断，所以接下来我更加没打算，假如有，唯一的打算那还是继续画好画。

赵：但您不仅画了好画，您还为美术事业做了很多的事情。

方：我觉得我是被推着走的，我比较相信唯心的说法：你是一个忙的命，你怎么换工作你还是忙；有的人是闲的命，他怎么换工作他还是闲。我还是相信，生命在于折腾。

赵：比如"青苗计划"，是您事业上一个非常有标杆性的事情，您在广州画院时就不遗余力地做，到了国家画院，还是不遗余力地做。

方：年轻人的事业是不会停止的，也不易过时，但需要培养的平台和善意的提醒。我愿意作为一个火车头去推动，给它惯性，让它继续，或许将来某天它会带来某个时间段的一种辉煌。艺术的发展有一种集聚现象，我很赞赏江门美术馆去年做的一个展览，叫"井喷的时代"，反映了那个时代突然间人才井喷，像黄新波、李铁夫、余本、罗工柳、杨善深等。现在艺术也刚好是一个转型期，这个时候假如没衔接好的话，可能今后要用不止10年、30年的时间去补。传统的脉如果割了，要重新接的话，有时要几代人才能接得上。所以对于"青苗"，我希望能保留年轻画家对艺术的一种敬畏之心，一种崇高的敬意，让其感觉到这条路可以走，因为社会在关注，同辈人在关注，老师也在关注，能不能走出来就看你的表现了。

附记：
1. 方土是睿智的，也是健谈的，与其对话虽割舍不下，但总得有个结束。
2. 理解方土和他的作品并不是一件容易的事，在中国画坛上，方土一直是个独特的存在，他涉猎的创作题材广泛多样，宽阔的领域和具有个性化的笔墨语言形成其创作上独具的风格。
3. 画家涂志伟这样评价方土的作品：逸笔草草，满目烟云，写的是情，写的是胆，写的是识。
4. 方土离开广州画院入职中国国家画院后，他自己写下这样一句话：京城，初来乍到，山外有山，还是悠着点。
5. 方土私下承认，对北京的气候和饮食目前还是有点不太适应。
6. 对于方土去北京，笔者总认为这既是他追求不同平台的变化，也是一种人事更迭与时局变化下他所做出的抉择，对其自身艺术来说应是一种推动与发展。

写于2022年

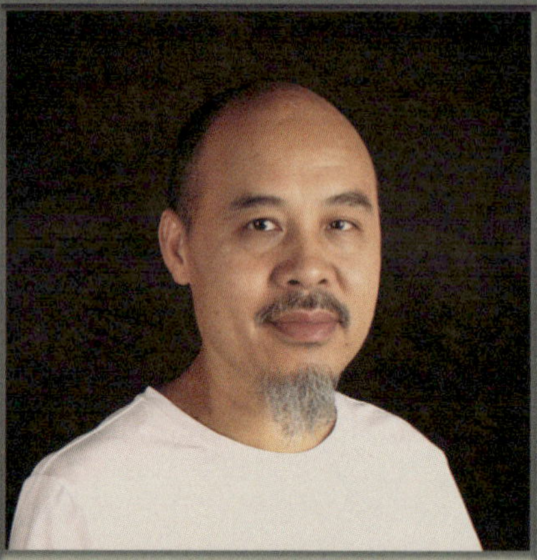

朱颂民

现为广州书画专修学院院长、教授，中国美术家协会会员，广州市美术家协会副主席，广州市文联书画院副院长，广州书画名家艺术促进会副会长，广东省美术家协会理事，广州市海珠区美术家协会主席，东华禅寺书画院副院长，美国波士顿市荣誉市民，美国北美书画艺术家协会名誉会长，美国纽英仑艺术学会名誉会长。二十多年来曾二十余次深入西藏写生体验生活，深切体会到高原山水的神韵。

走318川藏线，绘精神中的西藏

艺林丛影

> 绘画上没有什么可以与不可以画的，只要契合自身的思想感悟就能作为载体画出来。

相信318川藏公路是神奇的，是瑰丽的，是不尽言传的，要不怎么那么多游客为之神往，那么多经历者口口相传，那么多自驾者号称"此生必驾"。就连被称为"西藏山水专业户"的画家朱颂民在20多年来已近20次进藏采风后，近期走过318川藏公路，回来后依然兴奋不已，绘兴不辍，创作了一系列"318川藏线"印象的作品。其画中草原高山、峡谷河流、冰川湖泊、森林原野、寺院村落……时而风云变幻，时而流光溢彩，时而山光水色，时而藏风民俗，时而鹭鸟飞翔，时而牛羊牧野……景色多样，风情万种，景象幻化，令人震撼，令人神往，更令人感受到民族风情的丰富与宗教信仰的虔诚。

朱颂民说，走进318川藏线，尽管有高原反应，尽管有心理预期，但面对如此壮丽的山川，那样别具的风景，时而山路崎岖，时而柳暗花明，时而直耸云端，时而长驱渊谷。从海拔一千多米到近五千米，跨过金沙江、怒江、澜沧江，触目所及，变幻无穷，奇景与幻象并存，平坦与惊险同在。他感受到了世事无常，感受到了人生起伏，心灵的震撼自然难以言表，笔下的画作一时无从下手，所以创作起来也就无所顾忌了。只要能表达眼中

朱颂民　春柳

的风景，心中的形象，什么技法和手段皆可尝试、可应用，因为，那可是一方激情澎湃的天地。

朱颂民是1991年开始走进西藏的，那时雪域的景象已令其惊艳不已，也令他对这片神秘而又充满诱惑的土地"一见钟情"，并把自身的艺术创作紧密联系这处少有前人创作经验和实践借鉴的圣地。朱颂民说那时年少的他进入西藏虽没有这次走进318川藏线的感受那么深刻，但景象的壮美

朱颂民　晨曦

苍茫已触动他要画出想表达的心愿，他觉得这些雄健深邃的景象与他的性格合拍，与他的感情吻合，可以激发他的创作热情，可以令他的思想情绪驰骋。

朱颂民认为绘画上没有什么可以画与不可以画的，只要契合自身的思想感悟就能作为载体画出来。每个人的性情不同，表现倾向就不同，贾又福画太行山很出色，画江南小景就不行；宋文治画江南水乡很有意境，画大山大水就未必有感觉。每一位艺术家，包括作家、音乐家呈现自己的创作载体都有特定的倾向，那就是要符合他的性格，符合他的审美，符合他热爱的情景。张艺谋的色彩恢宏，陈逸飞的色调低沉；尚涛的画必有焦黑，陈永锵的颜色必然淳厚，这都是符合作者的心理与情感的载体。艺术没有新旧的概念，只有好坏之分。绘画的传统是前人的创作被后人喜欢并学习传承下去的，所谓传统是发展着的。古人的传统是古人所创，今人的传统是今人所创，后人的传统又是后人所创，但经典的作品永远都是经典，所以他表达西藏山水的手法，既有对中国绘画与古代绘画认知的基础，又有西洋艺术表现方法的融合，甚至现代创作手法肌理制作等方法的应用。因为常规的技法已不足以表现这高原圣地的博大辽阔与意象幻化，用传统的方式容易被一种标准、一种模式所束缚，也容易制约自己的想象。

朱颂民对西藏山水的创作与坚持，他认为并不是刻意的，而是命运的安排，是机缘巧合使他看到了这片土地，受到了这片土地的感染与震撼，

朱颂民 清音

并下决心画下去。而且这么多年来,每一步深入,每一个阶段都得到了许多鼓励、支持与帮助,在缘分的促使下不断迈上新台阶。1992年与1993年他连续办了两次个人画展,得到老一辈艺术大家胡一川先生题写展名与迟柯先生执写评论。十年磨一剑,2011年他又获得了第五届全国体育美术作品展览金奖,确立了其西藏风光创作在画坛上的地位;随后他又开始在中国的香港、台湾、宜兴和美国等地举办巡回展……影响不断扩大。

这次走进318川藏线,又进一步激发了朱颂民对西藏山水绘画的激情。在不同的年龄段,他重新审视这么多年来对西藏与西藏绘画的感受,并以绘318川藏线为契机,不再对景实画,而是跟着感觉走,以印象的形式呈

艺林丛影

朱颂民　山转水回

现脑海中深刻的景象与强烈的感受。从风景的瑰丽与路途的艰辛，还有这条公路工程建设上壮烈的传说，感受到了祖国山河的壮丽，感受到了建设者的血汗、牺牲与奉献精神，家国情怀油然而生。

西藏为什么那么吸引朱颂民，他说除了景观独特，还有宗教的因素。沿路民风质朴，寺庙神圣，氛围空妙，特别是那些一路叩头，一路膜拜的信徒，并不是无知者所认为的愚昧，这是愚昧所做不到的虔诚，这是信仰，是或为来世或为大同的追求。有的信徒毕生的追求，就是叩拜一生一世，叩拜到其心灵中那处圣地，这是他人很难介入的心灵感受，这是精神层面的外在行为。在这里，对生命和人生的感悟与触动是其他地方所没有的。

朱颂民这批表现318川藏公路的作品，有艰辛修建中不慎凝固血肉之躯而桥墩成碑令人垂泪的怒江大桥；有老树沧桑、桃花盛开，幽雅浪漫的"塞上江南"林芝；有十余公里路间72拐峰回路转及从海拔千余米到近五千米落差之大的"天路屋脊"；有时而冰天雪地，时而绿野仙踪的天高地迥；有时而原始森林，时而戈壁荒漠的魔幻世界……

历程十天逾1600公里，一路走来，起起伏伏，气候迥异，一下子春天，一下子严冬，反差非常之大，身体的适应也冰火轮转，生命的感悟非常之强烈。于是朱颂民凭着感觉与激情一气呵成地挥洒抒发。在这里，碧空、烟云、雪山、冰雹、桃花、流水，以及屋舍、幡旗、人物、鸟兽……作者统统都以感受性去表现，以脑海中的印象去着笔，不再对景实写，也极少对应某时某地。景象的幻化，色彩的斑斓，景观的独特，情绪的激荡，已使作者无法仅选择那种技法和套路去创作，已不可能以传统的文人笔墨去呈现。所以作者必须以新的模式、新的可能性去表现自己的所思所想。也许是水彩的，也许是油画的，也许是传统水墨的；也许是焦点透视的，甚至泼写涂鸦肌理制作；只要能表现出作者的感受就无所顾忌了。

朱颂民说，在这个领域，当去到高原，壮阔广袤，博大崇高，苍凉恢宏……甚至有去到另一个星球的感觉，已不可能以传统的绘画形式去呈现，已不可能以那种抄抄写写、修修补补的方法去完成。不过，虽没有前人的经验可借鉴，但不管好坏，每一笔一毫都是自己的探索，都是自己的手法表现自己的思想，绘画要呈现的是一种精神，他的精神就是西藏的精神。这批画，看起来是西藏，但又不完全是西藏，而是作者精神中的西藏。

写于2023年

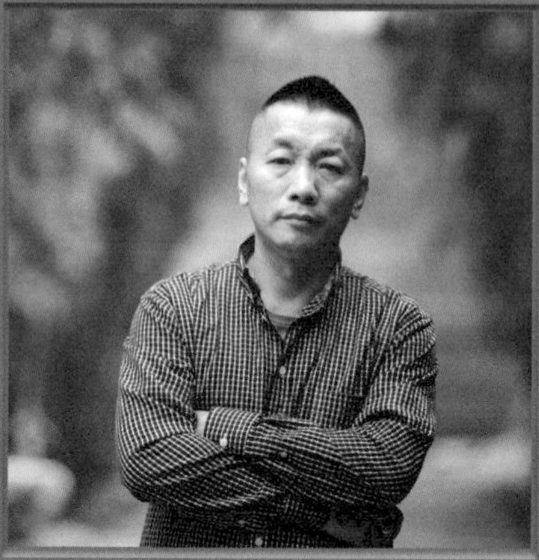

黄国武

一九六三年九月生，广东省惠来县人。一九八八年毕业于广州美术学院中国画系，获文学学士学位；一九八八年至一九九八年任教于广州美术学院工艺系；一九九八年至二〇〇三年任教于广州美术学院设计分院基础部；一九九八年至二〇〇〇年就读于中央美术学院中国画系人物画同等学力研究生班；二〇〇九年至二〇一〇年为中国艺术研究院访问学者。现为中国美术家协会会员，广东省美术家协会理事、广东画院一级美术师。曾任广东画院创作室主任。作品曾多次入选全国美术作品展，获第七届全国美术作品展铜奖、第五届全国体育美术作品展银奖。

虚淡的世界很迷人

艺林丛影

绘画这个行业，如果长时间的只是独自地爽快也不健康，艺术是永无止境的，就像席勒、八大山人，留下的画作的水平是他人难以比拟的，但他们是独行者，是独自地寂寞还是独自地爽快？

画家黄国武在广东画坛上是特立独行的个案，他那常常略带戏谑的表情，给人有点桀骜不驯的感觉。他时而表面谦卑，却内里自负；时而待人冷傲，却内心热诚。他拿起画笔来则有恣肆豪迈、舍我其谁的气势，坐下聊天却隐约有不合时宜、怀才不遇的郁气，但表面上却又有自得其乐、无所畏惧的气概。

黄国武的画似乎轻描淡写、浅墨虚化，乍一看以为空洞无物、平淡无奇，细观赏却是容山纳海、笔墨铿锵、气象万千；仿如一道广东老火炖汤，看起来清淡，其实用料十足、火候讲究、隐料存汤，层次丰富，淡而不寡，十分耐人寻味。

黄国武说画画的像他这样不多，都已到退休的年纪了，还没个定性。很多人画画都会考虑怎么让人接受，怎么讨人喜欢，但他却只顾自己认为应该画什么，应该怎么画。许多人在画画上得到成功、得到满足、得到尊重、得到快乐，但他却似乎生来就是为画画来吃苦的，别人容易成功的路子他不选择，偏偏选了不容易为他人所理解的淡墨画，而且一画就是数十年……

黄国武 春水秋云 31

黄国武

　　以前黄国武也画过比较具象、比较浓烈、比较容易被人理解与接受的画，而且颇受好评。但他在1998年去中央美术学院读同等学力研究生班时，在与北方画家的密切接触中，面对大量寻求视觉冲击的画面，他开始考虑一个新的问题：就是当一张画画得很淡很淡时，是不是很柔软，很符合自己细腻的情感与心目中追求的感觉？他认为中国画的精神是一种哲学思想，一直传承着一种不露声色的含蓄，看现实、看物象都有一种远观的感受……那是一个他很想去接触的境界，但这个境界似乎很高远、很令人向往而又难以触及。游心虚淡的精神在音乐、诗歌等形式中相对容易体现，在哲学上也容易体现，但在绘画上却很有难度，要在"淡美"的维度内表现出浓淡虚实与层次多变谈何容易？而且淡墨中的变化需要观赏者有心品赏，细心体味，很难有直观快捷的吸引力。但对黄国武来说，他却觉得这"虚淡"的世界很迷人，很空灵缥缈，应有可以实现的路径，他立心要在这片天地中走出一条路来。

　　只是一旦踏上这条路，黄国武却发觉实在不好走，这种画法是那么难以出效果，难以打动人。更让他焦心的是，有时连艺术同行都难以认可，就别说打动老百姓了。但困惑归困惑，坚持仍坚持，他初心不变，他说谁叫自己在接近不惑之年却选择了这条困惑的路，立下这个看似远大却又缥缈的志愿。这么多年来他一路探索，一路思考，一路执着，回过头来也觉得很受苦、很委屈、很懊恼。但这些都抵不过他内心真诚的向往与坚定的意志，他说顾不了那么多了，如何蹉跎也都不重要了，只有继续折腾、继续深挖下去，相信一切事情都是为了一个远大目标的实现而准备着。

于是，黄国武的一切创作、一切采风、一切艺术活动基本上都围绕着淡墨来展开。广东画院每年都会组织外出采风，其他画家喜欢对景写生，喜欢浓墨重彩，他则带个本子，到处逛荡，心与物游，勾勾画画，寻找着一些适合其淡墨创作的元素，并不局限于具体的某景某物。过程中内心涌现的意象也记录或增加进去，不受客观物象的牵制。他觉得围绕内心想要的东西会更自由、更有奔头，创作也如是，而且这样坚持了好多年，每个阶段都会有所不同，有所变化。一开始受客观对象的制约会多些，但画着画着有些侧重点就会有所改变，特别是到一定的年纪后思想认识有所变化，勾画染写的技巧也会日趋成熟，对客观对象的概括整合也更有意味，画作越来越接近他心目中想要的效果。这也令其越来越坚信这个坚持是值得的，是仍在其内心向往的路径上的，是向着其心中的理想更为完善、更加推进的，从而使他有了坚持的支撑及心理的安慰。

黄国武深深地认识到，中国画这么深厚的积淀、这么丰富的传统，要走出一条自己的道路是很具挑战性的，但中国画发展到今天还是那么多人亦步亦趋，摆脱不了古人的模式方法，这些年来吴昌硕、黄宾虹的各种潮流一阵又一阵的，大家都在跟风，最终也没个结果。黄国武认为绘画是艺术目标的体现，完全向前人学习并不靠谱，苛求每一方式有章可循、每一笔触有出处也并不可取。这样的话，包括构成方式、笔墨、形态等只是一种机械的重复，人的心性都被削弱了，这与艺术的本质是相违背、相抵触的。但这种风气愈来愈严重，在这个背景下要走出一条自己独有的路则更为艰难。不过黄国武认为这已不要紧，如果画画连自己这一关都过不去，而去讨好外界、讨好他人是没有意义的，画画要真诚，要树立自己的信心。

因而，黄国武在淡墨这条路上孤独地探索着，极致地追求着，虽没有多少人同行，但他坚信淡墨的境界大家还是有共识的。虽然认识上也许千差万别，着眼点也许不尽相同，但创作上总是越自由越好；虽然中国画有传统、有经典、有可资研习和可资借鉴的地方，但好比武功的高手，教徒弟时先从学自己的一招一式开始，到最后却要让其把学的模式都忘了，融为自身所有才能出神入化。国画也有共通之处，学什么都学得很像，却没了自己，这是不对的。人一辈子都在成长的过程中，向前人、向经典、向

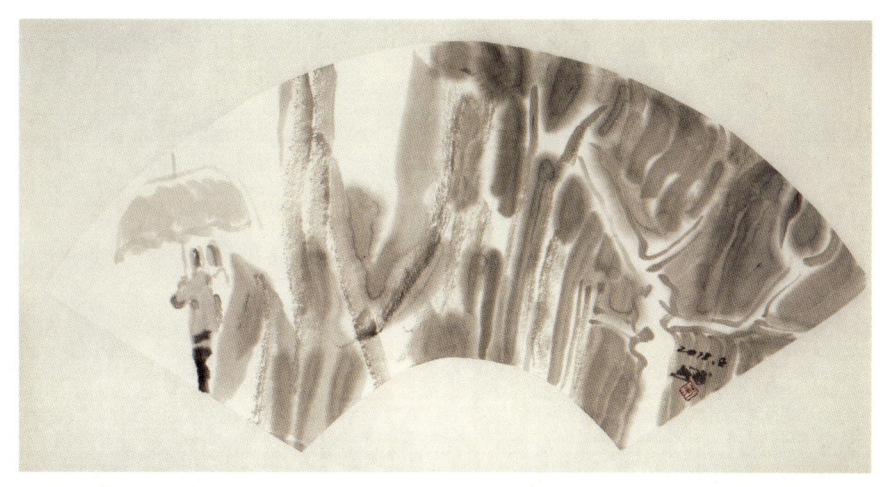

黄国武　烟花三月

优良传统学习没错，但必须加入自己的理解和自己的个性，要有选择、有融会，要做回自己，否则什么都是别人的就会很悲哀。虽然在艺术上冲破重重困难找到自己是很艰苦的，但这种苦黄国武有心理准备，有意志耐受，他愿意，也认为是值得的。

　　黄国武的绘画创作从写实一路走来，在欣赏古今中外艺术中，他越来越觉得抽象，很具挑战性，自己也越来越想追求这些感觉。而且在他现在的淡墨画探索中，就已有抽象的倾向，说不定最后也会彻底走向抽象，但这需要对客观事物不断感悟、不断概括、不断提炼，把画面处理得很精彩、很巧妙，处理得似是而非。创作上把一个事物、一个情景、一个结构表现得很细致、很逼真并不高明，要表现得很个人、很有感受才更为重要。黄国武的淡墨画刚开始一段时间是没有人物的，是一种没了烟火气的探索。后来，他又觉得虚淡的世界不一定就是"无"，虚淡的世界同样可以丰富多彩。于是他又尽可能地让画中有了人物的活动，有了人物的迹象，使画面变得更加生动，增加了人物创作的淡墨画又有了新的可能性。而本身就是人物画创作出身的黄国武似乎如鱼得水，觉得淡墨世界有了人物后很神奇，有活了般的感觉。

　　黄国武的淡墨画探索并不会因各方面的反应平平而妥协，他甚至认为即使一条路走到黑也未必是坏事情，人生就是一个过程，起码自己走过与感受了这一过程，重要的是自己仍认为是必要的，是愿意的，再困难也要坚持下去。何况在推进的过程中也有爽快愉悦的时候，当对大自然、对情景、

黄国武　春水秋云 85

对感受的概括与表现有新的效果和新的突破时，有超乎预期的达成时，心情也就爽快了。但有时又觉得，绘画这个行业，如果长时间的只是独自地爽快也不健康，艺术是永无止境的，就像席勒、八大山人，留下的画作的水平是他人难以比拟的，但他们是独行者，是独自地寂寞还是独自地爽快？不好说。虽然黄国武自知现在还达不到这种境界，不可同日而语，但他认为不要紧，不能被人挡住视线而看不到希望，走自己的路才不至于绝望，一条路走到黑也许很天真，但艺术的一个特质就是要天真。

相对于其他绘画浓烈、浑厚的观感，黄国武更认为淡墨画符合中国画精神的走向。他喜欢那种隐约虚淡，那种不动声色，那种缥缈朦胧；喜欢那种尽管是虚淡，却淡中有物，物象丰富，只不过不是现实中的放眼可及，而是作者内心意象的积淀、提炼与概括，并融入个人情感的释放。这种淡墨画面看起来淡淡的，其实却用了很多很多的笔墨，有了很多很多的积染，一眼看到的是整体的调子，然后又有细微的地方，只是细微之处也必须服从整体的调子，形成画作内在的规律。中国画强调的整体与西方不同，西画从局部到整体，从整体到局部要反复很多遍；但中国画不同，可以从一个局部又一个局部到最后形成一个面，也可以是视觉不固定一个视点，过程中到处游走，不断勾写，最后组合成一个整体的面，画家对自然认识的过程是自由的，是不被客观对象约束的。古人画山水也是游山玩水后将一

黄国武　春水秋云100

个又一个印象组合成一幅画，创作不是放在一个视点，而是走了一路，把一路的印象画下来，这种方法很中国，很自由，很值得继承，其视野更开阔、更有大局观。

　　黄国武的淡墨画就是这样，看起来简单，画起来却有着很多的思考，用了很长的时间，组合了很多的元素与内涵，内在有许多别人看不到的东西。虽然有点自讨苦吃，但是自出机杼，而不是千篇一律。黄国武认为每个人都应有自己的程式，而中国画的类同教学是糟糕的，这种教学导致每个受教者在创作的道路上很难找到自己；当然也有另一方面的原因，就是人的随性，人们容易满足，没勇气去挑战自我，容易因循与墨守成规，这些与艺术的本质是相违背的，是不应该的。

　　基于以上的思考，黄国武就更执着于自己的选择，更追求其独立的不易为他人所理解的艺术世界，哪怕仍看不到光明，哪怕还有很漫长的路要走，但蓬勃的欲望是引擎，是拉动他继续前行的动力。

写于 2023 年

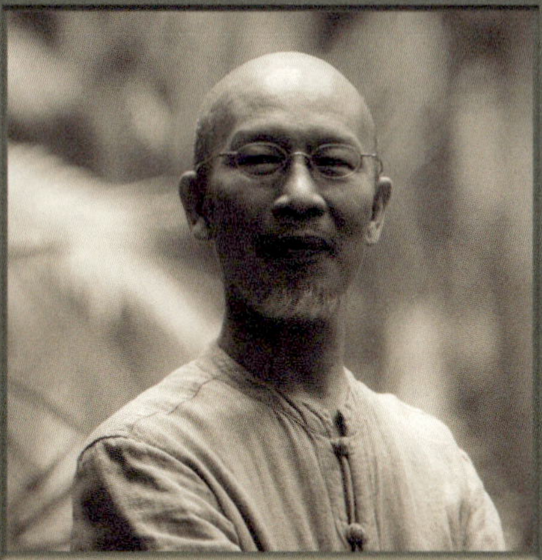

刘思东

又名刘诗东，号普之、东方诗意。一九六四年生于广州，一九八七年毕业于广州美术学院。一九九七年结业于广州美术学院国画系山水研究生主要课程班。二〇一二年为中国艺术研究院美术学访问学者。现为中国美术家协会会员、国家一级美术师、广州美术学院城市学院外聘教授、广东外语艺术职业学院美术馆馆长、广东省美术家协会理事、广州市美术家协会主席、广东省中国画学会理事、广东省国际文化中心理事、广东省政协书画院副秘书长、粤港澳大湾区名人与大学文化研究中心副主任。

知天命后再出发，重返童心与自由

他认为最后的绘画应是摆脱形象的束缚，是真实情感的抒发，从"有"到"无"，抵达一种"山不是山，水不是水"的空灵而极致的境界。

人到"知天命"之年后，往往既保留着拼搏努力的惯性，又有不企求结果、对名利荣辱渐渐淡然的感觉。"知天命"是一种对于生活与生命积淀的感悟与释然，也是一种迈向新层次生活状态的表现。然而，对艺术特别是中国书画来说，那种对精神境界追求的无止境，那种"与书俱老"的锤炼与表现，到了这个时候，却仅是积累到一个阶段的再起步，是一个大好年华的画龄。黄公望50岁始画山水，徐渭54岁后才转攻诗与画，齐白石"衰年变法"……艺术上许多名家大师都是在步入"知天命"阶段之后，才明白自己想要的与可以做的是什么，才能破茧成蝶。

中国画是经年弥成的艺术。画家刘思东（又名刘诗东）在经历"知天命"阶段之后，不经意间对艺术有了一种不同往常的思考，他的人生道路悄然转向，画风上则发生了质跃般的变化。他本是科班出身，追慕黄宾虹的笔情墨意，追求艺术上的禅意，却在此时辞去了多年的教学工作，不再定期授课与带学生，转而潜心研究有关艺术与哲学的课题项目，探索中国画抽象与意象的表现空间，踏入了充满未知、更加广阔的艺术天地。

刘思东1964年生于广州，父亲刘济荣是广州美术学院知名画家，但

刘思东　天下有佛

刘思东

他自小生活在外婆家，童年与父亲并不常在一起，而工作繁忙的父亲对儿女们采取的也是"放羊式"的教养，所以刘思东儿时对艺术并没有表现出很强烈的热爱。刘思东九岁才开始学画，一开始学得并不系统，那个年代父母通常是怕孩子到了假期无所事事，才把孩子送去绘画班，整个社会环境对艺术也不够重视。刘思东原本准备大学考读工科，美院只是一个补充志愿，但造化弄人，偏偏还是让他考上了广州美术学院……不过，刘思东也在学习中逐步发觉艺术的种种好处，艺术可以抒发情感，可以修心养性，可以自我陶冶，可以感染他人，进而愈来愈有兴趣，对艺术产生了事业般的责任感。

刘思东在广州美术学院原来读的是教育系，国画、油画都学，接触的艺术类别比较杂，后来读研究生班时才专攻国画山水科。毕业后，刘思东一边创作，一边教学，对学生的指导其实也是一种自我修炼，在讲解中不停地对自身基础进行夯实，对传统进行回顾与深入研究，同时在教学相长中触发新的艺术思考，为自己的创作注入生气。他说，绘画要解决的不仅是技巧的问题，而且是要厘清脉络，兼容多方，广泛吸纳，认识趋向。而这些需要有游历、读书、交友、深入研究等许多层次的涉猎与积累，但个人的时间精力有限，到了一定的年纪之后，就应该在博采众长的基础上有

刘思东　山水诗堂

所鉴别、有所筛选，寻找适合自己的路。年轻的时候往往容易沉迷于浅层次的技巧，容易被误导，进入成熟阶段之后就需要反省，加强艺术之"道"方面的修炼，而不再拘泥于绘画之"法"的层面上。这些年他突然有了一种新的感受，觉得自己在艺术上应该换一种方向了。正如李可染所说，"用最大的功力打进去"，意思是要深入学习传统，吸取养分；然后再"用最大的勇气打出来"，这是指在传统的基础上勇于创新，敢于"走进去"又"走出来"，回归个性，回归内心的抒发，通过自我的性灵把握绘画的自由世界。

那么，什么才是绘画的自由世界？刘思东认为绘画的本质不在于外在的表现，而在于内在的抽象世界。绘画上花鸟也好，山水也好，题材只是一个载体，他以前的创作过于追求客观世界，具象的东西太多，哪怕是写意，虽然也有抽象概念的探讨，但挖掘不够深入，总是囿于形、止于形，书法也如是。他认为最后的绘画应是摆脱形象的束缚，是真实感情的抒发，从"有"到"无"，抵达一种"山不是山，水不是水"的空灵而极致的境界。

刘思东的抽象作品，是源于其在对传统艺术深刻理解的基础上，进而寻求摆脱世俗审美束缚之路径，对精神世界进行探索与幻化的心迹，同时也是其对"老庄"思想与"虚静"美学特质等内在哲学的隐喻与抒发。形式上虽然依旧是传统的笔线抒写与墨韵晕染，但已融入了西方现代构成和抽象表现的手法，画面物象完全根据审美的需要大胆地进行解构与重组，即便隐约仍可见花叶人影、变幻烟云、葱郁茂林之类自然或人文景象，却已不拘于客观世界的状物肖形，而是遵从作者心绪的全新诠释营造，时而梦幻绚烂，时而清丽婉约，时而精微而快意，时而奔放而练达，完全是一种行为状态、精神状态乃至心灵状态的交融与演绎。这种艺术风格，既与传统文化有着血脉相连，又与西方当代文化思潮有着碰撞与吸纳，更是一种现代视觉语言的蝶变。

在这些抽象作品中，一方面，作者善于对笔墨干湿浓淡加以调剂，时而水墨淋漓，时而枯笔飞白，时而渴笔含润，时而润中蕴劲，笔墨见精神，语言形式丰富而多变。另一方面，作者也巧用色调元素进行点缀与提炼，淡黄浅绛，花青碙白，妙施素染，运用自如，显得意趣灵动，了无挂碍。总之，其作品笔情墨韵，平淡天真，既是作者的一种自我突破的探索，又流露出作者对整体艺术判断与革新的使命感，更体现出作者艺术思想的自由、胆识与自信。

也许有人会担心，这样是否会曲高和寡？但刘思东认为，随着社会的

刘思东　山水清音

发展和人们思想层面的成熟，对精神世界的追求会得到越来越多的共鸣。时至今日，具象的表现已不是艺术的高级形态，照相机已可代替，但描绘出那种源于心灵的、妙在"似与不似"之间的抽象形态才是未来的发展方向。何况新一代的艺术介质早已离开纸笔，离开架上，随处皆是，一位真正的艺术家就应该有超乎常人、超越当下的追求，尽管孤独在所难免。

那么对于抽象的艺术作品，又该以什么作为评价标准呢？刘思东说，抽象的标准难于言传，是属于意识层面的。认识这个抽象的世界，思想上的理解和感悟很重要。他打了一个比方，艺术上的"空"包含一切，正如物质世界一样，"空"是有大用的，"实"才是辅助的。就好像房子或者杯具，"空"才是真正用得上的部分。长于"务虚"，这是中国画的特色，可上升至哲学层面，而西方的抽象画也有很长的发展历史。如果作画总是止于形而游于外，就无法深入神髓，画品自然不高。

刘思东　苍山

刘思东

　　基于以上的思考，刘思东又强调，一个画家应该对绘画具有三点基本认知，即过去的历史、未来的发展趋势，以及绘画的终极目标。当年黄宾虹先生就很有前瞻性，他能厘清艺术的脉络，找到方向，并早就预料到自身艺术在未来受认可的程度。艺术家要建立自己的艺术语言系统与表现天地，这种孜孜以求既是一种不为外人道的苦，也恰是艺术的难得之处和好玩的所在。画画的过程中无论怎么学习效仿他人，最终还是要专注于自我的表达和个性的发挥才能身心舒畅，有了这种表达的自信，就不会被他人的眼光所束缚，天马行空，自由自在，回归天真无邪，这才是艺术的真谛。刘思东在艺术上追求的，正是这种佛性童心的状态。

写于 2019 年

唯有牡丹真国色，雍容尔雅觅天趣

艺林丛影

  牡丹，一种雅俗共赏的题材，千百年来被民间赋予富贵吉祥的寓意。画家创作上自定学术与否并无意义，学术不在于题材，而在于文化内涵与艺术含量。

  "唯有牡丹真国色，花开时节动京城。"暮春时节，又是牡丹冠居群芳的时候了。作为"花中之王"的牡丹，国色天香，富丽堂皇，由宫苑波及寺观宅第，深受人们的喜爱。自古以来，有关牡丹的诗词歌赋、文学著作和书画作品均不胜其数，玉笑珠香，风流潇洒。特别是绘画中，多有名家涉猎或擅长，有如吴昌硕、齐白石、张大千、王雪涛等。但由于其色彩丰繁艳丽，也有许多艺术家认为其俗气而不愿描绘，特别是一些专业院校对这些通俗题材就常有所偏见，认为学术性不强。不过，牡丹自身却富有民众基础，民众在传统文化中往往有着特定性的审美情趣，符合其繁荣美好、富贵吉祥等心理意象。

  正是大众的需求和民间文化的认同，许多社会活动和社会场所就不乏牡丹的形象了，如果高级艺术不参与创作或引导，那么这块领域将会被伪艺术或低级艺术大量占有，那将会是学术性与高层次艺术的缺失，也会造成某些审美的误导。其实，艺术创作同样需要民间文化的土壤。

  著名画家、广州市美术家协会主席刘思东就走过这样的心路与创作历程。

刘思东

刘思东作品

他的艺术创作主要是山水画，之前其意识上并不乐于创作牡丹，但曾经去北京探亲时被亲朋索求作品，并指定要牡丹。后来在一次文化雅集上，又被现场观众索要牡丹，他勉为其难尝试画了几笔，不料却被现场同行们大为称赞，认为其用笔用色独特，书写意味强，雅丽而不俗气。于是，他逐渐在很多场合中开始迎合人们的需求画起牡丹来，也开始深入研究，借鉴历史上一些艺术大家的作品，也借鉴当今许多名家画得较好的手法，既查阅资料，也对物写生。久而久之，其笔下的牡丹也就逐渐多见，也愈来愈受欢迎。受欢迎也是一种鼓励，画得多也成了其创作题材的一种标识，刘思东笔下的牡丹便逐渐符号化，逐渐个性明显，进而独树一帜。

通过十几年对牡丹的研究与创作，刘思东在牡丹的创作上着意于表达自己的笔墨意趣。他有意区别于其他人画牡丹多趋细致工整的形式，而以大写意为主，追求神似，重于抒写，在似与不似之间突显神韵，突显象征性。其花瓣落笔厚重，色彩主次兼顾，笔墨相融，你中有我，我中有你，融洽而朦胧，神似而不拘泥于具体形象，从而层次丰富，文气勃发，雅意盎然。特别是其画花多用胭脂色，红而发紫，紫气东来，雍容华贵，并强化把控上的可塑性，以书写的笔触来表达花卉，每笔每画中，笔锋转换间，一朵朵一簇簇的牡丹动态自然，栩栩如生，生机勃发。

刘思东的牡丹创作还着重于浑然一体，更注重画面的整体性与审美的纯粹性。他很少在画面上添加蜜蜂、蝴蝶等小昆虫或其他小动物，他认为这样更纯粹，更多想象空间，更能将注意力放在笔墨情趣的欣赏上，而不容易被其他昆虫、动物等所转移，艺术大家吴昌硕就是这样的。他追求调子的统一协调，不喜欢太多的色彩，他喜欢以胭脂色为主调，因古人就把胭脂用得很好，用得高贵而不俗气，他觉得他也可以做到。但其实胭脂色容易糊化，是比其他国画颜色难控制的，要控制好了才能显通透，社会上就有现成调好的"牡丹红"颜料，虽技法上好控制些但太俗套。

刘思东是以画山水为主的，其实画好山水对画好牡丹也有帮助。山水画的大格局、大气势应用于丰茂繁华的牡丹上也是相得益彰的，多年对山水画抽象表达的研究使他对大写意的理解更为深刻。中国画更倾向于抽象与意象，与书法一样，在形式的美感与线条的美学上意会多于言传。所以刘思东认为自己的牡丹还可以再简练一些，更符号化一些，纷繁的花簇可以别无旁顾地单纯来画，一花一叶可以表达得更宁静，从而雍容尔雅，别具气质。另外，牡丹创作虽是小作品居多，但刘思东有山水创作的积淀，他觉得不妨多创作些大画，多点形式上的尝试，包括不同纸质、不同材料的多方面探讨与研究，

刘思东作品

刘思东

　　通过不同材料的融合，又融入更强的时代感与表现性。在画面落款题写上，刘思东也有自己的思考，他有意不同于常规，不甜俗，而以一种童心、一种天真的意态去书写，自然天趣，不拘一格，别有意味。

　　刘思东觉得每个人的思路不一样，表现也不一样，规整的书写与画法也是一种美，但不同的画家有不同的心性与选择。他更倾向于心性的自然流露，更倾向于无拘无束、自由自在的创作状态，他觉得太规则则少了意味，太正经则少了情趣。于是他返璞归真，不事雕饰，以一种脱离套路、走出常规、走出自我的方式，达到了一种自然流露、回归本心的追求，达到了更有韵味、更生动、更愉悦人的感觉，达到了自然天趣、气质自居、风格别树的效果。

　　牡丹，一种雅俗共赏的题材，千百年来被民间赋予富贵吉祥的寓意。画家创作上自定学术与否并无意义，学术不在于题材，而在于文化内涵与艺术含量。艺术既有自身审美的倾向，也可顾及传统审美的需求，美意延年，众所皆好，有时张挂一幅牡丹，接受寓意吉祥的心理暗示，达到身心的愉悦与对美好的追求，也是一种正能量，也甚好！

写于 2024 年

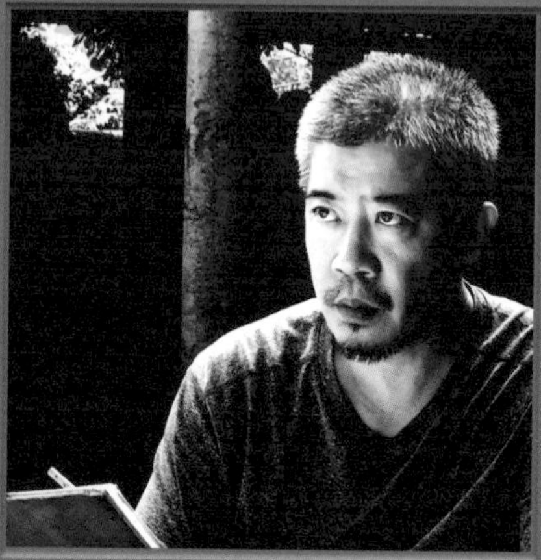

郑阿湃

一九六六年生于广东省潮安县（今潮安区），一九九〇年毕业于广州美术学院中国画系。曾任广州画院副院长、广州市美术家协会副主席、广东省美术家协会中国画艺术委员会副主任、广东省中国画学会副秘书长。现为广东画院副院长、广东省美术家协会副主席、暨南大学硕士研究生导师。

工写兼修，永不满足

他认为一个人的风格是自然形成的，有的人也许很快就能形成鲜明的个人风格，而他自己的作品却依然带着林丰俗、方楚雄等老师的影子。

在潮州籍国画家郑阿湃的回忆里，自己从记事起就喜欢上画画了。他的父亲与广东著名画家林丰俗是发小，他们一起学过画画，但他的父亲没考上美院，成了一名牙科医生，于是就有意识地鼓励孩子学画画。郑阿湃说，如果不是父亲的缘故，他这一生也许会选择从商，那么人生历程又会是另一番模样了。

不过，因为父亲与林丰俗的这层关系，郑阿湃学画就有了得天独厚的条件。以前，林丰俗每年回乡探亲都住在郑阿湃家，没事就教郑阿湃画画，至今家里还保留着许多出自林丰俗之手、写着"阿湃看看""阿湃学学"等字样的示范画作。通过林丰俗的牵线，他还有幸得到过一张方楚雄的画作。后来读广州美术学院时，他就跟着方楚雄学画，学了很长一段时间。正是机缘使然，郑阿湃得以师从林丰俗、方楚雄这两位广东花鸟画大家，打下了扎实的专业基础。

同样是在林丰俗的引荐下，郑阿湃很早就结识了另一位恩师——林墉先生。特别是林墉在从化温泉养病的那段时间，郑阿湃当时在那里工作，几乎天天和林墉碰面。但两个人在一起的时候，倒是很少直接聊画画，更多的是

郑阿湃写生作品

聊人生，聊怎么做人……郑阿湃说，他很感谢林墉老师，因为一路走来，从工作到生活，人生许多大事都离不开恩师的提携和关照。

20世纪90年代初，郑阿湃从广州美术学院中国画系毕业后，先是在从化一家温泉宾馆工作了12年，后来又回到广州美术学院读了两年硕士班，毕业时刚好赶上广州画院第一次向社会公开招聘画家。于是，他马上报考，并凭借国画第一名的成绩被顺利录取。

进入广州画院工作后，郑阿湃最大的感受是，以前在温泉宾馆工作时很少有时间和场地创作大画，现在不仅具备了这个条件，而且可以大胆尝试各种绘画主题，除了花鸟，乃至人物、山水都画起来了，他还通过画院的平台获得了难得的写生机会。此时，作为专业画家的郑阿湃，视野开阔了，品位提升了，对作品的审美要求也不一样了。比如对于花鸟画，以前他觉得有点小情趣、有意境就够了，进入画院后，他开始尝试将传统花鸟画与更宏大的时代主题结合，无形之中产生了更强烈的创作热情。

有趣的是，郑阿湃从小学的是写意画，可他在人们的印象中却是一位工笔画家，这是为什么呢？郑阿湃说，原因之一是当年他读广州美术学院时，班主任是工笔大家苏百钧，还有老师万小宁也是工笔名家，受他们影响，自己开始研习工笔画；接着读研究生时，他跟着方楚雄老师学习的虽是兼工带写，但还是偏工笔的，而且他自己也很喜欢工细的宋画。他还记得，当时出了一套两册的《宋人画册》，定价达500元，在那个年代对一个学生来说，这可是一笔不小的费用，他也毫不犹豫地买了，经常对照着不断临摹，勤加研习。加上前几年，他入选各大画展的作品也往往是工笔画，于是就在人们的脑海中留下了"工笔画家郑阿湃"的印象。

林墉评价郑阿湃的作品："看笔墨有岭东味，看造型有岭南味"，可谓一语中的。出生于岭东的郑阿湃自幼承家训习画，而且有幸得到艺术大家林丰俗先生亲为示教，多方点拨，师承起步甚高，笔墨的传统学养深具积淀。同时他又在广州美术学院接受了多年系统的学院式训练。他长年生活和工作于岭南，诸多岭南名师或艺术同道的学术滋养与切磋，自然将备受海派画风影响的岭东味与深耕现实生活的岭南风兼容于一身。基于其生活与成长的阅历和向来热衷于深入大自然写生，他工写兼修，创作颇丰，勤奋过人，因而我们细品郑阿湃的绘画时，可以时而感受到深厚传统文化根源的依托，时而感受到浓郁生活气息的弥漫，时而感受到文人画意趣的诗情，时而感受到院体画严谨的雅致。

郑阿湃的创作中，山水、花鸟、人物均有涉猎，布景落墨多从写生中来，不管工笔也好，写意也罢，题材不一，手法多样，涉笔成趣，各种素材、图式经过他富有创造性的糅合与重构性的改造，展现出丰富多变的新鲜感和生生不息的生命力。其作品既具有严谨的笔墨造型与感性的内心映照，又通过大量写生超越了传统绘画的程式化精准而不拘于典范，宏大而兼顾时空，笔下物象充满着自然的气息和灵动的意象。在特定的氛围营造和细节刻画中不仅有着广博的审美意趣，又似乎洋溢着日本绘画的装饰美感，也充盈着作者豪迈爽朗的性格气息，严谨精致的格局中仍不时释放出他人所不及的野性与灵性。他以师承的根基、时空的眼界与文化的根源，架构起与当代中国文化息息相关的自身审美谱系和自成一体的艺术精神品格。

近几年来，郑阿湃画写生画更多了，参加学术展出也以写生画居多。仅去年一年，他创作的四尺三开、可以留下的写生画就近三百张，几乎平均每天画一张写生画。他说，画画是手头功夫，不能光说不练，画画上很多问题，

郑阿湃　大湾区来客

郑阿湃

必须在手头磨炼中解决。于是,从写意到工笔,再到写生,郑阿湃就这样画个不停,但每次创作到最后他都对结果不够满意,总觉得需要补课的东西太多。他想起了从小到大,他父亲总是强调他要"多读点书",书读得越多,他就越是感到不足。

在创作的同时,他也一直在思考。尽管写意、工笔与写生是他的主要创作形式,但他又认为,工笔绝对不是写意的基础,工笔画得好,不代表写意就能游刃有余;相反,工笔画多了,写意会放不开,反而是写意对工笔的裨益更大,比如构图的灵活性和意蕴贯穿其中。再比如,他认为写意其实比工笔难,写意画的创作与画家的心情及个人性格有关,画面更多的是意境与内涵的表现;至于写生,直接锻炼的是造型能力与构图能力。在他看来,写生

艺林丛影

郑阿湃　晚春

采用什么手法是随机的，画家走进大自然并非为了照搬，而是通过手法与画面的处理，去解决创作的问题，去表现作者的思考，形成作者的面貌与风格。

说到风格，郑阿湃也有自己独到的见解。他认为一个人的风格是自然形成的，有的人也许很快就能形成鲜明的个人风格，而他自己的作品却依然带着林丰俗、方楚雄等老师的影子。还有一位对他影响甚深的前辈大家是陈永锵，在一次"师带徒"的联展上，他拜在陈永锵门下，从此陈永锵给他讲了很多画画的道理与画面处理的手法。陈老师创作的思路广、点子多，带着他办展览，这些对郑阿湃的作品面貌变化也产生了深远的影响。但要形成个人独特的风格，郑阿湃认为自己还需要不断涉猎，不断提炼，做到有所选择，有所舍弃。

郑阿湃当上广州画院副院长、广州市美术家协会副主席之后，想做的事、想画的画还有很多很多。怎样才能画得更好呢？郑阿湃认为，对他来说，要画好已不是手法的问题，而是个人综合修养的问题，但偏偏修养又是无止境的，所以他永远都不满足，不断进取。

在持续的自我否定与自我要求之中，郑阿湃的艺术也在不断耕耘中孕育生机，不断进步。郑阿湃是进取的、是勤奋的，期待他日渐丰满的艺术面貌愈发显出独特的绘画个性，更多地呈现在广东乃至全国画坛上，赢得更多喝彩。

写于 2019 年

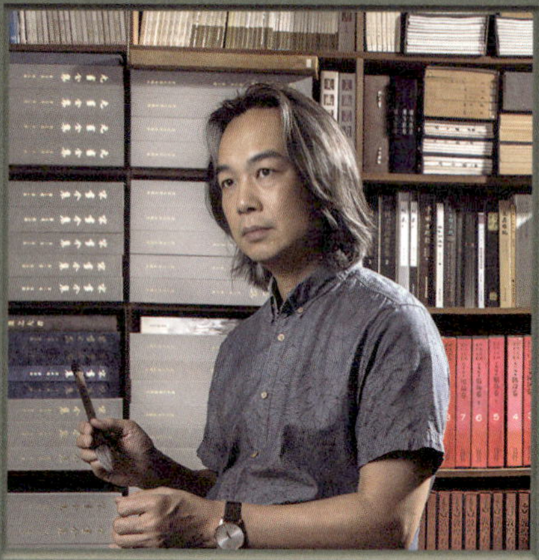

蔡拥华

一九六八年生于广东澄海，一九九一年六月毕业于广州美术学院，获学士学位；一九九四年六月获硕士学位，并留校任教至今。现任广州美术学院副院长、教授、硕士研究生导师，中国美术家协会会员，中国美术家协会美术教育委员会委员，中国高等教育研究会常务理事，广东省国际文化交流中心理事，广东省美术家协会中国画艺术委员会副主任，广东省本科高校教学管理指导委员会委员。获广东省二〇〇〇年"南粤优秀教师"荣誉称号。

在国画山水创作上的矛盾与兼容

艺林丛影

> 他对黑白的敏感,对光影的感觉,不同于传统国画皴擦的习惯及其体现的新质感,画面线条意识的应用与造型的简练化,元素及符号的提炼等,这些都与传统的国画既有相通之处,又有相区别之处……

　　观赏蔡拥华的国画山水作品时,总觉得其作品中充盈着一种矛盾感,但又能不动声色地予以平衡、化解,使之达到一种对立统一。画面常常奇峰兀起,壁立千仞,但又林木呼应,景物点缀,浑然一体;构图往往以险居奇,但又合乎自然,既在意料之外,又在情理之中,没有违和感;布局空灵简约,但细赏之下,又似乎思绪纷繁,欲说还休。说是抽象吧,一些具象景物的描绘又不经意地穿插其间,别具意蕴;说它水墨淋漓吧,画中又深藏渴笔焦墨,涂抹泼写,勾勒晕染,耐人寻味;说它属于传统文人意趣吧,但让人觉得光影交错,墨堆笔刻,不同的艺术元素融汇其间。总之,其作品在意蕴景象、墨韵笔触、线条肌理、光影透视等许多方面耐人回味,在各种渗透、各种应用、各种抒发之中,呈现出一种独立的、多维的、丰富的、富有试验性和可读性,而又处于不断完善成长状态之中的艺术面貌。

　　一种艺术面貌的出现与形成,总与作者的生活环境和成长阅历以及性情思想等息息相关。蔡拥华1968年生于广东澄海,潮汕地区向来崇尚文化艺术,特别是生长于版画之乡澄海的他,更是自幼深受熏陶。学生时代

蔡拥华　南坪之一

蔡拥华

的他，见到许多美术青年背着画夹下乡写生，不禁跟着一同前往。那种一群人边学习、边交流、边玩笑的氛围，那种学艺术、玩个性的浪漫不羁与特立独行的感觉，使蔡拥华深受感染。由此，他也爱上了绘画，积极学艺，并考进了广州美术学院。1994年6月，蔡拥华获硕士学位，并留校任教至今，现任广州美术学院副院长、教授、硕士研究生导师。

　　蔡拥华原来是从事版画创作的。20世纪90年代中期，他偶然从香港翰墨轩见到印刷精良的李可染画册，与画作原大的尺寸所呈现出的那种厚重的用墨带来的视觉震撼，令他深受刺激。那种黑色与光的关系，与水印木刻有着一种天生的联动和自然的默契，使得他被深深打动了。他开始去尝试表达这种感觉，但那时他还没有用毛笔的习惯，还不敢直接用毛笔和宣纸去创作。于是，他先在水彩纸和卡纸上，用炭精笔、钢笔、水彩去尝试，但表现的还是在西画中借鉴中国画的感觉，依然是点、线、面与光影的关系，只是有了中国画的墨韵。接着，他又在托了底的宣纸上尝试，但依然离不开用炭精笔去构图，还顺着纸张使用中出现的皱褶以及巧用凹凸不平的肌理去创作，表现出来的效果很有铜版画的感觉。也就是在那段时间，他与广州美术学院山水画工作室的老师成了好朋友，平时在一起经常挥笔弄墨。2006年，在太行山上写生时，他第一次放下炭精笔，直接拿毛笔和宣纸画起来，自我感觉良好，作品也受到好评。于是，他一发不可收，从此正式开启了中国画的创作之旅。

在国画创作中，蔡拥华很注重写生，他一直很信服林丰俗老师教导的"师造化、得心源"的理念。从2006年开始，他每年几乎都有两次外出写生，从太行山南坪、郭亮村到安徽黄山，从黄土高原到广东四大名山。后来，他到广州大学城上班，难得每天安排好教务后有一段空隙的时间，于是就近到大学城对面的东涌画水乡写生，一直坚持了两年，画了一批本土题材。这个阶段，蔡拥华更多的是注重探索画面的规律，也重视激情的释放，他还很关注黑、白、灰之间的关系，强调作品的形式美感。

几年后，蔡拥华与策展人许晓生在一次聊天中偶然提起组织一场"名山对话"的展览，许晓生建议他与西安美术学院的王保安教授一起，王保安画华山，蔡拥华画黄山。蔡拥华那时已去过几次黄山，非常喜欢那里浪漫的云彩烟霞、松柏花木、古寺汤泉，却未真正长时间在那里静下来写生，很多时候是上午上山，下午回。但这一次课题性的展览策划，却对他影响很大。他以前的写生更多是带有一种猎奇的心态，比较随机、零散，而这一次却像是集中精力挖一口井，非挖出涌泉不可。

为了寻求突破，他先从黄山的景观和常规景点入手，但没多久就觉得不过瘾了，因为太多相似的创作已经珠玉在前。于是，他开始转而搜寻有关黄山的名人游记与黄山方志等资料，从徐霞客到赖少其，从文学作品到历史典籍，从中寻找前人的足迹。这些文字的记载为他打开了一片新的空间。他通过查找史料、掌故和传说，走进黄山人迹罕至之处，将现实景象、文字记载与自我想象熔铸于一炉，在人籁、地籁、天籁的交汇中去感受，去写生，去创作，画起来竟然意外地灵光迭现，舒心畅快。这种从人文历史的角度介入，从文学乃至哲学中寻求绘画养分的创作方式，令他深受启发，灵感不断，这也是蔡拥华这一阶段艺术创作上的最大特点。

蔡拥华对人文历史的热爱与对文化滋养的吸收，还体现在他对文人雅玩的迷恋上。他对文房笔墨纸砚特别是砚藏的心心念念，是基于对包括磨墨及绘画材料等在内的国画传统的认识；他对拓片、书札、信笺、手抄本等古人印信的搜集，是基于对传统文化生活的好奇；他对手卷、扇面、中堂等古字画的珍藏，则是基于他对创作的借鉴；还有他对金石文化、青铜器等古文字的研习，都对其艺术创作有着极大的帮助。

此外，不可忽视的是，蔡拥华还是一位版画家，版画创作上相对限制大一些，但限制往往也是一条通往艺术本源与本质更为直达的捷径。他对黑白的敏感，对光影的感觉，不同于传统国画皴擦的习惯及其体现的新质

蔡拥华　云深处

蔡拥华

艺林丛影

蔡拥华　月移壁

感，画面线条意识的应用与造型的简练化，元素及符号的提炼等，这些都与传统的国画既有相通之处，又有相区别之处，身兼国画家与版画家的蔡拥华能够将之有机地融会贯通，这对其艺术创作与成长也是一种莫大的裨益。

纵观蔡拥华的国画创作，版画西画元素的融汇、写生的基础、人文哲学的介入以及浪漫情怀的抒发，形成了其作品生机盎然、文气浓郁、笔墨意趣与时代气息兼收并蓄的风格特征，作品既有"骏马秋风冀北"的壮阔，又有"杏花春雨江南"的柔美。蔡拥华虽然已从事艺术工作多年，在国画创作上开局得当、守正创新，但在漫长的艺术文化之旅上他还需要奋楫远航。相对于普天下许许多多的山水画家与艺术同行，面对历朝历代的艺术巅峰与大师杰作，他所从事的国画山水创作如何有所区别，又如何体现其自身存在的价值和意义，这些都是他当下正在思考的问题，也是他亟待突破的难关。

由衷冀望，画家蔡拥华在漫长的艺术求索过程中，能以富有洞察力的视觉以及恢宏的时代格局和真挚的人文情怀，通过不断锤炼与感悟，不断创作与完善，创造出既传承传统文化又融合时代气息，同时又能表达个人襟怀的个性风格作品，不畏殊途，勇攀高峰。

写于 2020 年

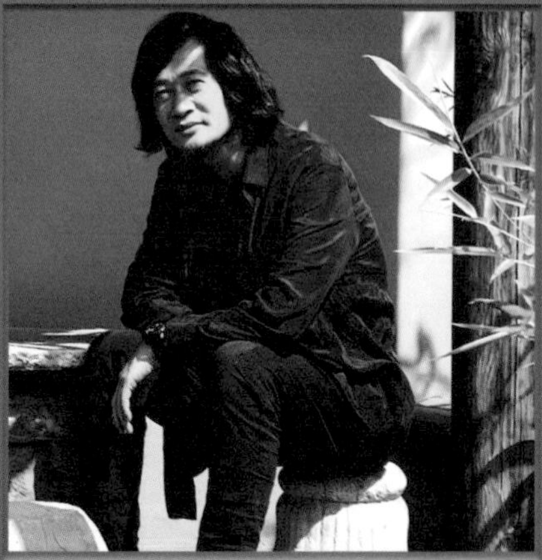

王绍强

现任广东美术馆书记、馆长、教授、二级研究员,中国国家画院特聘研究员,享受国务院政府特殊津贴专家。兼任中国艺术研究院教授、博士研究生导师,广州美术学院教授、澳门科技大学人文艺术学院教授、博士研究生导师,中国美术家协会理事,广东省美术馆协会会长,广东省美术家协会副主席,广东省人民政府文史研究馆艺术中心副主任。曾任广州美术学院视觉艺术设计学院院长。

见艺术

艺林丛影

    国画的灵魂是笔墨，对笔墨的理解很重要。创作依附于物象，笔墨所表现的是否属于物象的气质，画理的应用与理解的到位很关键，笔墨的提炼是服务于表现的对象。

    见艺术当代艺术空间的首展选择了"理——王绍强的维度与艺术"。开幕当天，只见纯白色的组合建筑体中，充斥着各种几何形结构与不规则空间，时而拾级而上，时而转角迎面，时而狭道修长，时而席地架台，时而墙窗透景，时而线天树影……穿越错落，任意天成，充盈着不确定而又多元的当代艺术气息。

    而其间展出的王绍强先生的作品，则是尺幅多样，内容多维，形式新颖，每幅作品在洁白色的墙体上时而光影内透，时而聚灯照射，显得光彩夺目而又自然从容，以情理之中又意料之外的姿态不时地出现在观众眼前，每每举目，不期而遇，素壁丹青，分外突出而又惹人流连。

    王绍强是广东美术馆馆长、中国艺术研究院研究员、澳门科技大学教授、广州美术学院教授，同时又是广东省美术家协会副主席。他是艺术管理者、设计师，也是艺术家。多重身份的思维习惯与丰富阅历的积淀决定了其作品的多维与幻化。但万变不离其宗，他所从事的也在一以贯之的艺术范畴里，只是有了更多的接触面与更广泛的视野和更多形式的学识素养与思考维度。

    多重身份也决定了王绍强不同于常人的繁忙，但他自言对艺术的追求从

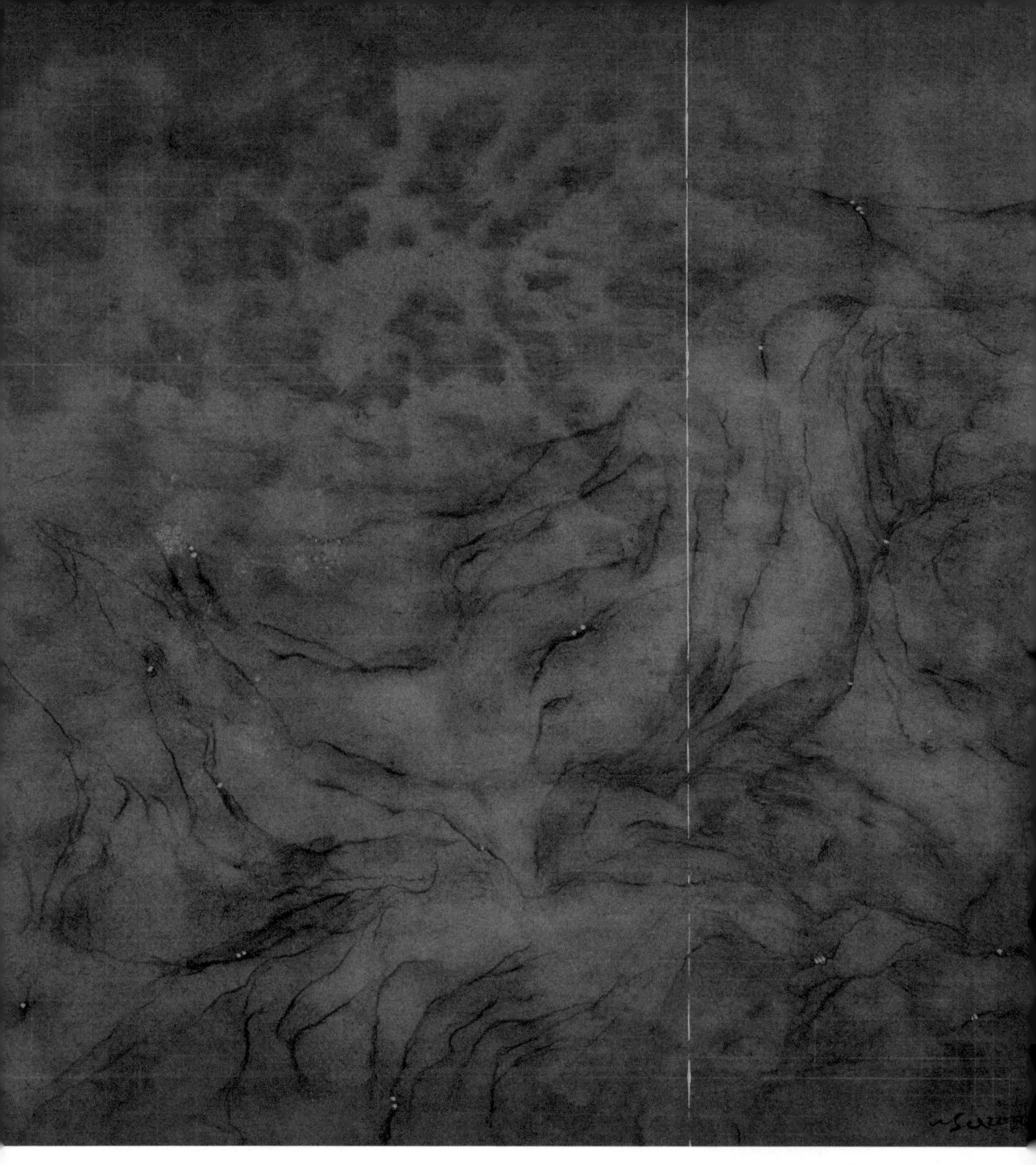

王绍强　潮汐

来没有一丝的懈怠。他的艺术创作从没间断，热爱与执着令他每天在繁忙的工作之余，常常能抽出一些空隙的时间沉浸于自己的艺术世界。每每忙于各种事务后进入宁静，他便投入地研究与创作。那一刻，他觉得自己或全身发热，情绪高昂；或心神畅通，身心宁静；已完全隔绝了烦躁与喧嚣，身心得到释放。对他来说，创作是一种磨炼，也是一种意志的锻炼，更是一种秉性的形成，甚至可以说是一种以毒攻毒的自我治愈。所以，王绍强的作品是多维的，也是多产的。

观赏王绍强的作品，我们首先感受到的是一种强烈的当代性与传统文脉思想。那种幻化而有序的色彩，那种时而柔和、时而夺目的光影，那种不拘一格的构图形式与精致简约的空间效果，以及国际化的落款方式，无不体现出强烈的现代感与时代性。进而是一种似曾相识的传统韵致与似是而非的山水意象；画作乍看色彩纷呈，水墨淋漓，线条交织，气韵生动，时而感觉到是一幅青绿山水，又抑或是一帧水墨精品，但细看又不尽如是，意蕴别具。再而是一种块面构成与肌理交织的时代美感，画作由表及里，深入浅出，表现出一种有意识的结构组织与层次分布，有着缜密思考与条理推演的内在考量，呈现出本质与观念的多样性。

王绍强说他是海边长大的孩子，对沙滩海浪的熟悉与对高山大川的向往形成了他对地理的热爱，所以他表达的也是他对地理形象乃至地表质地的表现，有着一种强烈的自然观。同时成长环境又赋予了他东方哲学思想的底色，求学历程又给予了他西方艺术的营养，所以在学习、工作、生活与艺术思考中，他的作品就有了对当下生态的观察，对西方艺术的理解，进而对传统文脉的时代转换，从观念到形式以及方法论进行探索与突破。

这时期王绍强的作品形式，是源于他作为潮汕人爱喝工夫茶，从茶盘水渍呈现的肌理延伸到水墨引发的灵感。茶盘中水与茶渍在空气蒸发中不断堆积，形成一种既抽象又自然，既无意识又有形象的审美理解。于是王绍强在水墨创作中便引用了这种水渍墨迹与空气的时间关系，形成焦墨线条、淡墨水韵、晕染光影的创作革新。以当代思维方式与创作视野介入传统文化情境的重构；以其对中国水墨、纸本材料的尊重与谙熟，通过个体情怀的投入与独到的视觉逻辑以及当代视野赋予的维度创新艺术形式。作品既是理性中的感性，又是秩序中的随意；既是独具创意的艺术形式，又是传统本质的水墨绘画。

不过，王绍强认为他的思考在变化着，他的审美也在演进中，他的作品同样会在积淀中变化着，相信再过一段时间，可能又会有不同的面目出现。敢于求变是艺术家对自身艺术的挑战，也是其艺术自信的表现，只是个体的王绍强依然有其个体的特性，不同时期的王绍强会有不同的艺术创新变化，但相信个性的辨识度与时代的辨识感在王绍强的身上和创作上将秉性依然。

写于2023年

王绍强

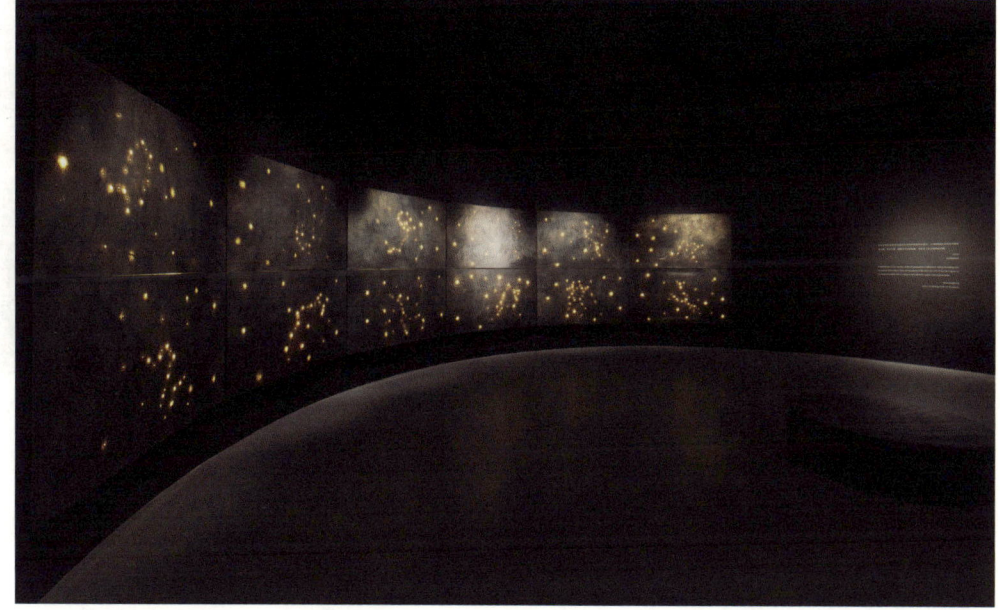

王绍强　列宿垂象

艺林丛影

王绍强

王绍强　烟寥萦纡

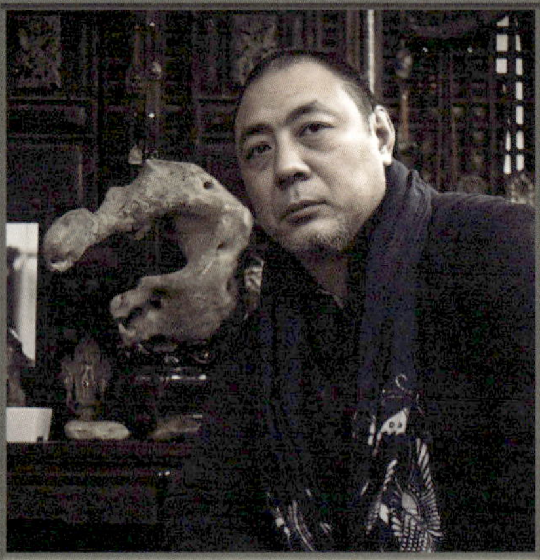

宋陆京

一九七〇年生于河南博爱。中国艺术研究院山水艺术硕士。现为国家一级美术师，中国美术家协会会员，广东省美术家协会理事，广东省美术家协会中国画艺术委员会委员，广东省中国画学会副秘书长，广东画院院长，广州市美术家协会副主席，清华大学美术学院客座教授，广州大学美术学院客座教授、研究生导师，广州市宣传文化优秀创新团队负责人，文化部国家艺术基金课题项目评审专家，广东省教育厅高校优秀传统文化评审专家，"广州国家青苗画家培育计划"课题组专家。

大拙不雕，大器晚成

艺林丛影

  他豪迈不羁，在作品中体现为章法的率性与不经营，他的画总是信手拈来，随意生发，无所谓构图而又不落俗套，散漫自如中常常给人一种无从着眼而又画意尽显的感觉。

  绘画不是"画"出来的，而是"修炼"出来的。绘画不仅需要技巧，更重要的是作者修养的自然流露，而修养除了悟性，还有赖于生活的历练与学识的积累。一幅好的绘画作品，不仅能让人看到画面和形象，还能让人感觉到作者的气息、情感，甚至通过作品，让人了解作者的人生故事。一位阅历丰富的艺术家，其本身的故事往往就会增加其作品的传播性与艺术性，画家宋陆京就是这样一位阅历丰富而又有故事的人。

  宋陆京 1970 年生于河南博爱，为中国艺术研究院山水艺术硕士。宋陆京的哥哥是书法家兼艺术评论家，他自幼受兄长影响，从 11 岁就开始写字、画画，14 岁就在少儿美术比赛中获得一等奖，他的书法在河南当地小有名气。后来，他在大学本科读的是工艺美术，但书法、绘画的基本功一直没有丢。20 世纪 90 年代初，他踏入社会之后从事过许多工作，做过装裱，做过广告；做过工人，做过管理；开过公司，也曾云游四方……

  20 世纪 90 年代末，随着广东经济的蓬勃发展，人们的精神文化需求日益增长。看到有来自河南老乡的书法家来广东办展收获丰硕，他也心生羡慕。于是，他决定停薪留职，闯荡艺术江湖，30 岁时又干起了老本行，做起了

宋陆京　雨中盘州六车河

职业书画家，在广东潮汕地区办书画展览、刻印章。2001年之后，他又去了东莞等地发展，后来他还去了北京荣宝斋办个展，博得广州画院的赏识，被聘为特聘画家。这段时间，他开始萌生了进入专业机构深造的念头，于是去了国家画院和清华美术学院进修，在近40岁时考取了中央美术学院陈平教授的研究生，攻读美术学山水专业。2014年调入广州画院，成为专业画家。

看完宋陆京这段从南到北，又从北到南的丰富人生阅历，也许有人会认为他应该是个满脸世故、精灵圆滑的人物。但事实上却大相径庭，他额满耳厚，胡须浓密，加上圆脸寸头，走路阔步晃摆，乍一看竟有点花和尚鲁智深的感觉。一番接触之后，发现他举止淡定，表情木讷，直率沉静，给人朴实憨厚之感。宋陆京是一位进取而有担当的艺术家，进入广州画院后他对自己的要求也不同了。出于内心的一种责任感，他觉得画画不再是一种出于个人喜好的随意泼写，创作上也从囿于"小我"的艺术天地，发展到与同行之间切磋互动，交流学术上的共同追求之"大我"阶段。

宋陆京的绘画之路较为坎坷，但按他的理解，这种坎坷恰恰是他绘画成长的过程。画家画到最后，其实要表现的就是自己的人生历程和感悟，是既

周秦漢魏晉唐六朝書

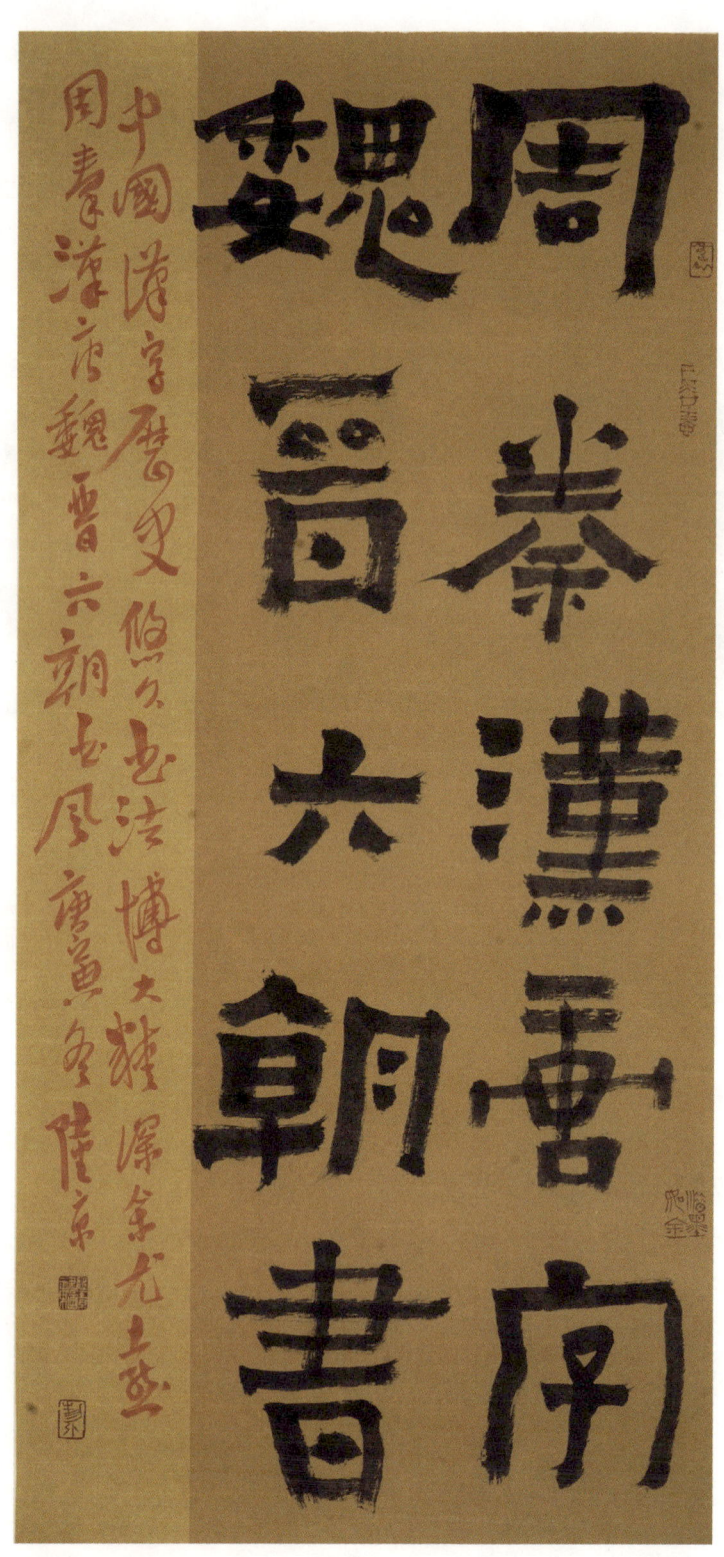

中國漢字歷史悠久，書法博大精深，余尤喜周秦漢魏晉六朝書風，唐亦喜愛。陸京

宋陆京　周秦魏晋

宋陆京　罗浮仙路

具有个人性情而又符合审美规律的东西,这样作品才有独立的面目与共鸣的愉悦。宋陆京有书法基础,以书法入画,手感灵动,出手迅速,因而合作大画时许多艺术家都乐意邀他参与。他原来喜欢画山水,但在国家画院进修时,改为以花鸟为主,主攻大写意花鸟,越画越简,读研究生时又转回山水,凭借书法和传统笔墨的相通性,闯出了一片自己的天地。

综合艺术修养与性格特征,宋陆京的作品具有一些比较明显的个性特点。首先,他豪迈不羁,在作品中体现为章法的率性与不经营,他的画总是信手拈来,随意生发,无所谓构图而又不落俗套,散漫自如中常常给人一种无从着眼而又画意尽显的感觉。其次,他擅长书法,在画面上的勾勒涂抹就有了书写的意味,用笔时而凌厉,时而舒缓,表现出一种骨力筋道而又富有质感与节奏。最后,他襟怀浪漫,长居岭南,在与一众本土画家的长期切磋合作中,其画作自然有了一方水土的滋养,呈现出一种意象空灵且水性洋溢的感觉。在《罗浮仙路》《落日摇川光》《雨中盘州六车河》等作品中,我们还可隐约感受到一种充盈画面的气息。这种气息是无形不可见的,但又是实实在在存在着的,让人感觉到一种明清山水的韵味,一种时代气息的弥漫,同时又似乎有着一种情感的抒发,既猖狂张扬,又温存宽厚……

传统中国画重于旨趣而不重于形似,尽管宋陆京笔下时而群山云雾缭绕,

宋陆京　日落江湖白

时而山涧野树葱茏，时而奇石兀立，时而庙宇亭台……但一切物象归根到底还是作者内心世界的投射，其笔下的千山万水其实也是其不同心境下的千山万水。虽然作者放旷洒脱，自由率意，创作中少有框囿，但细品之下依然是随心所欲而不逾矩的，依然不脱离以形载神、以神完形，以意度象、以象尽意，以情取物、以物言情的范畴，这才是千百年来中国画浩瀚文化历久弥新、魅力无限的迷人之处。

在写生上，宋陆京追求那种天人合一的感觉，他不一定如实画景，而是放飞心情，对景感悟，既是写景，也是写心。在大自然中画与在室内画不一样，与临摹古画也不一样，在大自然中写生更有现实感与时代气息，人与天地之间也更有一种互动的心绪。但不管室内绘画还是写生创作，他总是带着问题去印证思考，包括对笔墨与景物的认知和处理，他认为笔墨要有自己的影子才站得住，作品也要有传统的基础才站得住。

除了书法、花鸟画和山水画，宋陆京还擅长篆刻，也喜欢收藏古玩。这样的好处是各种艺术可以互为渗透、互为裨益，做到能工能写，能书能画。他相信修炼诸艺，感应万物，最终都是服务于艺术，包括他经历的一路艰辛，劳其筋骨的目的是练其心性，增益其所不能，从而臻于至善。

宋陆京认为真正的艺术家画的是生命、是阅历、是修养。他对艺术初心不改，他对

宋陆京　山如碧玉簪

传统文化诚心崇拜，他在生活中既踏实又进取，逐渐形成了自己独有的世界观与人生观。他希望自己既是艺术家，也是哲学家与思想家，只有三才合一，才能张扬艺术，进入忘我境界的修为。艺术可以追求完美，但艺术不可能做到尽善尽美，因为任何一位艺术家都有时代、思想、境界的局限。中国画靠的是综合修养，体现的是文人意境，作品是释儒道等传统文化涵养与艺术家精神品格的交融绽放。只有深厚的修养与学识，丰富的身世与阅历，积淀出来的那几根线条、几团笔墨才不单薄。在这个基础上，正如宋陆京所言，只要艺术触及灵魂深处，有感而发，一缕线条，一滴水墨，哪怕再不完美，也是另外一重意义上的有缺陷的"完美"。

宋陆京是一个全身心地投入艺术、视艺术为毕生追求的人，他的喜怒哀乐、衣食住行、言谈举止，一切都围绕艺术而存在。他自认，作为一个艺术家，不免有世俗的一面，但要有原则、有分寸，不卑不亢。他计划把山水、花鸟、人物、书法、篆刻逐一打通，哪怕慢些，只要能出成效，他也愿意，他已习惯那种苦行僧式的自我修行。他相信，艺术的极致是大拙不雕，大器晚成。只有淡泊宁静，才能走得更远。

写于 2020 年

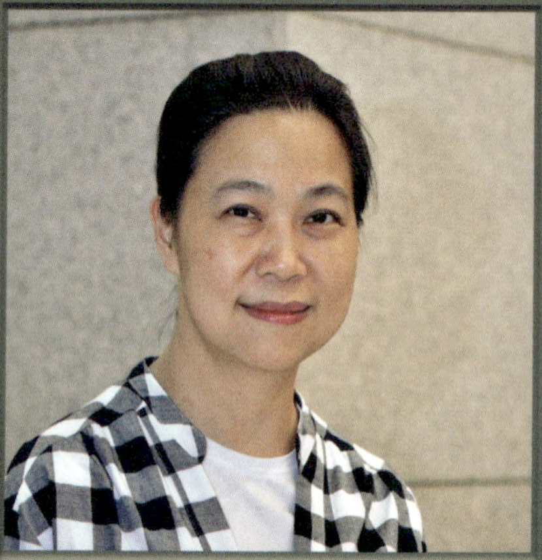

林 蓝

一九九三年毕业于广州美术学院国画系，一九九六年毕业于中央工艺美术学院并获硕士学位，二〇〇四年毕业于清华大学美术学院并获美术博士学位。曾任广东画院院长。现为中国美术家协会副主席，广东省美术家协会主席，广东省中国画学会副会长，中国美术家协会综合材料绘画与美术作品保存修复艺术委员会委员，中国美术家协会理事，中国国家画院研究员，教育部高等学校设计学专业教学指导委员会委员，全国艺术专业学位研究生教学指导委员会分委会委员，广州美术学院教授、硕士研究生导师。

真情流露的典雅，永不止步的蝶变

艺林丛影

> 环境的改变，内心的追求，使林蓝在画外功、画内功上不断地打磨着，书法的日课，传统的宣纸创作，名作的临摹……

2020年，画家林蓝从广州美术学院调到广东画院已经近两年了。这两年广东画院碰上了一系列的大事：一来广东画院1959年成立，2019年是60周年大庆，同年又是中华人民共和国成立70周年；2020年，广东画院新址落成，而且是国家全面建成小康社会的收官之年及深圳经济特区建立40周年，各种主题创作和院庆展、新院落成展等络绎不绝。

画院本身也有其特别的意义。中国作为文明古国，从南宋开始就有国家设立的美术创作研究机构。画家在画院的主要职责就是创作，处于相对纯粹的创作状态；画院的目的是出精品力作，出大艺术家，以及集结学术力量。这体现了国家对文化艺术的重视与坚持，这是文化自信的基点。所以，林蓝来到广东画院，除了自己的创作，面对的任务，还有如何重启集体创作，如何体现出画院的整体特点。可以说，对她而言，广东画院的院庆之年是一个新的起点，是面向未来的再出发。

繁忙的工作之余，林蓝做得更多的是思考。她认为，艺术最重要的是走进自己的最深处，呈现自己最独特的艺术面貌与艺术价值。这两年来，她意识到自己需要站到更高的层面去了解艺术的整体格局与个体定位，应以时代的、历史的眼光整体考量，否则将无从看清自己的创作所具有的深层次内涵

林蓝　钟爱

林蓝

与意义。但更重要的在于，一位艺术家只有真正地走入自己灵魂的最深处，通过作品呈现出属于自己的、个性的、极致的内涵所在，并使之与整体相联，才有可能使个体的创作产生共性范畴的更大意义，做出更大贡献。而广东画院作为中华人民共和国成立后全国最早成立的四大画院之一，也是第一个包括国画、版画、油画等画种在内的综合性画院，恰恰为此提供了可能性。

　　基于这种深入的思考，林蓝对自己也提出了新的要求，她积极了解各种艺术资讯，对艺术的本体语言更为重视，加强了对传统的书法、梅兰竹菊造型等方面的研习，不断积累自身的文化艺术修养。她在广州美术学院任教时，需要把感性的经验进行理性地梳理之后再传授给学生；而她来到了广东画院之后，创作上则可以做更多的尝试，可以任由自身感性的部分自然流露，并且随着学养的积淀而洋溢于画卷。

　　回顾其自身的艺术成长履历，林蓝是科班出身的画家，曾老老实实地听老师的教导，从规范的基本功练起。当年她又赶上了一个思潮激荡的年代，20世纪80年代，在她就读于广州美术学院附中时，每晚都会有师兄、师姐组织跳舞与谈艺术。在这种氛围的影响下，林蓝对新观念、新思想很好奇，也形成了独立思考的主动性。她看了很多世界名作，有一段时间还写画论，记笔记，把许多奇思妙想勾勒成线描，出版过一册线描集。后来她入读广州美术学院国画系，在传统绘画与传统理论的学习中，她接触到了宋画，与很多传统图式产生了共鸣。在熟读中，在传统与自我的碰撞中，她又画了一批国画线稿，作品渐趋正统，在当时也许还未成熟，却很真诚。

林蓝生长于一个艺术世家，其父亲是著名画家林墉。她的家庭氛围很民主，身边的艺术资讯也很丰富，她时常能接触到不同画种、不同流派的名家与艺术活动。对她影响比较大的艺术家是潘天寿和王肇民，我们在林蓝的作品上可隐约看到潘天寿作品蕴藉的影子和王肇民作品静美的气质。之后她读研究生时，受其导师袁运甫的影响，认真研究了壁画，又开始对绘画的材料产生了浓厚的兴趣。那时她趁着年轻，到处去观摩、体验，对不同的材料都有着敏锐的感觉。后来，当她不经意地接触到金箔纸时，积极地尝试起来，终于在这一独特艺术载体上开拓出一片新天地。

林蓝对金箔纸的兴趣，与她对宋画的热爱是分不开的。当年，其宿舍墙上钉着一幅南宋画家李嵩的《花篮图》，泛黄的纸质与金箔纸似乎有一种契合，又合乎她自身的审美。于是，林蓝在金箔纸上的第一张创作就源于对李嵩的学习。在这期间，她在北京与很多有水平的师友在一起交流、分享，一边吸收，一边比较，她的毕业创作就是画在两张金箔纸上的一篮大花与一枝荷花。从1995年开始，她就不断地用金箔纸来创作，后来回广州美术学院做了教师，依然持续地摸索。金箔画这种既有传统图式精神又质感独特的创作形式，计白当黑，言简意赅，很能体现艺术家当下的情感和感性的状态，创作上可以真诚流露，做到极致，从而打动自己，打动别人。

林蓝的作品善于捕捉日常生活中花植蔬果等物象光华流转的某一瞬间，或放大景物的局部，或聚焦对象的形状。此外，她擅长利用纸质媒介的特性，利用金箔纸色调不冷不暖、中和贵气的质感，在冷暖色调的搭配运用和线面空间的交织构图中，以纤细的笔触在独特的金箔纸上勾勒形象，或置物象于画面，或大面积留白，再以岭南派典型的"撞水、撞粉"技法，妙寓自然地冲破边界的束缚，营造出一种氤氲朦胧的水渍美。她以线塑形，以面造境，创造性地将传统技法融入现代平面构成，使得作品既有着浓烈的古典韵味，又有着现代平面的装饰美感。同时作者性情平和、热爱生活的心绪也自然流露于画面，从作品中可见其观察细致、柔中蕴刚、寓情于物、寓思于景的特性，整体形象上体现出一种超凡脱俗的自然心境和淡泊宁静的美学品质，并充盈着一种优雅的人文精神。

林蓝对金箔纸情有独钟，本身又有壁画创作的基础，攻读过公共空间艺术，因此，敢于突破、乐于创新的她又尝试借这种质感与综合壁画的形式，把岭南的风物、岭南的元素、岭南的非遗传统文化等融会贯通，在作品中融入故乡情怀与风情民俗，创作出大型的装置工程艺术，展现出宏远精彩的岭

林蓝　梦·澳门·1999

林蓝

林蓝　诗经——长歌清唱（局部）

南风貌，这些巨作在广州白天鹅宾馆和香江长隆酒店等地都有展示。这些大型艺术工程的尝试，又进一步影响了林蓝历史文化题材巨画的创作，她曾在《诗经》中吸取营养与意象，创作了一幅以诗经情景为内容的历史文化题材巨型画作《诗经——长歌清唱》，该作品被国家博物馆收藏与展出。

环境的改变，内心的追求，使林蓝在画外功、画内功上不断地打磨着，书法的日课，传统的宣纸创作，名作的临摹……她说曾有书法家50多岁办过临摹展，估计自己也可以做得到，相信现在的临摹与年轻时的临摹品质是不一样的。此外，诗书画印，理论研读，以至游学写生等她都没有放过。在好奇心与新的刺激点的驱使下，她希望找到不同状态、不同心情下画面的不同呈现。近年来，我们可看到其作品色彩在减少，墨韵、水渍、金银白等元

林蓝　诗经——长歌清唱（局部）

素却多了，素雅高贵的观感油然而生。

　　调任广东画院对林蓝的艺术创作也是一个契机。她在这里与艺术同道热烈探讨，思想碰撞，笔下功夫也在随之发生蝶变。哪怕为新画院的建设奔波，为了进度计划而操劳，她感觉这个过程对自己也是一种提升，期待新的阅历能为作品带来新的风貌。凭借对艺术的执着，对绘画的热爱，林蓝一直在路上，此刻再出发。她相信，最好的作品永远是下一幅，更好的风景还等着她去发现，去描绘，去塑造。

写于 2020 年

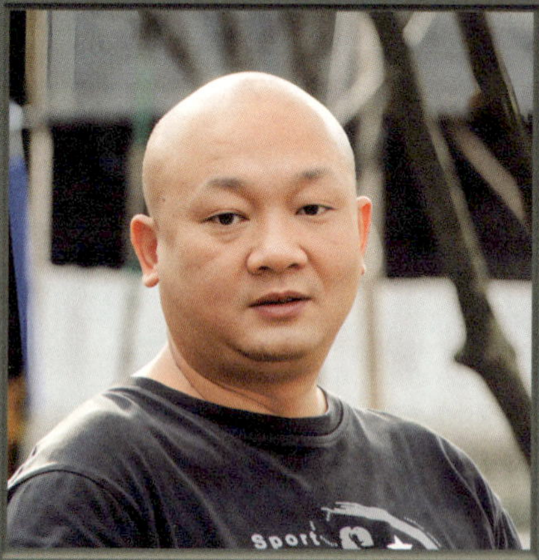
Sport

陈年发

字醒云，号觉堂主人。一九七二年生于南海西樵，师从陈永锵先生。现为中国民主促进会会员、广东省中国画学会理事、广东省美术家协会会员、广东省青年美术家协会山水画艺术委员会副主任、广东省开明画院常务副秘书长、广东樵山书院理事。

路子有点野，但胜在无拘无束

艺林丛影

　　山水画创作是陈年发的一种情怀，那种高低错落，那种往返收放，那种创作中也是在游山玩水的感觉，这也是创作者的身心释放。

　　认识画家陈年发是因为近年来接触陈永锵老师时他总是跟前随后，加上光头且讷言恭谨的形象，刚开始还以为是锵哥（陈永锵）普通聘请的一名跟从。后来不时在一些刊物或展览上看到一些署名用章"年发、陈年发"之类的国画作品，作品韵致清润，格调古雅，技法颇具水平。了解之后才知道陈年发自幼热爱绘画，且已从艺多年，与陈永锵老师是亦师亦友。

　　陈年发初中时便开始画画，跟着隔壁村的一位画师傅云若学画。傅云若是高剑父弟子傅日东的侄子，有点画学渊源。当年陈年发参加南海、佛山的一些绘画比赛也曾获过奖，有点自我高兴、自我陶醉。后来考读了南海师范学校，但由于他的父亲就是老师，收入微薄，不喜欢孩子也跟着做老师，因此陈年发很早就走入社会，在针织厂、工艺厂上过班，做过机修，开过车，后来还跑过运输，开过饮食店……但画画一直是他的挚爱，各种工作周折中从没丢过画笔。直到2004年"非典"后，他索性开起了画廊。画廊就在风景如画的西樵山下，他边卖别人的画，边自己创作和接订单，人家要什么就画什么，不会画的就去书店找资料学着画，小日子过得满滋润。2005年陈年发认识了陈永锵老师，那时刚好作为南海西樵人的陈永锵老师经常返乡写生，有一班学生和一班画友，锵哥建议没画画的"执

陈年发作品

笔"画起来，一起创作一起玩，还倡议办了一个画展，叫"阿叔出山"。于是陈年发开始经常与锵哥聚在一起，在锵哥的鼓励下真正走回正道，用心画了起来。那时每个月他都会拜访锵哥，拿着字画去请教锵哥。后来他索性把画廊交给妻子打理，自己直接就搬到锵哥的画室住，边学习边跟随，每周末才回家。

陈年发说锵哥很包容，他原来是喜欢画山水的，跟锵哥后才开始画起花鸟来。但锵哥却建议他喜欢什么就画什么，一个好的绘画老师应每个学生都不同才优秀，只有数学老师才会要求答案一样。锵哥还鼓励陈年发要"行万里路"，多阅历。锵哥的指导不会一花一木地教，而是在创作过程中边绘画边讨论，将创作过程中要注意的地方强调出来，悉心传授。

陈年发还没跟锵哥时也画画售卖或送人，也刻过章，临过帖，还自以为是地办过个人画展，周边还赞声一片。跟锵哥学艺后，才发觉还是浅薄了，许多都是在书本里搬出来的。锵哥建议他要去写生，要邂逅大自然，学会与大自然对话。于是陈年发那十来年写生就多了起来，但他自身更喜欢传统，也继续寻找传统名家的作品与画册，边写生边临摹，互为印证并互为促进。

艺林丛影

陈年发　龙松阁梳亭

写生中他以练笔性为主，渲染比较少，画的内容多以西樵山和附近农村为主。他有一种家乡情怀，心也比较静，游记式地创作了一批画。经过十余年的写生，刚开始他对自己的画稍微有些满意了，但自从跟着锵哥去了很多地方，看得多了，眼界开了，反而越来越不淡定了，内心反而不自信了。画中想要的东西多了，但又表现不出来，有点郁闷。于是锵哥劝他先放一放，去找一些诗词看，去学格律诗，目的不是为了做诗人，目的是增加修养，而且能懂得在画中题款，有自己的心思与语言，而不是老去抄古诗词。这样一段时间后重入绘画，陈年发感到确实有些豁然开朗了。

陈年发打心底里更喜欢的是山水创作，山水画的博大包容使其心驰神往，他立心进入山水画，但每张作品别人看了都说好，自己却不甚满意，总觉得自己在这里面缺的东西太多了。于是他看了很多画理的书，也在广州认识了很多山水画的老师，如张彦、安林、张东等，得到了他们的指导与启发。更关键的是，锵哥让他"三山五岳"走一遍，自然就有看法了，画好了就再办个画展，相信会有新的理解、新的体会。说到这里，陈年发感叹地说，画画人最辛苦的就是求学，自从认识锵哥后可以问、可以看、可以得到指点，没有这样的平台恐怕要走许多弯路与蹉跎许多岁月。总之，山水画创作是陈年发的一种情怀。那种高低错落，那种往返收放，那种创作中也是在游山玩水的感觉，也是创作者的身心释放。

陈年发说自己的路子有点野，但胜在无拘无束，自己想到什么就做什么，老师指导什么就做什么。这些年积累了许多写生，也临摹了沈周、文徵明等许多名家的画稿，还跟着锵哥学修养、学技巧，画了那么长时间，自己也有点眉目了，相信已不是娱兴，而是向着专业走，向着职业走。但他不急，也许先画画树，画画水；也许继续加强写生，并柔和心境；也许继续创作自己家乡的平远山水与桑基鱼塘，表达自己的家乡特色与热爱的情怀……总之不被现实牵着鼻子走，不被惯性牵着鼻子走，一直坚持下去，相信会走出自己的一片天地。

写于2020年

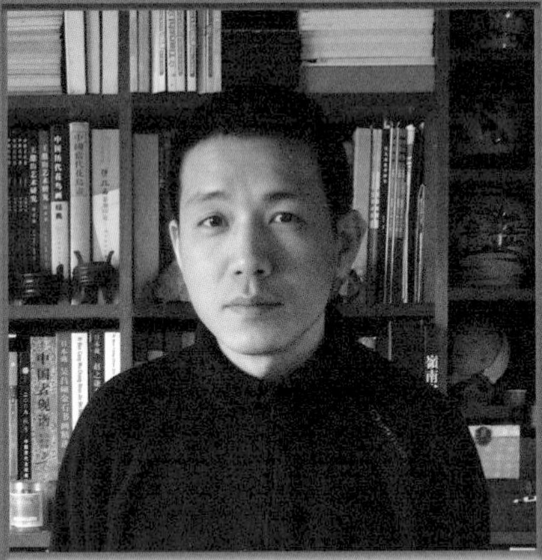

姚涯屏

一九七二年生于湖南省。自幼师从王憨山先生。一九九四年至一九九七年就读于广州美术学院中国画系，一九九七年结业于山水研修班。现为广东省青年美术家协会副主席、广东省美术家协会理事、广州市美术家协会副秘书长。出版画集七种。

每张画都是自己人生的一部分

艺林丛影

收藏也是一种学问，淘物的过程也是美学熏陶与历史借鉴的过程，有时癖好也是一种趣味，人无趣味，相信画也无趣味，现在这个年代仍家徒四壁的画家并不可信。

画家姚涯屏年届中年，在国画界还属年轻一族，但在圈子内却有个外号，为"老夫子"。说"老夫子"通常让人印象中有一种"之乎者也"的迂腐感觉，还有一层意思是指迂阔而不爱活动。这称谓对他倒十分贴切，姚涯屏不乐于交际，也不乐于参加活动，平时在公众场合话语不多，但私下聊天时，一打开话匣子却引经据典，而且时而生动比喻，又时而诙谐调侃，引人会心。

也许"老夫子"这个形象是源于姚涯屏读书多、读画史多而谈吐中善引证、多思辨。他家里四壁垒了一墙又一墙的书，但说起书来姚涯屏却说他现在买书已不多了。小时候在农村，作为乡村教师的父亲对他买书是支持的，曾经过年给他钱买衣服，他却跑到书店里又买了一堆书；而来广州后，不时地迁移与逼仄的空间并不适合摆太多的书，虽然有时也会心痒，但他自我嘲解地认为，书也不需要太多，看来看去主要的就那几册，其他是装饰的多。

事实上，读书多对姚涯屏有很大的帮助，尤其在年轻画家中有优势，多思想维度与善论证使许多画家都喜欢和他交朋友。姚涯屏也确实读了很多书，他自幼师从湖南名师王憨山，王憨山先生就强调"两分画画，两分练字，六

作者赵利平与林墉

到一定程度相信也是成绩斐然的。不过,我庆幸的是这些年来,我并没有把太多空闲的时间用在曾经为许多人所喜欢并选择的打麻将或唱卡拉OK之类上。所以,我并不是什么聪慧过人,也不是什么才华出众,我只是愿意学习,我只是笨拙地把零碎的时间用在自己的"爱好"上并不断积累。在此,我也只是说说我的过往和我的思考,也许有人并不以为然,也许你并不认同,没问题,如你愿意,希望也可坦诚地对我提点意见或建议,我将虚心接受,谢谢!